한국 선시의 미학

— 조오현 선시 연구

고요아침
叢　書

0　3　0

한국 선시의 미학

─ 조오현 선시 연구

김민서
연구집

고요아침

기원전 8C 호메로스의 〈오디세이아〉에는 멘토르라는 오디세이 친구가 등장한다. 오디세이는 트로이 전쟁에 나가기 전 그에게 부인 페넬로페와 아들 텔레마코스를 부탁한다. 그는 오디세이의 충직한 친구로 텔레마코스의 성장에 많은 도움을 준다. 여기서 오늘날 스승 혹은 선생의 의미로 쓰이는 멘토가 유래했다.

나의 유년시절의 멘토는 단연 부모님이셨다. 아버지께서는 아버지다우셨고, 어머니께서는 어머니다우셨다. 아버지는 한 번도 우리들에게 듣기 싫은 말씀을 한 적이 없으셨다. 우리 아버지의 아버지이신 할아버지는 일본 유학까지 다녀오셨지만 일제 강점기의 시대 상황 탓으로 어려운 생활을 하셨다고 한다. 그런 생활 때문인지 우리 아버지를 엄격하게 키우셨고, 우리 아버지는 그런 할아버지께 늘 주눅 들어 계셨다. 그래서인지 아버지는 우리를 닦달하지 않으셨고, 언제나 기다려 주셨다. 그리고 어머니는 주장이 강하고 활동적이시며 자신감이 충만한 분이셨다. 그래서 우리들에게 늘 긍정적인 마인드와 밝고 명랑한 마음을 적서 주셨다. 그런 부모님 덕분에 우리들은 지금도 당당하게 살아가고 있다.

중고등학교를 다닐 때는 선생님들보다 언니, 오빠, 동생 그리고 친구들이 나의 멘토였다. 특히 오빠는 나의 인생의 큰 스승이다. 집안을 일으켜 세워야하는 압박감으로 언제나 모범을 보여야했던 장남인 우리 오빠는 그 역할을 충분히 하였고, 지금 우리 형제들에게는 영웅으로 자리 잡고 있다. 그 덕분에 나도 오빠를 따라 열심히 사는 방법을 익힐 수 있었다.

결혼해서는 시어머니와 아주버님들, 형님들 그리고 남편이 나의 멘토가 되었다. 시어머니께서는 내가 결혼을 해서 전개된 사회생활에 언제나 든든한 버팀목이 되어 주셨고, 아주버님들과 형님들은 많은 격려로 나를 이끌어 주셨다. 그 분들의 은혜는 깊은 샘물처럼 아직도 샘솟고 있는 것 같다.

그리고 나를 박사의 길로 이끌어 주신 이지엽 교수님 또한 내 삶의 멘토다. 부족하고 이기적인 나를 언제나 따뜻한 시선으로 지켜봐주시는 고마운 분이시다.

마지막으로 조오현 큰 스님이 나의 멘토라고 나는 생각한다. 그 이유는 내가 처음에 조오현 큰 스님의 시를 접하면서 그 분의 시가 바로 나의 법문으로 다가 왔기 때문이다. 그리고 내가 그 분의 시에서 느끼는 물아일체를 보면서 '나도 자연을 보면서 저렇게 맑고 밝은 마음을 가질 수 있을까?'였다. 그런데 그런 마음은 아직도 나에게 다가오지는 않았지만 조오현 큰 스님의 시를 만날 때마다 자연에 스미는 나의 마음이 조금씩 변화한다는 것은 확실히 느낀다. 이것만으로도 충분하지 않은가?

이렇게 많은 분들을 멘토로 삼고 있는 나의 삶은 언제나 역동적이고 활기차다. 하지만 한 가지 숙제가 늘 나를 누르고 있는데 바로 박사논문을 빨리 단행본으로 내야하는 부담감이었다.

마음은 늘 수수수 시끄럽게 울기만 하고 다가오지 않고 있을 때 우연히 『한국불교문학』 테마평론 「論, 아득한 성자」를 접하게 되었다. 김태진 법학자가 쓰신 것이었다. 나는 깜짝 놀랐다. 2019년 열반에 드신 스님의 열반송을 해석한 그 분의 글에서 큰 감흥을 받았다. 내가 논문을 쓰려고 큰 스님 자료를 수없이 봤지만 김태진 박사님이 쓰신 그런 평론은 처음 보았기 때문이다. 그 글에는 문학자들이 접할 수 없는 불교의 해박한 지식과 남다른 글의 전개가 독특했다. 그 글을 보고나서 숨어있던 나의 단행본에 대한 부담감이 슬며시 나와서 나랑 대면했다. 자극이 되어주신 김태진 박사님께 지면으로 감사를 드린다.

　끝으로 두 아들 내외 김철언 · 김연아, 김민언 · 권은지에게도 감사드린다. 아울러 제 주변의 모든 분들께 감사드리고, 이 책을 내게 도와주신 고요아침 출판사에도 깊은 감사를 드린다.

2021년 5월
김민서

차례

/

제3부 조오현 선시의 형성배경과 창작 과정

제4부 조오현의 불교적 세계관과 선시

제5부 결론

제1부

서론

1. 연구 목적과 필요성

본고는 조오현(曹五鉉, 법명 무산, 자호는 설악, 1932~2019) 선시에 주목하고, 시를 형성하는 불교적 사유를 통해 그의 문학적 세계관을 규명해 보고자 한다. 조오현은 승려로서 한국 근·현대문학사를 막론하고 독보적으로 선시(禪詩)를 창작해 온 바, 그의 선시는 불교적 사상과 문학이 결합한 깨달음과 형이상학적 깊이를 추구하고 있다는 평가다.

그의 시는 "구도의 본래 모습인 득도의 지난함과 그 끝에 홀연히 깨닫게 되는 법문과도 같은"[1] 시라고 할 수 있다. 선(禪)은 사람의 마음을 곧 바로 가리키는 '직지인심(直指人心)'과 '견성오도(見性悟道)'로 깨달음에 이른다. 그리고 '견성(見性)'이란 누구나 가지고 있는 자신의 '본성(本性)'을 부족하거나 모자람이 없는 본래자성(本來自性)'으로 깨치는 것이다. 이 깨달음을 얻기 위한 선수행의 궁극지(究極旨)가 '견성(見性)'이며 '오도(悟道)'인 것이다. 그래서 선의 핵심은 참 '본성(本性)'을 찾아서 나와 세상이 존재하는 원인과 결과의 상관관계를 바르게 이해하는 것이다.

선의 목적은 "우주의 실체를 투득(透得)하는 것, 이것이 선의 궁극(究極)[2]"이며, 바로 사물의 속성을 신속하게 파악하여 마음의 대자유를 얻는 것이다. 그래서 조오현은 선을 "구속으로부터 해방되고자 하는 자유인들의 데모와 다르지 않다"[3]고 말

---

1) 이지엽, 「번뇌와 적멸의 아름다운 설법」, 『현대시조작가론II』, 태학사, 2007, 189~190쪽.
2) 조지훈, 「선의 예비지식」, 『선의 세계』, 호영출판사, 1992. 34쪽.

한 바 있다. 이렇듯 선은 불교 수행의 한 방법으로 그 수행의 목적이 불교의 진리를 깨치는데 있다. 이러한 노력은 전통적 방법으로 화두(話頭)를 게송(偈頌)에 담아 수행자의 깨달음을 시로서 표출하였다. 수행자의 깨달음을 담은 시로서 표출된 선시는 "모든 탐욕과 성냄 그리고 어리석음으로써 삼독(三毒)을 버리고 정신의 해탈 속에서 양심과 자유에의 길"[4]을 추구하고 있는 것이다.

선시의 기원은 붓다의 오도송(悟道頌)에서 그 연원을 찾을 수 있다. 영산회상에서 붓다가 염화미소로 마하가섭에게 법을 부촉한 이후 27대 바야다라존자로부터 28대 보리달마존자에 이르기까지 게송으로 법이 전해졌고, 이러한 전법게(傳法偈)의 전통은 중국 선가(禪家)로 이어져 우리나라 선가에서도 현재까지 존재하는 선적(禪的) 표현도구로 인정되어 왔다. 이렇게 법을 전하는 방편으로 쓰여진 게송들이 곧 선시의 원형임을 상기할 때 선시야말로 선가에서 법을 전하는 매우 중요한 선적 표현 방편이다.

선시는 선과 시의 만남으로 선적깨달음에 관한 내용을 중심으로 시화된 것이다. 선은 마음을 다스리는 것으로서 정신을 표현하는 시로 결합될 때, 불교 사상은 확대되고 문학성은 확장된다. 이러한 선시는 선사상(禪思想)이 표면화되지 않은 서정적인 것에서부터 표현적인 면에서의 직설적인 것과 오도(悟道)의 깨달음을 표현한 시에 이르기까지 다양하게 나타난다. 조오현 선

---

3) 조오현 역해, 『碧巖錄』, 불교시대사, 1997, 134쪽.
4) 이근배, 「개안의 시, 회복의 시」, 송준영 편, 『'빈 거울'을 절간과 세간 사이에 놓기』, 시와 세계, 2013, 94쪽.

시에서도 정완영의 영향을 받았다고 평가되는 초기시편 등5)에는 선적 깨달음이 표면적으로 드러나지 않은 서정성 짙은 시편 등이 다수 있다. 이후, 70년대 초 경허의 영향을 받은 시편 등에서는 선적 깨달음이 표면적으로 드러나 있는 오도의 시편들임을 알 수 있다. 이런 시편들을 통해서 본 선시는 일종의 종교시(宗敎詩)라고 할 수 있지만, "범불교적인 종교시가 아니라 불교 중에서 선종(禪宗)이라고 불리는 특정 종파의 사상과 철학과 그에 입각한 정신적 경지를 표현한"6) 운문문학이라 할 수 있다.

'현대선시(現代禪詩)'는 아직 문학적 용어로 정립되어 있지 않다. 선시는 한시(漢詩) 형태로 된 불교시로 간주되어 문학적인 요소보다 불교 사상적인 면이 부각되어 왔기 때문이다. 한국문학에서 현대선시는 1980년대에 들어서 본격적으로 연구가 개진되어 인권환, 이종찬 등의 박사학위 논문 이후 서규대, 김형중, 박재금, 배규범, 이상미 등이 한국문학사에서 선시를 알리는 데 공헌하였지만 불교 교리를 해석하는 차원으로 대중성을 획득하지 못하고 있다. 특히 작가론을 중심으로 한 총체적인 선시연구는 답보 상태에 머물러 있으므로 보존과 계승의 차원에서도 필요하다.

본고는 선시를 사찰에서 승려의 신분을 유지하면서 창작해오고 있는 조오현의 선시를 총체적으로 살펴보고자 한다. 조오

---

5) 60년대 말 백수의 영향을 받고 그 때의 심경에 일고지는 희비의 어룽을 그려낸 시편 : 「할미꽃」, 「연거(燕居)」, 「산목단」, 「겨울 산사(山寺)」, 「산승(山僧) 1」, 「산승 2」, 「산승 3」, 「완월(玩月)」, 「오후의 심경(心境)」, 「설산(雪山)에 와서」, 「명일(明日)의 염(念)」, 「직지사(直旨寺) 기행초(紀行抄)」 연작, 「1950년 염원」, 「1950년 봄」, 「종연사(終緣詞)」, 「관음기(觀音記)」, 「전야월(戰夜月)」, 「몽상」, 「앵화」, 「남사골 아이들」, 「일월(日月)」, 「바다」, 「조춘(早春)」, 「대령(對嶺)」, 「새싹」, 「범어사 정경」 등 26편이다. (석성환, 『무산 조오현 시조 연구』, 창원대학교 석사학위논문, 2006, 55쪽)

6) 이형기, 「현대시와 선시」, 『현대문학과 선시』, 불지사, 1992. 34쪽.

현의 선시는 한용운, 서정주, 조지훈, 고은, 김달진 등의 현대선시와 견주어 볼 때 "근대문학사에서 50여 년 동안 선시를 단편단심으로 창작해 온 시인(詩人)으로서 자유시 창작이 많은 그들과 구별"[7]되기 때문이다. 예컨대 근대에 선시적인 시를 써 온 시인으로 한용운을 꼽을 수 있다. 그것은 한용운이 승려였기 때문에 그의 시를 불교적 관점에서 보는 것이 그 까닭이다. 엄밀히 말하자면 만해의 시를 선시라 보기에는 다소 미흡하다. 막연히 불교 사상을 시에 반행했다는 뜻이 아니라 적어도 게송(偈頌)과 같은 유형을 선시의 본질로 규정할 때 그러하다. "너무 서정적이고, 너무 자기 고백적이고, 너무 직설적이고, 너무 산문적이고, 너무 풀어져 있고, 너무 길고, 너무 많은 시행들로 구성되어 있기 때문이다."[8] 조오현 선시조가 한국근현대문학사를 통틀어 선시의 한 정형을 이루었다는 점에서 조오현을 우리 문학사상 최초의 '선시조의 창시자'라고 해도 무방할 것이다.[9]

본고를 통해 조오현 선시가 선적 특질의 시적 구현임을 밝히고, 불교적 사상이 통시적으로 선시로서 구현되었음을 고찰하면서 선시를 통해 일궈낸 문학적 성취에 대한 위상을 정리하고 문학관을 정립하고자 한다.

---

7) 권성훈, 「현대 선시조에 나타난 치유적 성격 연구」, 『시조학논총』 제39호, 한국시조학회, 2013. 46쪽.
8) 권성훈, 「조오현 선시 「일색변」에 나타난 무아론」, 『한국문예창작』, 제13호, 2008. 31쪽 재인용. (오세영, 「무영수에 깃든 산새들」, 『서정시학』, 2007. 여름호, 54쪽.)
9) 권성훈, 「조오현 선시 「일색변」에 나타난 무아론」, 『한국문예창작』 제13호, 2008. 31쪽.

2. 선행연구 검토

조오현 연구는 현재까지도 활발하게 진행되고 있다. 지금까지 연구된 것으로는 조오현의 작품세계를 첫째 표현 기법적인 측면, 둘째 불교사상과 구도자의 삶, 셋째 다양한 담론 등이 중심이다. 그것의 대부분은 조오현 선시에 대한 논문보다는 해설, 평론 형식이 주를 이루고 있지만 이것은 조오현 연구의 바탕이 되고 있음에 의미가 있다.

학술논문으로는 석사학위논문[10] 1편과 11편의 논문[11]이 있다. 석성환의 논문을 제외한 논문들은 소논문의 특성상 조오현 선시가 단편적으로 연구되어 있다. 이것을 분류하면 다음과 같다. 첫째, 형식적 측면의 표현 기법 둘째, 내용적 측면의 '불교사상과 구도자의 삶' 셋째, 구조적 측면의 '다양한 담론'으로 분류할 수 있다. 이것을 구체적 사례로 보면 아래와 같다.

---

10) 석성환, 「무산 조오현 시조 연구」, 창원대학교 석사논문, 2006.
11) 임준성, 「현대 시조의 불교적 특성 : 무산 조오현의 시조를 중심으로」, 『한국시조시학』 통권 제1호, 2006.
　　석성환, 「무산 조오현의 시조연구」, 『사림어문연구』 17권, 2007.
　　＿＿＿, 「무산 시조시에 나타난 '不二'연구」, 『한국시조시학』, 제2호, 2014.
　　김재홍, 「구도의 시 · 깨침의 시, 조오현」, 새국어생활 8권. 2008.
　　이지엽, 「조오현 시조의 창작 방법 고찰」, 『시조학논총』 제33집, 2010.
　　권성훈, 「조오현 선시 「일색변」에 나타난 무아론」, 『한국문예창작』 제13호, 2008.
　　＿＿＿, 「한국불교시에 나타난 치유성 연구」, 『종교연구』 제70호, 2013.
　　＿＿＿, 「현대 선시조에 나타난 치유성 성격 연구」, 『시조학논총』 39집, 2013.
　　이승하, 「조오현 시에 나타난 불 · 법 · 승」, 『한국시조시학』, 제2호, 2014.
　　유성호, 「조오현 시조에 나타난 선의 미학과 시적 형이상성」, 『한국시조시학』, 제2호, 2014.
　　김민서, 「조오현 선시에 대한 연구 동향」, 『한국시조시학』, 제2호, 2014.

첫째, 형식적 측면의 표현 기법

① 수사미학12) : 김미정, 김학성, 방민호, 유성호, 이병용,
이재훈, 이정환
② 형식미학13) : 권영민, 맹문재, 서준섭, 오세영, 이숭원,
이승훈, 이지엽 , 장영우, 조미숙

둘째, 불교사상과 구도자의 삶

① 불교사상14) : 권성훈, 박찬일, 오종문, 이문재, 이상옥,

12) 김미정.「현대 선시의 문학적 사유와 수사의 미학 - 조오현 시집『아득한 성자』」,『시와
세계』 2009년 여름호. 56~98쪽.
　　김학성,「시조의 전통미학과 현대시조 비평의 실제」, 송준영 편, 위의 책, 99~108쪽.
　　방민호,「마음의 거처 · 조오현론」, 송준영 편, 위의 책, 216-232쪽.
　　유성호,「타아(他我)가 발화하는 심연의 언어」, 송준영 편, 위의 책, 261~571쪽.
　　_____,「죽음과 삶의 깊이를 응시하는 '아득한 성자'」, 송준영 편, 위의 책 572~586쪽.
　　이병용,「산일의 참빛갈소리 : 조오현론」,『시조문학』, 2007. 여름. 264~274쪽.
　　이재훈,「조오현 시에 나타나는 적기어법의 발현 양상」,『시와 세계』 봄호, 2012.
　　216~237쪽.
　　이정환,「일체 지향과 사람의 시학」, 송준영 편, 위의 책, 720~729쪽.
13) 권영민.「시조의 형식 혹은 운명의 형식을 넘어서기」,『시와 세계』가을호, 2008.
　　115~134쪽.
　　맹문재,「염장이의 시학」, 송준영 편, 송준영 편, 위의 책, 132~138쪽.
　　서준섭,「'빈 거울'을 절간과 세간 사이에 놓기」, 송준영 편, 앞의 책, 242~261쪽.
　　오세영,「조오현의 선시조」, 송준영 편, 위의 책, 531~549쪽.
　　이숭원,「시조미학의 불교적 회통」, 송준영 편, 위의 책, 660~682쪽.
　　이승훈,「조오현 시조의 실험성」, 송준영 편, 위의 책, 683~698쪽.
　　이지엽,「번뇌와 적멸의 아름다운 설법」,『한국 현대시조 작가론 II』, 태학사, 2007.
　　165~190쪽.
　　_____,「21세기 시조창작의 일방향 고찰」『만해축전 · 중권』, 2010. 231~257쪽.
　　장영우,「줄 없는 거문고의 음률」, 송준영 편, 위의 책, 866~886쪽.
　　조미숙,「조오현 선시의 특성」, 송준영 편, 의의 책, 906~919쪽.
14) 권성훈,「조오현 선시「일색변」에 나타난 무아론」,『한국문예창작』제13호, 2008.
　　_____,「한국불교시에 나타난 치유성 연구」,『종교연구』제70호, 2013.
　　_____,「현대 선시조에 나타난 치유성 성격 연구」,『시조학논총』39집, 2013.
　　박찬일,「불이사상의 구체화 · 불이사상의 변주」, 송준영 편, 앞의 책, 167~183쪽.

이선이, 이호, 홍영희, 장경렬

② 구도자의 삶[15] : 김용희, 김재홍, 문흥술, 신진숙, 임금복,
임수만

셋째, 조오현 시조의 다양한 담론

① 상호텍스트적 접근[16] : 김옥성, 김형중, 송준영, 최동호

② 심리학적 접근[17] : 권성훈, 유순덕

③ 기타[18] : 석성환, 하린

이처럼 조오현의 연구는 다방면에서 진행되고 있다. 그 연구
들이 구체적으로 어떤 내용으로 구성되어 있는지 살펴보겠다.

_____, 「모든 생명은 성자이다」, 송준영 편, 앞의 책, 184~192쪽.

오종문, 「세상 밖으로 걸어 나온 선시조」, 송준영 편, 앞의 책, 550~560쪽.

이문재, 「마음과 싸우기의 어려움과 아름다움」『한국현대시조작가론』, 태학사, 2002, 351~359쪽

이상옥, 「승속을 초탈한 불이의 세계」, 『시조월드』, 2005, 상반기, 81~92쪽.

이선이, 「선 혹은 열림의 언어」, 『열린 시학』, 2004, 겨울, 77~89쪽.

이호, 「道에 이르는(到) 道를 이르는(云) 詩」, 『열린 시학』겨울호, 2004. 106~119쪽.

홍용희, 「마음, 그 깨달음의 바다」, 송준영 편, 앞의 책, 944~959쪽.

장경렬, 「'시인'이 아닌 '시'가 쓴 시 앞에서」, 송준영 편, 앞의 책, 845~859쪽.

15) 김용희, 「여보게, 저기 저 낙조를 보게」, 『열린 시학』가을호, 2004, 90~104쪽
김재홍, 「구도의시 · 깨침의 시 조오현」, 송준영 편, 앞의 책, 91~98쪽.

16) 김옥성, 「윤리와 사유의 마루」, 『시인세계』, 2007, 겨울, 282~292쪽.
김형중, 「한국 선시의 현대적 활용」, 송준영 편, 앞의 책, 109~125쪽.
송준영, 「선시의 텍스트 - 심우송」, 『선, 언어로 읽다』, 소명출판, 2010. pp.191~253.
최동호, 「심우도와 한국 현대 선시 - 경허, 만해, 오현의 「심우도」를 중심으로」『만해학
연구』, 만해학술원, 2005, 8, 136~157쪽.

17) 권성훈, 「한국불교시에 나타난 치유성 연구」, 『종교연구』제70호, 2013.
_____, 「현대 선시조에 나타난 치유성 성격 연구」, 『시조학논총』39집, 2013.
이지엽 · 유순덕, 「무산 조오현 시조에 나타난 융의 4가지 심리 유형 연구」, 원광대학
교 인문학연구소, 『열린정신 인문학 연구』제5집 1호, 2014, 281~314쪽.

18) 석성환, 『무산 조오현 시조시 연구』, 창원대학교 석사논문, 2006.
하린, 「조오현 선시조를 읽는 몇 가지 방식」, 『열린 시학』, 2013, 가을호, 44~59쪽.

첫째, 형식적 측면의 표현 기법

① 수사 미학

김미정은 「현대 선시의 문학적 사유와 수사의 미학 - 조오현 시집 『아득한 성자』」[19]에서 「아득한 성자」에 나타난 문학적 수사를 "현대 선시의 문학적 사유는 신비로운 초월적 상상력과 세속의 번뇌로 흐트러진 마음을 하나로 모아 진리의 세계로 향하고 있다"고 논했다. 그리고 선시의 표현 형태인 반상합도[20], 초월은유[21], 무한실상[22]의 적기수사법으로 수사 미학의 구체적인 양상을 살핀 점이 돋보인다. 김학성은 「시조의 전통미학과 현대시조 비평의 실제」[23]에서 『아득한 성자』의 시세계를 서정에 바탕을 두고 있다고 했다. 「일색과후」, 「내가 나를 바라보니」, 「산창을 열면」 등에서 나타나는 고승대덕의 깨달음조차도 "서정적인 향취가 물씬 풍긴다"라고 했다. 이렇게 평한 까닭은 "시적 전언(傳言)을 세속과는 상관없이 사사로이 풀어내겠다는 뜻이 아니라 대중과 함께 공유하여 즐기겠다는 시적 지향이 담긴 것"으로 보았기 때문이다. 그래서 이 글은 선승(禪僧)의 시를 순수 서정시로 평했다는 것에 또 다른 의미가 있다. 방민호는 「마음의 거처 · 조오현론」[24]에서 조오현의 시어가 "강렬한 대조의 언어

---

19) 앞의 글.

20) 反常合道「일색과후」, 「부처」에서 나타나는 이분법적 사고의 고정관념의 틀을 깨고 있다고 했다.

21) 超越隱喩는「된바람의 말」에서 '무영수', '몰현금'에서 나타나는 고도의 역설적 기법으로 초월적 은유와 적기적 표현인 언어의 불완전성을 극복하고 언어로부터 자유를 얻고자 했다.

22) 無限實相「산창을 열면」, 「불국사가 나를 따라와서」등에는 화엄사상이 담겨있고, 「뱃사람의 말」은 체험의 깨달음이 있다고 했다.

23) 앞의 글.

와 극단적 비유의 도입"으로 나타난다고 평했다. 그리고 「전게」, 「살갖만 살았더라」, 「반흘림 서체를 보니」 등으로 이어지는 「산중문답」은 "시대적 고민을 적극적으로 수용한 것"이라고 덧붙이고, 「절간 이야기」 연작은 "민중의 삶에서 삶의 진면목을 발견"한다고 평하고 있다. 즉, 이 글은 조오현의 마음의 거처는 대중의 구제에 있는 것으로 대승적 불교의 면모를 조오현의 시편으로 밝혀낸 것에 의미가 있다. 유성호는 「타아(他我)가 발화하는 심연의 언어」[25]에서 조오현 시학은 초월과 비약에 있으며 근원적으로 불이문자의 경지를 구축하고 있다고 평했다. 그리고 「죽음과 삶의 깊이를 응시하는 '아득한 성자」[26]에서는 조오현의 시조는 '죽음'과 '삶'의 깊이를 응시하면서, '문둥이'라는 독자적 상징으로부터 발원하여, 숱한 변형 형식을 동반하면서 '아득한 성자'에 이르는 과정을 밟아왔다고 밝힌다. 이 글들은 조오현의 시세계를 독자적인 상징을 밝힌 것으로서 이것은 조오현의 시세계를 평하는데 또 다른 지평을 넓혔다고 할 수 있다. 이병용은 「산일의 참빛깔소리 : 조오현론」[27]에서 조오현의 시조에 나타난 이미저리들은 유난히 빛깔과 소리들에 관한 내용이 많다고 지적하면서 특히 색체와 공간구조에 의한 시각적 이미저리와 소리와 정형적 운율에 의한 청각적 이미저리가 주조를 이룬다고 했다. 그래서 조오현은 시조의 인생적 아픔을 종교적으로 승화시켰으며, 그것은 '심상의 조직양식'인 이미저리(imagery)를 불교성으로 확장시키는 것에 있다고 본 것이 색다르다. 이재훈은

---

24) 앞의 글.
25) 앞의 글.
26) 앞의 글.
27) 앞의 글.

「조오현 시에 나타나는 적기어법의 발현 양상」[28]에서 조오현 선시(禪詩)의 적기적 어법의 수사를 찾아내어 선승으로서 시 속에서 불교적 가르침의 차원이 아니라 깊은 인식과 언어적 미감을 통해 자신만의 시적 미학을 발휘했다고 밝히고 있다. 이것은 김미정의 연구와 유사한 점이 있다. 이정환은 「일체지향과 사람의 시학」[29]에서 조오현의 시세계를 서정에서 벗어나지 않은 '일체지향'으로 보았다. 그것은 사람과 자연, 자연과 사람의 경계를 허무는 경지라고 평했다. 이 평가는 불교적 사상이 가미되었다기 보다는 초기시의 서정성에 중점을 두고 있다는 점과 불교적 사유보다는 시인의 마음거처를 서정성에 둔 것이 앞에서 연구한 다른 분석들과 색다르다.

② 형식미학

권영민은 「시조의 형식 혹은 운명의 형식을 넘어서기」[30]에서 조오현 시집 『아득한 성자』를 해설하면서 3가지의 특징을 말하고 있다. 첫 번째에서 「한등」, 「죄와 벌」 등은 완결된 형식의 절제미를 두 번째인 「산창을 열면」, 「2007, 서울의 밤」, 「무설설」 등에서는 파격적 형식의 실험이 보인다고 했다. 마지막으로 「이 세상에서 제일로 환한 웃음」, 「신사와 갈매기」, 「스님과 대장장이」 등을 '이야기 조의 시'라고 분석했다. 이것은 조오현 선시의 형식의 해체와 새로운 시형의 창조적 측면을 밝힌 점이 깊이 있는 연구로 보인다. 맹문재는 「염장이의 시학」[31]에서 「절

---

28) 앞의 글.
29) 앞의 글.
30) 앞의 글.
31) 앞의 글.

간 이야기」를 연작소설과 같다고 정의 내린다. 특히 「염장이와 선사」를 산문시라고 명명하면서 이 시에 나타나는 "문학성을 불교의 본질과 진리로써 주제를 심화시킨다."고 했고, 시조의 형식을 "시조의 관점에서 바라보면 일종의 파격"이라고 말했다. 이 글은 조오현의 선시를 산문시 혹은 "자유시에서 선시의 세계를 확장내지 심화시키"고 있다고 평한 것에 의미가 있다. 서준섭은 「빈 거울을 절간과 세간 사이에 놓기」[32]에서 조오현의 시세계를 선과 원융무애(圓融無碍)의 세계로 보고 있으며, '선과 시'의 상호관련성 등 모두 다섯 가지 항목으로 분류하여 시집과 작품세계를 분석하고 있다. 그리고 조오현의 시조가 '선시조'라는 새 지평을 열었고, 아울러 '고칙시조(高則時調)'와 같은 독특한 형식의 실험적인 접근을 했다고 평가하고 있다. 즉 이 글은 조오현의 선시가 선시일체(禪詩一體)의 시이고, 경허와 달마의 화두를 넘어선 일체 걸림이 없는 평등의 세계를 밝혀냈다는 점에서 유의미를 찾을 수 있다. 오세영은 「조오현의 선시조」[33]에서 그의 선시조를 초기시조와 중기시조, 그리고 후기시조로 나누어 분석하고, 선시조로서의 시조를 조오현의 언어구사에 두었다. 그것은 조오현의 시에 나타나는 빈번한 역설, 반어, 의식적인 착어의 구사가 시조 속에 나타나고 있기 때문이라고 주장했다. 또 「무영수에 깃든 산새들」[34]에서는 조오현의 시를 보살행과 불교사상을 통해 살펴 본 후, 오현의 시조가 우리문학사상 한국 최초의 선시조 창작자이자 본격적인 의미의 선시 완성자"라고 평했다.

---

32) 앞의 글.
33) 앞의 글
34) 앞의 글.

그래서 이 글의 의의는 조오현 선사가 한국 최초의 선시조 창작자라는 위치로 자리매김한 것에 있다고 볼 수 있다. 이숭원은 「시조 미학의 불교적 회통」[35]에서 조오현의 시조가 서정성의 집중적 추구에서 시작하여 개성적 미학을 창조한 과정, 시조의 정형성 속에 불교적 사유를 결합시키면서 불교정신의 바탕 위에 존재론적 성찰을 시조로 표현한 양상, 그의 산문시에 담긴 사상적 형식적 특성 등을 밝혔다. 이 연구에서는 조오현의 시조를 여러 경향으로 종합해서 분석하였고, 그의 시조가 새로운 미학으로 창안되었음을 밝혔다는 것에 의미가 있다. 이승훈은 「조오현 시조의 실험성」[36]에서 주로 『절간이야기』를 읽고, 여기에 수록된 글들은 시조가 아니라고 결정을 내린다. 그러면서 정확한 장르를 구분 짓는 것이 허망하다고 한다. 그 심중에는 조오현 시조의 실험성을 말하고자 하는 의도가 있다. 이것은 조오현 시조의 실험성에 대해서 앞에서 밝힌 다른 글들과 또 다른 관점이다. 이지엽은 「번뇌와 적멸의 아름다운 설법」[37]에서 조오현의 작품에서 '잔잔한 설법을 찾아'라는 소제목을 비롯해서 다섯 가지의 항목으로 구분하여 분석하고 있다. 그리고 조오현 시를 "낮은 곳에서 높은 곳으로 바람이 불고 있으며, 때로는 벽력같은 꾸짖음도 있다"고 했다. 이것은 화엄사상을 쉽게 풀어쓴 점에 의미가 있고, 『절간 이야기』 등의 일부 작품을 소개하면서 그 시편들을 산문시로 보는 것이 대부분인데 사설시조로 보고 있다는 것이 시조의 형식면에서 또 다른 의미가 있다. 「21세기 시조창작의 일

---

35) 앞의 글.
36) 앞의 글.
37) 앞의 글.

방향 고찰」[38]에서 조오현 시조를 창작함에 있어서 조오현 시조의 정형의 변용과 현대적 가락, 3장 6구의 의도적 이탈, 사설의 수용 및 확장이 현대시조 창작에 많은 도움을 줄 수 있다고 판단하고 있다. 그리고 내용면에도 개인의 속물주의 경계 정신과 문명에 대한 비판과 풍자, 에코페미니즘의 미학의 구현이라는 세 가지 특성을 말하고 있다. 이 논문은 조오현 시조를 현대시조의 창작에 접목시켜 분석했다는 점에 의의가 있다. 장영우는 「줄 없는 거문고의 음률」[39]에서 조오현의 시집 『아득한 성자』에 실린 시를 통해 '선기조'와 '선취조'의 엄격한 구분이 있다고 밝히고, 이것을 일별하여 시세계에 접근하고 있다. 그리고 「현대 시조의 중흥과 세계화」[40]에서 조오현의 시조를 "한국적 특수성과 세계적 보편성을 두루 갖춘 장르임을 간파하고 있다"고 평했다. 그리고 "시조의 대중 보급과 세계화를 위한 노력이 구체적으로 성과를 거두고 있다"는 점에서 조오현의 시조를 세계화로 가는 길로 확장시킨 점이 다른 작품 분석과 다르다. 조미숙은 「조오현 선시의 특성」[41]에서 조오현의 선시를 선기조와 선취조로 나누어 분석하고 있다. 선기조의 깊은 성찰도 우범조의 현실에 대한 관심도 조오현에 의해 모두 선시가 된다고 했다. 이것은 앞에서 논한 연구자들과 유사한 점이 있다.

---

60) 앞의 글.
39) 앞의 글.
40) 장영우, 『매일 신문』, 2007. 1월 18일.
41) 앞의 글.

둘째, 불교 사상과 구도자의 삶

① 불교사상

권성훈은 「조오현 선시(禪詩)『일색변』[42]에 나타난 무아론」[43]에서 조오현의 「일색변」에 나타난 무아론을 '오온적 존재의 시적 형상화'로 초장, 중장, 종장을 색(色), 수(水), 상(想), 행(行), 식(識)으로 분석했다. 그것은 불교사상인 무아론에 입각하여 일색변을 불가의 중생과 부처가 일체인 곳으로 차별상대의 모습을 뛰어넘은 평등적 대의 경지를 오온과 무아로 풀어내고 있다. 이것은 조오현의 '일색변'을 통하여 불교철학을 현대시조와 접목시킴으로써 선시의 다양한 지평을 구축했다고 평하고 있다. 이 논문은 조오현의 '일색변을 조밀하게 분석했으며 불교사상을 시조에 접목시킨 어휘들을 구체적으로 분석했다는 점이 돋보인다. 박찬일은 「불이사상(不二思想)의 구체화 · 불이사상의 변주」[44]에서 죽음과 삶, 성과 속을 분별하지 않음이 아니라 '불이사상의 변주'로서 삶의 전면적인 수용을 말하고 있다. 조오현의 불이사상은 원효의 무애사상으로 거슬러 올라간다. 그것은 거칠 것이 없는 사상, 경계를 두지 않는 사상을 의미한다. 그는 『가타집』을 중심으로 불이사상을 '성과 속의 수용', '삶과 몰락의 수용', 등으로 구체화 시켰고, 이것은 "경계를 두지 않는 사상"[45]이라고 평했다. 특히 「불이문」, 「개사입욕」, 「만인고칙」, 「직지

---

42) 유마경 제9 입불이법문품에서 공간의 분별을 경계하는 것, 일색나변의 준말, 청정 일색의 경계.
43) 앞의 글.
44) 앞의 글.
45) 앞의 글.

산 기행초」, 「1980년 4」 등으로 불이사상을 분석하고 있다는 점
에서 의의를 찾을 수 있다. 오종문은 「세상 밖으로 걸어 나온 선
시조」[46]에서 선이란 자기 본래 면목을 찾는데 조오현의 시에서
는 '자기란 무엇인가'라는 물음에 대한 답이 죽을 때까지 존재한
다는 것을 시조를 통해서 펼쳐 보이고 있다고 피력했다. 이것은
조오현의 시창작이 자기를 찾아가는 것인 선의 세계를 보여주고
있다는 것에 의미가 있다. 이문재는 「마음과 싸우기의 어려움의
아름다움」[47]에서 『산에 사는 날에』를 해설하면서 조오현 선시
의 의미를 '진정한 깨달음'의 경지를 찾아가는 것이라고 했다.
이 깨달음은 마음과 싸워서 이루어낸 시조의 어려움과 아름다움
이 조오현 시조의 경지라는 것이다. 이것은 조오현 시조의 깊이
있는 깨달음를 설명해 주고 있다는 것에 의미가 있다. 이상옥은
「승속을 초탈한 不二의 세계」[48]라는 주제로 불이문의 세계로
들어간 조오현의 시조를 분석하였으며, 세상에서 가장 아름다운
만남, 그 순수한 시간으로의 동행이었던 신경림 시인과 조오현
의 『열흘간의 만남』 인용문에서 시승(詩僧)으로서 조오현의 자
취를 밝히고 있다. 이것은 조오현의 삶이 바로 승속의 초탈임을
말한다. 이선이는 조오현의 시세계를 「선 혹은 열림의 언어」[49]
라는 제목으로 "마음의 길과 세속의 길이 둘이 아니라 하나임을
증명하는 구도의 여정을 시적 요체로 삼고 있다"고 밝혔다. 이것
은 성속일여, 불이사상을 시적으로 구현하고 선의 인식을 통해
서 작품분석을 시도했다는 점에서 다른 작품분석과 유사하다.

---

46) 앞의 글.
47) 앞의 글.
48) 앞의 글.
49) 앞의 글.

이호는 「道에 이르는(到) 道를 이르는(云) 詩」50)에서 조오현의 시조를 '苦 · 集 · 滅 · 道'의 사성제로 구분 정리하여 작품을 분석하였다. 이것은 부처님의 최초의 설법이면서 평생 동안 말씀하신 가르침을 조오현 시조와 접목시켜 분석했다는 점에서 창의적 발상이 돋보인다. 장경렬은 「'시인'이 아닌 '시'가 쓴 시 앞에서」51)에서 조오현의 시 세계를 기 · 승 · 전 · 결로 풀어내면서 "그의 시 세계는 '시라는 구속'을 뛰어넘어 자유롭게 존재하는 시 세계"이며 이것이 무아의 세계라고 말하고 있다. 이 글은 조오현이 선승으로서 격외의 시세계를 그려내고 있다고 말하는 듯하다. 홍용희는 「마음, 그 깨달음의 바다」52)에서 『아득한 성자』를 중심으로 '공'의 세계를 수시로 드나들면서 이를 동시적으로 노래하고 있다고 했다. 이것은 무위자연으로서의 마음의 본성과 도의 세계가 중심을 이루고 있다는 점에서 유교가 중심인 조선시대에서는 시조가 노래였고, 선시에서 깨달음을 찾아가는 것을 노래로 보았다는 부분에서 유 · 불 · 선의 어울림이 있다는 것에 의미가 있다.

② 구도자의 삶

김용희는 「여보게, 저기 저 낙조를 보게」53)에서 "무산 스님의 시는 절간에서의 사소한 일상과 생활, 수행자로서의 존재적 고민, 깨달음을 향한 법어로 이루어져 있다."고 했으며, "시야말로 존재의 고정적 불변성을 끝없이 깨뜨려가면서 실천해가는 자

---

50) 앞의 글.
51) 앞의 글.
52) 앞의 글.
53) 앞의 글.

아해체의 과정을 거치면서 풍성해지며 깊어지는 것이라 했다. 그리고 불교적 관념의 도구를 내려놓고 시적 상상력과 인간 보편 존재에 대한 시인의 의식에 주목해 볼 필요가 있다."라고 논했다. 이것은 조오현이 선승(禪僧)인 동시에 시승(詩僧)으로서 살아가는 구도자의 면모를 보여주고 있다는 점에서 중요한 의미가 있다. 김재홍은 「구도의 시·깨침의 시 조오현」54)의 논문에서 조오현의 시를 "깨달음의 시, 구도의 시야말로 시의 궁극적인 바탕이며 이상향"이라고 했으며, 그것을 찾아가는 길은 자기반성과 비움의 삶에 있다고 했다. 이 글은 조오현의 연구들이 해설과 평론에 집중되어 있는 것에 비해 논문으로 쓰여졌다는 것에 의의가 있다. 문홍술은 「현대 시조가 도달한 미학적 감응력의 최대치」55)에서 조오현의 시세계를 1978년 『심우도』부터 2007년 『아득한 성자』까지를 분석하면서 "선승으로서의 구도적인 삶과 그 깨달음을 선시적으로 담고 있다"고 평가했다. 이 글은 조오현의 초기시에서 2007년까지의 시를 선시적 관점에서 분석한 점과 초기시를 서정시로 보았다는 점에 의의가 있다. 신진숙은 「'허기'의 시학」56)에서 조오현의 선시(禪詩)들을 선적 수행과 그로부터 발생한 깨달음을 적은 시들로 선적지향성을 보여주고 있다는 점에서 다른 연구와 비슷하다. 임금복은 「우주적 부처를 발견하는 미의 마술사」57)에서 조오현 선시를 구도자로서의 정진정도에 따라 40대, 60대, 70대에 초점을 맞추어 시조의 변화와 '우주적 부처'를 찾아가는 것으로 범아일여(梵我一如)의

---

54) 앞의 글.
55) 앞의 글.
56) 앞의 글.
57) 앞의 글.

세계를 말하고 있다. 이 글은 조오현의 선시를 범우주적인 생명에 대한 포용력으로 보고 있다. 임수만은 「근원에서 들려오는 노래」[58]에서 조오현의 시편을 통해 그의 '발심'과 '화두참구'의 과정, 그리고 '깨달음'과 '교화'에 이르는 길을 보여주고 있다고 평하고 있다. 이 글에서 조오현의 선시가 결국엔 중생 구제의 대승적 사상의 근원에 있다는 것을 말하고 있다.

이상의 연구 성과에서 알 수 있듯이 조오현의 선시는 정형적인 시조의 형식과 『절간 이야기』 등에 나타나는 풀어진 형식을 통해서 대자연인의 면모가 드러나 있다. 그리고 선시 특유의 오묘한 시어(詩語)에 나타나는 승속불이의 사상에서 시심과 불교적 세계관이 나타나 있다.

셋째, 조오현 시조의 다양한 담론

① 상호텍스트적 접근

김옥성은 「윤리와 사유의 마루」[59]에서 조오현의 시조 「아득한 성자」의 미학적 표현이 종교적 사유로 "윤리와 사유의 마루"로 세속화되고 있는 오늘날을 종교적 사유를 성스러움의 사상으로 담고 있다고 했다. 그리고 정진규의 「껍질」과 정호승의 「포옹」을 분석하면서 우주의 공생에 대해서 말하고 있다. 이것은 조오현의 시조를 다른 시인들의 시와 접목하여 사상을 논했다는 점에서 조오현 시를 확장시켰음을 다각적으로 평하고 있다. 김형중은 「한국선시의 현대적 활용」[60]에서 선시의 선구자

---

58) 앞의 글.
59) 앞의 글.

로 한용운의 선시와 인생의 철리를 선시로 노래한 서정주와 한국선시의 모델을 제시한 조오현의 선시세계를 비교 분석하여 선의 철리를 원용한 시인이나 시의 원리를 차용한 선승이나 모두 불교적 교리인 윤회사상을 말하고 있다고 평했다. 송준영은 「선시의 텍스트, 『심우송』- 경허 만해 설악을 중심으로」[61]에서 심우송의 원류인 보명의 십우송, 곽암 지원의 십우송을 차례로 해설하고, 아울러 경허와 조오현의 「심우송」을 주해와 자신의 생각인 착어를 깃들여 좀 특이하게 해설하고, 경허의 「심우 8송」과 만해의 「심우송」을 비교하고 있다. 최동호는 「심우도와 한국 현대 선시」[62]에서 심우도의 선적의미와 경허의 「심우송」을 분석하고, 한용운의 「심우장설」과 선시의 관계를 밝히며, 조오현의 「심우도」를 「절간이야기」에 나오는 시편들과 병용하여 비교하고 있다. 이 비교의 결과 경허와 한용운 그리고 조오현은 곽암의 「심우도」를 원용해서 불교적 세계관을 나타내고 있음을 알 수 있다.

② 심리학적 접근

권성훈은 「현대 선시조에 나타난 치유적 성격연구」[63]에서 조오현의 시에 나타난 삼승과 세 가지 출가법을 현실 세계의 고통과 번뇌인 '고집'[육친 출가]을 '멸[법계출가]도[오온출가]'하고 세계를 극복하여 사성제에 도달하는 치유적 과정을 분석해 냈다. 이 논문은 조오현의 출가를 불교의 출가법으로 해석했다는

---

60) 앞의 글.
61) 앞의 글.
62) 앞의 글.
63) 앞의 글.

점에 의의가 있다. 그리고 「한국 불교시에 나타난 치유성 연구」[64]에서는 현대 불교시가 기호를 통하여 억압을 분출시키는 치유를 위한 도구로써의 가능성에 대한 분석을 한용운, 김달진, 조오현을 중심으로 하고 있다. 이것은 불교시의 존재에 대한 연속성의 고행에 초점을 맞추었다. 그리고 불교 사상을 시어로서 외현화시켜 시를 창작할 때 '자기성찰의 언어'이자 '깨달음의 소리'로 그 의미가 확대된다고 분석했다. 즉 자기 성찰과 깨달음을 시어로 표현하면서 스스로 치유가 된다고 밝히고 있다. 이 논문은 불교시를 치유성에 접목시켰다는 점에 큰 의미가 있다. 이지엽·유순덕의 공동논문 「무산 조오현 시조에 나타난 융의 4가지 심리 유형 연구」[65]에서 융의 심리 유형론과 정신의 기능을 조오현 시조의 심리 유형 4가지 양상으로 분석했다. 그것은 감정을 세속의 응시로 감각을 지각과 형상으로 사고를 성소와 성찰로 직관을 순간의 미학으로 분석하였다. 이 논문은 조오현의 시조가 융과 접목하여 새로운 양상으로 나타나고 있음에 의미가 있다.

③ 기타

조오현 시조 전반에 관한 연구로 석성환의 논문 「무산 조오현의 시조 연구」[66]가 있다. 이 논문은 조오현의 창작활동과 문학관, 그리고 작품의 구조와 선을 통한 삶의 태도 등을 총망라했다. 이것의 기본 연구서로는 『만악가타집(萬嶽伽陀集)』을 들고 있는데, 이것은 조오현이 『만악가타집』의 목록을 선취조(禪趣

---

64) 앞의 글.
65) 앞의 글.
66) 앞의 글.

調), 선기조(禪機調), 우범조(又凡調)로 나누어 놓은 것을 기본으로 그의 작품세계를 선시로 포괄적으로 조명을 하고 있다는 점에서 뜻 깊은 연구라 할 수 있다. 하린의 「조오현 선시조를 읽는 몇 가지 방식」[67]에서 조오현의 시창작의 방법론적 측면에서 모순어법이나 역설, 풍자, 상징 등의 기법이 선시에 어떻게 원용되고 있는지를 선종의 네 가지 종지인 교외별전, 불립문자, 직지인심, 견성성불로 시적 방법론적 측면을 말하고 있다.

위에서 살펴본 것과 같이 종국적으로 그의 시는 여타의 시인들과 근원적으로 다름을 선행연구로써 알 수 있다. 조오현의 선시는 선승으로서 불이사상을 통해 중생과 하나가 되려는 대승적 성격을 함의하여 개진하고 있다는 점이다.

3. 연구 대상과 방법

본고의 연구 대상은 시집 『심우도』[68]와 『산에 사는 날에』[69], 『만악가타집』[70], 『절간이야기』[71], 『아득한 성자』[72], 『비슬산 가는 길』[73] 그리고 조오현의 전집인 『적멸을 위하여』[74] 등과 산문집 『백유경[75]의 교훈-죽는 법을 모르는데 사는 법을

---

67) 앞의 글.
68) 조오현, 『심우도』,한국문학사, 1979.
69) _____, 『산에사는 날에』, 태학사, 2000.
70) _____, 『만악가타집』, 만악문도회, 2002.
71) _____, 『절간이야기』, 고요아침, 2003.
72) _____, 『아득한 성자』, 시학, 2007.
73) _____, 『비슬산 가는 길』, 시와 사람, 2008.
74) 권영민 편,『적멸을 위하여』, 문학사상, 2012.

어찌 알랴』[76], 역해『벽암록』[77], 『무문관』[78], 편저『선문선답
』[79]과『신경림 시인과 오현 스님의 열흘간의 만남』[80] 등을 바
탕으로 전개된다.

　『尋牛圖』는 1978년 조오현의 첫 시집이다. 이것은 1968년
『시조문학』에 추천된 지 10년 후에 출간되었는데 책머리에 실
린「자서(自書)」에서 "제 I 부는 백수의 영향을 받고 그 때의 심
경(心境)"을 표현한 것이고, 제 II 부는 "70년대 초 경허(鏡虛)와
의 만남에서 얻어진 것"[81]으로 그때 화두는 '문둥이가 부처다'[82]
였다. 이렇듯 제 I 부는「할미꽃」을 비롯해서 서정성 짙은 작품
들이 주류를 이루었고, 제 II 부에는 경허의 영향을 받아서 선시
조가 주류를 이룬다. 1968년에 등단하여 10년 만에 상재한 이
시집은 이렇게 자신의 정서를 드러내는 서정과 선승으로서 깨달
음의 깊이를 나타내는 선시가 수록되어 있다.

　2000년에 상재한『산에 사는 날에』는『尋牛圖』에 수록된 시
편들을 다시 제목을 달리해서 실은 것과 새로운 시편들이 함께
수록된 것이 특징이다. 2002년 시선집『만악가타집』에 수록된
시편들은 104편이다. 이것은 1978년『심우도』의 시편 제1부에
실은「연거」,「산목단」,「완월」,「1950년 염원」,「1950년 봄」,
「바다」,「조춘」,「대령」,「새싹」등 9편과 제2부의「일색변 1」,

---

75) 백유경은 어리석은 사람들에게 부처의 가르침을 비유로써 쉽게 이해하도록 한 경전.
76) 조오현,『백유경의 교훈-죽는 법을 모르는데 사는 법을 어찌 알랴』, 도서 출판 장승, 2005.
77) 조오현 역해,『벽암록』, 불교시대사, 1997.
78) _____,『문무관』, 불교시대사, 2007.
79) 조오현 편저,『선문선답』, 도서출판 장승1994..
80) 신경림. · 조오현,『열흘 간의 만남』, 인연, 2004..
81) 조오현,『심우도』, 한국문학사, 1978. 2쪽.
82) 서준섭,「'빈 거울'을 절간과 세간 사이에 놓기」,『시조월드』, 2005, 상반기, 93~112쪽.

「일색변 2」, 「일색변 3」, 「일색변 4」, 「일색변 5」, 「일색변 6」, 「일색변 7」「일색변 결구 8」, 「몰살랑의 서설」, 「별경」 등 10편 그리고 제3부 「1970년 방문 8」, 「1970년 방문 9」, 「1970년 방문 10」, 「1970년 방문 11」, 「1970년 방문 12」, 「1970년 방문 13」, 「1970년 방문 14」, 「1970년 방문 15」, 「1970년 방문 16」, 「1980년 방문 1」, 「1980년 방문 2」, 「1980년 방문 3」 12편 등을 합하면 31편이 새로운 시이다. 이 시들을 세 장(章)으로 나누어 제1장은 '선취조(禪趣調)'라 하여 선의 향기를 머금은 시를, 제2장은 '선기조(禪機調)'라 하여 게송, 오도송으로 분류하며 본격적인 선시가 수록되어 있고, 제3장은 '우범조(又凡調)'라 하여 세속 범인풍(凡人風)의 시들을 싣고 있다. 하지만 선과 무관해 보이는 '우범조(又凡調)'의 시에서도 선적 향취가 세상과 소통하려는 시인의 마음과 함께 녹아 있다.

2003년 『절간 이야기』에 수록된 시는 73편이다. 그 중에서 1부의 32편과 2부 「선화」, 「무자화」, 「산승 1」, 「산승 2」, 「산승 3」, 「불이문」, 「앵화」 등의 7편과 3부의 「남산골 아이들」, 「적멸을 위하여」, 「일월」 3편을 합하면 42편이다. 조오현의 『절간이야기』 시편들은 시조의 고정된 틀을 넘어서면서 그 형식의 해체와 새로운 시형의 창조가 돋보인다. 그는 여러 가지 목소리를 하나의 시적 정황 속으로 끌어들여 그 속에서 시적 긴장을 만들어낸다. 이를 달리 말하면 '이야기조의 시'[83]라고 할 수 있다. 이 시집은 시조의 균제의 미를 넘어서 더 넓고 더 높은 '포괄의 미학'[84]을 보여준다. 이 시편들에 등장하는 인물들은 사회의 지도

---

83) 권영민 편, 『적멸을 위하여』, 문학사상, 2012. 272~293.
84) 권영민 편, 위의 책.

층이 아닌 민중이지만 삶을 대하는 자세가 솔직하면서도 진지한 면을 보인다.

2007년『아득한 성자』는 94편의 시가 수록되어 있다. 그 중 제1부에서는 「아득한 성자」, 「아지랑이」, 「허수아비」, 「오늘」, 「춤 그리고 법뢰」 등 5편과 제2부 「성, 토요일의 밤과 낮」, 「오늘의 낙죽」, 「떡느릅나무의 달」, 「쇠뿔에 걸린 어스름 달빛」, 「주말의 낙필」, 「어간대청의 문답」, 「궁궐의 바깥 뜰」, 「늘 하는 말」 등 8편, 제 3부 「뱃사람의 말」, 「한등」 등 2편과 제4부 「저물어 가는 풍경」, 「어스름이 내릴 때」, 「숲」, 「망월동에 갔다 와서」, 「죄와 벌」, 「내 울음소리」, 「새싹」, 「봄의 불식」, 「봄의 소요」 등 9편과 제5부 「들오리와 그림자」, 「재 한줌」, 「신사와 갈매기」, 「백장과 들오리」, 「다람쥐와 흰 고무신」, 「스님과 대장장이」, 「불국사가 따라와서」, 「눈을 감아야 세상이 보이니」, 「탄생 그리고 환희」, 「삶에는 해갈이 없습니다」 등 10편이다. 그래서 총 34편이 새로운 시로 수록되어 있으며 나머지는 재수록된 것들이다. 특히 이 시집에 수록된 정지용문학상을 수상한 「아득한 성자」는 성과 속이 둘이 아니라 하나임을 하루살이 떼를 통해서 보여주고 있다.

2008년『비슬산 가는 길』에 수록된 「무산심우도」는 조오현이 1978년에 간행한 시조집 『심우도』에 발표한 바 있다. 이 시집에는 83편의 시가 수록되어 있다. 이 시집은 새로운 시는 없고, 앞에 수록된 시들이 재수록 되어 있다. 「비슬산 가는 길」도 첫 시집 『심우도』에 실린 작품이 시집 제목으로 재탄생되었다.

위에서 조오현 시집을 살펴 본 바와 같이 첫 시집 『심우도』에서 『비슬산 가는 길』에 수록된 시편들은 서정시 짙은 선취시에서 선기시로 이어지고 있음을 알 수 있다. 그래서 본고 연구 방법은 그의 시 전체를 바탕으로 진행될 것이다.

Ⅰ장에서는 서론으로 연구의 목적과 필요성을 밝히면서 선행연구의 검토와 연구대상과 방법을 밝힌다.

Ⅱ장에서는 선시의 형성 배경과 전승을 살펴볼 것이다. 먼저 1절에서 선시가 형성된 배경을 바탕으로 선의 세계와 선의 표현 방법, 선과 시의 결합을 소주제로 나누어 볼 것이다. 그리고 2절에서 선시의 기원 및 발전과 한국 선시의 전승을 살펴볼 것이다.

Ⅲ장에서는 조오현 선시의 형성 배경과 창작 과정을 살펴볼 것이다. 그러기 위해서 1절에서는 조오현의 생애와 시대적 배경, 그리고 문학관을 탐구해 볼 것이다. 2절에서는 시조의 형성과 선시의 구현방법으로 그의 시에 나타나는 형식적인 평시조, 연시조, 연작시조, 사설시조를 분석할 것이다. 3절에서는 출세간(出世間)의 이미지와 상상력, 구도행(求道行)의 비유와 상징, 진여법계(眞如法界)의 반어와 역설, 우주합일(宇宙合一)의 인유와 패러디를 통해서 조오현 선시의 표현기교와 창작 방법으로 분석해 보겠다.

Ⅳ장의 1절에서는 불교적 세계관으로 생멸의 '불이', 우주만물의 '화엄', 대중교화의 '무애'로 살펴볼 것이다. 2절에서는 선시의 양상과 주제에서 그가 분류한 선시를 바탕으로 '견성오도(見性悟道)'의 선기시, '자연경계(自然境界)'의 선취시(禪趣詩), '중생구제(衆生救濟)'의 우범시(又凡詩), '승속일여(僧俗一如)'의 선화시(禪話詩)로 나누어 살펴볼 것이다.

Ⅴ장은 결론으로 지금까지 연구한 결과를 바탕으로 앞으로 조오현 연구의 방향을 제시할 것이다.

제2부

선시(禪詩)의 형성배경과 전승

1. 선시의 형성

1) 선(禪)의 세계

선은 인도에서 석가 이전부터 '유가(瑜伽)'라 하여 유사한 방법으로 수행하던 것을 석가가 선정(禪定)으로 체계화시켰다. 이 것은 "깊은 사유와 정각(正覺)을 통해 불교의 실천 수행을 하는 것으로 석가 입멸 500년 후 불교가 대승 불교화 되면서 하나의 사상"[85]으로 자리 잡았다. 이것이 중국으로 전해지면서 선이란 용어가 사용되는데 어원은 범어(梵語)인 "드흐야나(Dhyāna)의 음역(音譯)인 선나(禪那)에서 유래되었다. 후에 나(那)가 생략되고 선으로만 쓰"[86]이게 되었다. 이 말에는 "정정(正定)·정려(靜慮)·사유수(思惟修)·자기제어 등의 다양한 의미"[87]가 담겨 있지만 그 중 가장 중요한 것은 정정(正定)으로 바르게 집중하여 삼매에 들어 마음으로 생각하는 것이다.

마음은 "'만법의 근원이며, 지혜의 창고'이다. 이것은 '여래 장'과도 일맥상통한다. 즉 '여래(如來)'는 부처이고, '장(藏)'은 창고이므로, 부처의 창고(倉庫)"[88]를 의미한다. 이것은 본래부터 자기 안에 부처가 있다는 뜻으로 그것을 찾으려면 명심견성(明心見性)해야 한다. 이것은 "자아와 우주의 본질을 파악하여 진아(眞我)[89]"에 이르는 것으로 본래면목을 찾는 것이다. 그런데

---

85) 박 석, 『인문학, 동서양을 꿰뚫다』들녘, 2013, 198~199쪽.
86) 법 홍 편, 『선의 세계』, 도서출판 호영, 1982. 3쪽.
87) 송석구, 『한국의 유불사상』, 思社硏新書 6, 1985, 134쪽.
88) 한용운, 「내가 믿는 불교」, 『한용운 전집』2권, 신구문화사, 1973. 288쪽.

본래면목은 말로 설명할 수가 없다. 그래서 선은 "불립문자(不立文字), 교외별전(敎外別傳), 직지인심(直旨人心), 견성성불(見性成佛)"이라는 보리달마(菩提達磨, ? ~ 528)[90]의 『오성론(悟性論)』에 그 종지(宗旨)를 두고 있다. 이른바 우주의 본질과 자아의 실체를 파악해서 여여(如如)하게 진자아(眞自我)를 발견해 나가는 것이다. 그래서 깨달음의 세계가 선의 세계이며 그 세계에 들기 위해서는 먼저 수행을 해야 한다.

선의 수행은 내면을 증득(證得)하는 것이라 할 수 있다. 그래서 "육신은 이 마음의 그림자에 불과"[91]함으로 마음 외에는 어느 것도 존재할 수 없다. 본래 마음을 찾기 위해서는 수행 정진해야한다. 본래면목을 찾게 되면 대자유인(大自由人)이 되고, 대도(大道)의 길을 걷게 된다. 그래서 선의 세계에 든다는 것은 대승불교의 교리로 보면 범부가 본래의 마음을 찾기 위해서 수행하고, 그 수행으로 깨달음에 이른 각자(覺者)는 그 깨달음에 머물지 않고 중생을 제도해야 한다. 이것이 진정한 선의 세계에 들었다고 할 수 있다.

---

89) 나종순, 「한국 선시의 형성과 전개」, 『한국 불교문학 연구』하, 동국대 출판부, 1988, 3쪽.

90) 중국 남북조시대의 선승. 중국 선종의 창시자. 범어로는 보리다르마이며 보리달마로 음사하는데, 달마는 그 약칭이다. 남인도(일설에는 페르시아) 향지국의 셋째 왕자로, 후에 대승불교의 승려가 되어 선에 통달하였다. 520년경 중국에 들어와 북위의 뤄양에 이르러 동쪽의 쑹산 소림사에서 9년간 면벽좌선하고 나서, 사람의 마음은 본래 청정하다는 이(理)를 깨달아야 한다고 주장하고, 이 선법을 제자 혜가에게 전수하였다. 그의 전기는 분명하지 않으나, 최근 둔황에서 출토된 자료에 따르면, 그의 근본사상인 '이입 사행(二入四行)'을 설교한 사실이 밝혀졌는데, 오늘날의 학계의 정설로는, 달마는 『사권능가경』을 중심으로 이입과 사행의 가르침을 설파하여 당시의 가람불교나 강설불교와는 정반대인 좌선을 통하여 그 사상을 실천하는 새로운 불교를 강조한 사람이다. (『두산동아대백과사전』7권. 148쪽.)

91) 법 홍 편, 앞의 책, 4쪽.

2) 선의 표현 방법

선의 표현 방법에는 언어적 표현과 비언어적 표현이 있다. 아래 〈표1〉에서 살펴보면 선의 언어적 표현에는 시적 표현(詩的 表現)으로 오도송(悟道頌)[92]과 게송(偈頌)[93], 그리고 열반송(涅槃頌)[94]등이 있고, 강의식 표현(講義式 表現)으로는 상당설법(上堂說法)[95]과 시중법문(示衆法門)[96] 등이 있으며, 대화적 표현(對話的 表現)으로는 선문답(禪問答)[97]이 있다. 그리고 비언어적 표현에는 행동적 표현(行動的 表現)이 있는데, 그 종류는 행봉(行捧), 일장(一掌), 전수(展手), 할(喝), 타고(打鼓), 작무(作舞), 묵연(黙然), 단지(斷指), 참묘(斬猫) 등이 있다.

〈표 1〉 선의표현방법[98]

표현 방법		형태
언어적 표현	시적 표현(詩的 表現)	오도송(悟道頌), 게송(偈頌), 열반송(涅槃頌)
	강의식 표현(講義式 表現)	상당설법(上堂說法), 시중법문(示衆法門)
	대화적 표현(對話的 表現)	선문답(禪問答)
비언어적 표현	행동적 표현(行動的 表現)	행봉(行捧), 일장(一掌), 전수(展手), 할(喝), 타고(打鼓), 작무(作舞), 묵연(黙然), 단지(斷指), 참묘(斬猫)

---

92) 깨달음에 이르렀을 때 읊는 오도송.
93) 가타(伽陀)라고도 한다.
94) 죽음을 앞두고 읊는 열반송.
95) 주지가 설법하기 위해 법당에 올라가서 강의 형식을 빌려 얘기 하는 것.
96) 여러 사람을 훈시하는 것.
97) 깨달은 자와 깨달은 자, 그리고 깨달은 자와 깨닫지 못한 자 간의 선의 경지를 거양(擧揚)하면서 물음과 대답을 주고받는 형식.
98) 정영수, 「불교 선문답(禪門答)의 의미 공유와 기능에 관한 연구」, 석사학위논문, 연세대학교, 1998, 57쪽

이와 같이 선의 표현 방식은 깨달음을 표현하는 방편으로써 언어적 표현이 대표적인데 이 중 시적 표현은 선시로 발전하게 되고, 대화적 표현은 선문답[99]으로 스승과 제자의 대화로 화두선이 된다. 이것은 분별과 망상을 끊어 버리고, 무념무상의 경지에 들어가는 수행 방법을 일컫는다. "화두는 '공안'이라고 하며, 선의 수행 방법 중 대표적인 것이라 할 수 있는 것으로 선의 언어적 특성을 잘 나타내주고 있다."[100]

선문답의 가장 기본 구조는 먼저, 스승이 제자에게 묻는 방법이 있고, 다음은 제자가 스승에게 묻는 방법이 있다. 이것은 "언어로 구축한 우상적인 의미의 세계에서 구체적인 존재의 세계로 가기 위해서는 일상적인 언어의 논리를 버려야"[101]한다.

아래는 스승이 제자에게 묻는 방법으로 백장회해(百丈懷海, 720~814)[102]와 오봉의 선문답이다.

---

99) 『종용록(從容錄)』해제(解題)에서 알 수 있듯이 선문의 공안을 1칙이라 정하고, 시중(示衆), 광어(廣語), 대(代), 별(別), 징(徵), 송(頌) 등의 형식으로 나눈다. 『벽암록』의 구조에서도 각각의 선문답의 사례를 1칙으로 정해놓고, 그것을 본칙(本則)이라고 한다. 그리고 그 칙에 원오선사(圜悟禪師)의 수시(垂示)와 평창(評唱), 그리고 착어(着語)가 들어가 있으며, 설두선사의 송고가 포함되어 있는 것이 특징이다.

100) 신현락, 『한국 현대시와 동양의 자연관』, 한국문화사, 1998, 109쪽.

101) 신현락, 위의 책, 111쪽

102) 속성 왕(王). 휘 회해. 시호 대지(大智). 푸젠성[福建省] 출생. 백장산(百丈山)에 오래 머물러 백장선사라는 호칭을 얻었다. 각조(覺照) 또는 홍종묘행(弘宗妙行)이라는 별칭도 있다. 20세 때 서산(西山) 혜조(慧照)를 따라 출가, 그 후 남종선(南宗禪)의 도일(道一)에게 배워 깨달음을 얻고, 장시성[江西省] 대웅산(大雄山:백장산)에 자리를 정했다. 향존암(鄕尊庵:백장사)을 창건하여 선풍(禪風)을 일으키고, 선의 규범인 ≪백장청규(百丈淸規)≫를 제정하여 교단의 조직이나 수도생활의 규칙 등을 성문화하였다. 그의 수도생활은 매우 준엄하여 "하루를 무위(無爲)로 지내면 그날은 굶는다"고 할 정도였다. 많은 제자가 그에게 모여들었는데, 그 중에서도 황벽(黃檗) 희운(希雲)과 위산(潙山) 영우(靈祐) 두 사람은 걸물로서, 뒷날 이들의 계통에서 임제종(臨濟宗)과 위앙종(潙仰宗)이 시작되었다.(『두산동아대백과사전』12권. 77쪽.)

"너는 목구멍과 입술을 닫고 말할 수 있겠는가?"

"화상께서 먼저 목구멍과 입술을 없애 보시지요?"

백장 화상이 말했다.

"아무도 없는 곳에서 이마에 손을 얹고 너를 기다리겠노라."[103]

백장이 오봉에게 "목구멍과 입술을 닫고 말할 수"있느냐고 묻는다. 이것은 일상의 행동으로는 할 수 없는 것이다. 그래서 오봉은 "화상께서 먼저 목구멍과 입술을 없애"보라고 백장의 질문을 맞받아 되묻는다. 이것은 오봉이 백장의 질문에 대한 의도를 파악하고 있음을 의미한다. 오봉의 되묻는 질문에 백장은 오봉의 깨달음의 수준을 알고, 그를 인가(印可)한다. 그래서 스승은 "아무도 없는 곳에서 기다리겠"다고 하는 것이다.

다음은 제자가 스승에게 묻는 방법으로 달마와 혜가의 '안심법문'이다.

달마 대사가 면벽을 하고 있을 때였다.

이조 혜가(二祖 慧可, 487~593)[104]는 눈 속에 서서 팔을 자르고 이렇게 말했다.

"제자의 마음이 편안하지 않습니다. 스님께서 제 마음을 편안하게 해

---

103) 무문관 제71칙 백장이 오봉에게 묻다(百丈問五峰)(조오현 역해, 『무문관』, 불교시대사, 2007, 242쪽.)

104) 중국 남북조(南北朝)시대의 승려로 달마의 제자가 되었을 때, 눈 속에서 왼팔을 절단하면서까지 구도(求道)의 성심을 보이고 인정을 받았다는 전설로 유명한데, 이것은 후에 〈혜가단비(慧可斷臂)〉라는 화제(畵題)가 되었다. 초명은 신광(神光)이다. 허난성[河南省] 뤄양[洛陽] 부근 무로(武牢)출신. 중국 선종(禪宗)의 제2조(祖)로, 젊어서는 노·장(老莊)과 유학을 공부하였으나 후에 출가하였다. 520년 선종의 개조(開祖)인 달마(達磨)의 제자가 되어 6년간 수행한 끝에 스승의 선법(禪法)을 계승하여 각지에서 포교하다가 사람들의 미움을 받아 처형되었다. 제자에 선종 제3조 승찬(僧璨)이 있다.(『두산동아대백과사전』28권. 209쪽.)

주십시오."

대사가 말했다.

"그 마음을 가져오면 내가 너를 편안케 해주리라."

혜가가 다시 말했다.

"그 마음을 아무리 찾아도 찾을 수가 없습니다."

이에 대사는 이렇게 말했다.

내가 벌써 너의 마음을 편안케 해 주었다.[105]

제자 신광은 스승 달마와의 대화에서 비로소 깨달음을 얻게 된다. "오늘에야 모든 법이 공적(空寂)하고 보리가 멀리 있는 것이 아님을 알았습니다."[106] 이 문답에서 알 수 있듯이 이것은 발화에서 결과가 나오기까지 일상의 사고를 초월한 그 너머의 것으로 진리를 터득해 가는 과정이 나타나 있다.

이렇듯 선의 표현 방법에서 언어적 표현방법의 대표적인 것이 선문답과 시적인 것이다. 선문답은 스승과 제자의 문답으로 깨달음을 얻는 과정을 말로써 표현한 것으로 깨달음에 이르는 과정에 유용하게 작용하고 있음을 알 수 있다. 시적인 것은 자신이 수행 정진하여 깨달음에 이른 것을 오도송(悟道頌)이라 하고, 불교적 교리를 담은 한시의 형태를 게송(偈頌)이라 하는데 이것은 선가(禪家)의 시게(詩偈), 송고(頌古), 가송(歌頌) 등을 통칭하여 이른다. 그리고 열반송(涅槃頌)이 있다. 이 둘의 공통점은 언어 너머의 초월적 언어의 구사로써 역설적이며, 상징적이고, 직관적이다. 이것은 직지인심으로 깨달음을 얻는 것을 말한다.

---

105) 무문관 제 41칙 달마의 안심(達磨安心).(조오현 역해, 『무문관』, 불교시대사, 2007, 250쪽.)

106) 조오현 역해, 『무문관』, 불교시대사, 2007, 253쪽.

3) 선과 시의 결합

두송백(杜松白)은 『선과 시』에서 "선(禪)은 종교의 범주에, 시는 문학의 영역에 속하므로 성질 면에서 근본적인 차이로 하나가 될 수 없지만, 선종(禪宗) 조사들의 시선융합을 거친 후 자연스럽게 하나가 되었다"[107]며 시선융합에 관한 이론을 전개하였다. 이것은 선과 시가 인간의 '마음'과 밀접하게 관계된 것으로 볼 때, 선과 시의 결합은 자연스러운 것임을 알 수 있다. 그 이유는 "선은 종교라 하고, 또 이르되 선은 철학(哲學)이라 하고, 또 이르되 선은 예술(藝術)"[108]이기 때문이다. 중국 선종사(禪宗史)에서도 혜능(慧能, 638~713)[109]과 신수(神秀, 605 ~ 706)[110]가 "시적 형식으로 선의 묘의(妙意)를 밝힌 사례"[111]가 있

---

107) 두송백, 박원식 · 손대각 역, 『선과 시』, 민족사, 2000, 28쪽.

108) 조지훈, 「선의 예비지식」, 『선의 세계』, 호영출판사, 1992. 34쪽.

109) 당(唐)나라 시대의 선승(禪僧)이며, 선종(禪宗) 제6조이자 남종선(南宗禪)의 시조. 육조대사 또는 조계(曹溪)대사라고도 한다. 중국 광동성(廣東省) 신주(新州)에서 출생. 혜능은 어려서 아버지를 잃고 땔나무를 해 팔아 어머니를 봉양하던 가운데 어느 날 장터에서 한 스님이 ≪금강경≫ 가운데에서 '응무소주이생기심(應無所住 而生其心)'이라는 대목을 읽는 소리를 듣고 홀연히 마음속에 어떤 깨달음이 있어 출가 수행할 뜻을 품었다. 어머니의 허락을 얻어 황매산(黃梅山)으로 5조 홍인(弘忍)대사를 찾아가 법을 전해 받고 선종의 제6조가 되었다. 그리하여 홍인의 인가를 받아 종통을 잇고 발우와 장삼을 전수받았다. 법을 전해 받기는 했으나 신수를 따르던 무리들의 행패로 아직 법을 펼 때가 아님을 알고 야반삼경에 황매산을 빠져나와 남방으로 가서 18년간 사냥꾼 속에 숨어 살다가 마침내 신수의 북점종풍(北漸宗風)에 대해서 남돈선풍(南頓禪風)을 떨쳤다. 당시의 선종은 신수의 북종(北宗)과 혜능의 남종(南宗)으로 나뉘어져 있었으나, 북종은 차츰 쇠퇴해지고 남종은 크게 번창했다. 혜능은 석가모니불로부터는 33조요, 달마로부터는 6조이나, 그 이후로는 따로 의발(衣鉢)을 전수하지 않았다. 그러나 혜능의 선풍은 중국 · 한국 · 일본 등지에서 크게 발전했다. 혜능의 법문을 수록한 ≪육조단경≫은 선종에서 매우 중요시하는 경전의 하나이다.(『두산동아대백과사전』28권. 209쪽.)

110) 당나라 때의 선승(禪僧). 변주(汴州) 울지(尉氏, 河南 開封 남쪽) 사람으로, 속성(俗姓)은 이(李)씨다. 신장이 8척이고, 눈썹과 눈매가 빼어났으며, 위덕(威德)이 당당했다. 젊어서부터 경사(經史)를 읽어 박학다문(博學多聞)했다. 체염수법(剃染受法)하고, 스승을 찾아 여러 곳을 다녔다. 나중에 기주(蘄州) 쌍봉(雙峰) 동산사(東山寺)에 이르러 오조홍인(五祖弘忍)을 참알(參謁)하고 나무하고 물을 기르면서 도를 구했다. 홍인 또한

다. 이것으로 미루어 보아 선시는 선가에서 선을 나타내기 위하여 시의 형식을 차용해 오면서 시작된 것임을 알 수 있다. 이러한 현상은 언어를 극단적으로 배제하는 '불립문자'라기보다 언어 그 자체를 인정하는 '불리문자'이며 선적 방편의 도구라 할 수 있다. 하지만 당나라에서는 한산(寒山), 왕유(王維), 백거이(白居易) 등의 문사들이 선시를 썼고, 송나라에서도 소식(蘇軾), 소철(蘇轍), 엄우(嚴羽) 등이 선시를 창작하였다.

엄우(嚴羽, 1185?~1253?)[112]는 『창랑시화(滄浪詩話)』[113],

큰 그릇으로 여겨 교수사(敎授師)를 맡겼다. 오조 문하의 제일위(第一位)에 올라 신수상좌(神秀上座)란 이름을 얻었다. 또 대감혜능(大鑑慧能)과 서로 친해 서로 깨우쳐주었다. "몸은 보리수요 마음은 명경대라. 날마다 열심히 닦아 먼저가 없게 하리라.(身是菩提樹 心如明鏡臺 時時勤拂拭 莫使惹塵埃)"는 게송이 유명하다. 그러나 의발(衣鉢)은 전해 받지 못했다. 고종(高宗) 상원(上元) 2년(675) 10월 홍인이 입적하자 강릉(江陵) 당양산(當陽山)으로 옮겨 전법(傳法)하니 승려들이 그의 덕풍(德風)에 귀의해 도예(道譽)를 크게 떨쳤다. 측천무후(則天武后)가 소식을 듣고 불러 내도량(內道場)에 들게 하고, 특별히 존중했다. 칙명으로 당양산에 도문사(度門寺)를 세워 그 덕을 기렸다. 중종(中宗)이 즉위하자 역시 존경하여 중서령(中書令) 장열(張說)이 제자의 예를 갖추었다. 일찍이 무후에게 상주하여 혜능을 부르게 하고, 스스로도 편지를 써서 초청했지만 혜능이 고사하면서 자신은 영남(嶺南)과 인연이 있어 대유령(大分嶺)을 넘을 수 없다는 대답을 들었다. 그래서 선문(禪門)에 남능북수(南能北秀)란 말이 나오게 되었다. 신룡(神龍) 2년 2월 낙양(洛陽) 천궁사(天宮寺)에서 입적했고, 세수(世壽) 102세다. 시호는 대통선사(大通禪師)인데, 선문에서 시호는 받은 최초의 일이었다. 법류(法流)는 장안(長安)과 낙양 일대에서 흥성했다. 선지(禪旨)를 드날리고 점오(漸悟)의 설을 주장하여 남종선(南宗禪) 혜능이 주장한 돈오(頓悟)와 대비되어 남돈북점(南頓北漸)이란 말이 나오게 되었다. 제자 가운데 도선(道璿)은 일찍이 일본에까지 이르러, 일본 초기 수선자(修禪者)는 대부분 이 계통에 속하게 되었다. 법사(法嗣)에 숭산보적(嵩山普寂)과 경조의복(京兆義福) 등이 있다. 문정(門庭)이 한 때 융성하여 세칭 북종선(北宗禪)의 조(祖)로 불렸다. 그러나 법류가 몇 대를 이어지지 못하고 쇠미해지고 말았다.(宋高僧傳 卷8『두산동아대백과사전』17권. 43쪽.)

111) 혜능이 법을 전해 받게 된 계기는 다음과 같다. 홍인대사는 수상좌인 신수(神秀)가 지은 "몸은 이 보리의 나무요, 마음은 명경대와 같은지라, 때때로 부지런히 떨고 닦아서, 티끌을 일으키지 말라(身是菩提樹 心如明鏡臺 時時勤拂拭 勿使惹塵埃)"는 게송을 보고 인가하지 않았다. 그러나 혜능이 지은 "보리는 본래 나무가 없고, 명경도 또한 대가 아니다. 본래에 한 물건도 없거늘, 어느 곳에서 티끌을 일으키리요(菩提本無樹 明鏡亦非臺 本來無一物 何處惹塵埃)"라는 게송을 보고는 인가했다.

112) 호 창랑(滄浪). 자 의경(儀卿). 푸젠성[福建省] 샤오위[邵武] 출생. 관직에 뜻을 두지 않고 일생동안 은자로서의 지조를 고집하였다. 각지를 유람하며 많은 승려·도사들과 교유하였다. ≪창랑시화≫는 송대(宋代)에 배출된 시론 중에서 가장 뛰어난 체계를 정

「선법」편에서 "반드시 활구를 참구해야 하며, 사구(死句)를 참구하지 말라"[114]고 했으며 「시변」에서도 "논시(論詩)의 종지를 '식(識)'에 두고 '선'과 '오'를 내포하는 '식(識)'이 있어야만 '묘오'를 얻을 수 있으며, '묘오'가 있어야만 '시도'에 통달할 수 있다. 이를 일러 향상일로, 직재제원, 동문, 또는 단도직입"[115]이라고 했다. 그래서 엄우의 시론은 '선'의 이치로서 '시'를 짓는데 있음을 알 수 있다. 그 후 그는 시선일여론(詩禪一如論)을 주창하며 "시를 논하는 것은 선시를 논하는 것과도 같다."[116] 고 했다. 이것은 중국문학사에서 선과 시의 관계를 밝혔다는 것에 의미가 있다. 이것은 선승이나 시인이나 선적 깨달음이 시속에 용해되어 있으면 모두 선시임을 뜻한다.

이렇듯 선시는 먼저 선가에서 선승들이 깨달음의 세계를 시로 표현하던 것이 당나라에 이르러 세간의 시인들도 선시를 쓰게 된다. 그래서 시인이 선의 묘의를 깨닫고, 시를 쓰게 되면 선시가 되는 것이다. 그래서 송나라에 이르러 선시는 작가가 선승이냐 시인이냐의 단계를 넘어서 '시선일여'의 단계로 발전하게 된다.

립한 시론서(詩論書)로서 선학적(禪學的)인 발상에 바탕을 두고, 시의 원리론적 소향성(溯向性)이 강하였다. 때문에 시학이론의 구상력과 분석력에 매우 탁월하였다. 그는 미적 감흥을 시의 제일의(第一義)로 삼았기 때문에 교양학문으로 간주한 당시의 강서시파(江西詩派)의 시풍을 비판하였다. 흥취를 얻기 위해서는 무아경에 들어가야 하며, 무아경은 이백(李白)·두보(杜甫)의 시법(詩法)을 터득하는 데서 비롯된다고 하는 흥취를 중시한 시론이었다. 이는 청대 왕사정(王士禎)의 신운설(神韻說)의 원류이기도 하다.(『두산동아대백과사전』18권. 354쪽.)

113) 송(宋)의 엄우(嚴羽, 1185?~1235?, 자 의경儀卿, 호 창랑포객滄浪浦客)가 지은 책. 1권. 성당(盛唐)을 으뜸으로 하고 묘오(妙悟)를 주로 하는 시선일치설(詩禪一致說)을 주장했고, 시변(詩辨)·시체(詩體)·시법(詩法)·시평(詩評)·시증(詩證)의 5부문으로 나누어 썼음.(『두산동아대백과사전』18권. 354쪽.)

114) 엄 우, 김해명·이우정 역, 『창랑시화』, 소명출판, 2001, 202쪽.

115) 위의 책, 18쪽.

116) 위의 책, 42쪽.

2. 선시의 기원 및 발전과 한국선시의 전승

1) 선시(禪詩)의 기원 및 발전

선시의 어원은 범어(梵語)인 지야(Geya)에서 연원한다. 이 것을 중국에서 가타(伽陀)·게타(偈陀)로 음역하였고, 약음(略音)으로 게(偈)라고 한다. 그리고 이것의 의역(意譯)은 게송(偈頌)이며 송(頌)이라 한다. 이것이 문헌에 나타난 것은 초기 경전[117]과 대승경전 초기본[118]에 나타난다.

선시의 상징적 요소는 붓다의 "영산회상거염화(靈山會上擧拈花)에서 시작"[119]된다. 그 후 중국에서 "인도의 독특한 문체인 산문과 운문을 병용하여 쓴 불전[120]이 번역[121]되면서 후대에 와서 "시게(詩偈)·송고(頌古)·가송(歌頌)을 통칭하는 게송(偈頌)으로 선가에서 지은 모든 운문"[122]을 포괄적으로 선시라고 불렀다.

중국에 본격적인 게송이 등장한 것은 "5~6세기 부대사의

---

117) 『장노게(長老偈)』, 『장노니게(長老尼偈)』, 『법구경(法句經)』, 『경집(經集)』등.

118) 『화엄경십만송(華嚴經十萬頌)』, 『금강경삼백송(金剛經三百頌)』, 『팔십송소품반야경(八十頌小品般若經)』, 『만오십송대품반야경(萬五十頌大品般若經)』.

119) 인권환, 「한국선시의 형성과 전개」, 『한국불교문학연구(하)』, 동국대학교출판부, 1988, 3~7쪽.

120) 불전은 그 양식과 성격상 12가지로 분류되어 있는데 이를 12분교"라 한다. 그 중 응송(應頌)[1], 풍송(諷頌), 게타(偈陀)는 운문의 형태를 취하고 있고, 조송(調頌)[1]과 지야는 산문의 교설을 부연하거나, 요약, 강조하기 위해 문장의 중간에 시적으로 읊어진 것을 말한다. (김운학, 『불교문학의 이론』, 일지사, 1981, 70-80쪽.)

121) 김상근, 「불교의 중국문학상의 공헌 소고」(상,하), 『외대학보』, 중앙대학교 외국어 대학, 1985, 60쪽.

122) 이종찬, 「고려선시연구」, 한양대학교 박사학위논문, 1984. 34쪽.

『대승찬』과 보지공(寶誌公) 123)의『십이시송』등에서"124)찾을 수 있다. 보지공(寶誌公)은 선적 계율이나 독경을 중요하게 여기지 않았고, 왕생극락 등을 배척하였다. 이것은 즉심시불의 내용을 담고 있으면서 후대 마조의 사상과 유사한 면이 있다. 그리고『전등록(傳燈錄)』과『조당집(祖堂集)』에서도 선사들의 계송이 전해진다.

그 후, 선시는 당의 근체시(近體詩)125)가 유행할 당시 근체시의 압운과 격조를 따르면서 발전한다. 북송말기에는 설두중현(980~1052)126)의『송고백칙』의 본칙과 송에 대해 다시 평창, 착어 등을 덧붙인 원오극근(1063~1135)127)의『벽암록(碧巖錄)』128)이 출간되면서 더욱 발전하게 된다. 한편 이 시기에 야부도

---

123) 양무제(梁武帝)의 왕사(王師))로서 초기 선문학집『오등회원』.의 작품에서 "계율이나 독경, 왕생 등을 배척하는 내용과 더불어 후대 마조의 사상과 유사한 즉심시불의 내용이 드러나고 있다.

124) 박규리, 「경허선시 연구」, 동국대학교 박사학위논문, 2013, 10쪽.

125) 한시체(漢詩體)의 하나로 금체시(今體詩)라고도 한다. 고체시가 형식에 있어 비교적 자유로운데 반해 근체시는 일정한 격률(格律)과 엄격한 규범을 갖추게 되어 있다. 이러한 형식에서 이루어진 시체가 율시(律詩) · 절구(絶句) · 배율(排律)들이다. (이응백, 김원경, 김선풍,『국어국문학자료사전』,한국사전연구사, 1998. 267쪽.)

126)『송고백칙』,『전등록(傳燈錄)』,『운문광록(雲門廣錄)』,『조주록(趙州錄)』등에서 뽑은 문답 백 칙에 다시 운문으로 짧은 설명을 덧붙여 놓은 공안집을 말한다. 이에 실린 선시 백수는 선시의 귀감이 될 뿐 아니라 여러 사상가에 의해 선가의 종문 제일서라는 평을 받고 있다. 그래서 문자선의 시대는 설두중현으로부터 시작되었다고 본다.

127) 송(宋)의 승려. 임제종(臨濟宗) 양기파(楊岐派). 사천성(四川省) 팽주(彭州) 출신. 어려서 출가하여 여러 지역을 편력하다가 오조 법연(五祖法演, ?-1104)에게 사사(師事)하여 그의 법을 이어받음. 호북성(湖北省) 오조산(五祖山), 사천성 성도(成都) 소각사(昭覺寺), 호남성(湖南省) 협산사(夾山寺)·도림사(道林寺) 등에 머무름. 송(宋)의 휘종(徽宗)이 불과선사(佛果禪師)라는 호를 내리고, 남송(南宋)의 고종(高宗)이 원오선사(圜悟禪師)라는 호를 내림. 시호(諡號)는 진각선사(眞覺禪師). 저서 : 벽암록(碧巖錄). 어록 : 원오불과선사어록(圜悟佛果禪師語錄)..(곽철환 편, 「시공불교사전」, 시공사, 2003, 623쪽.)

128) 중국 일반문인들의 시화론사에서 선문학의 기준이 되는 작품으로 평가 받는다. 원오는 '벽암록(碧巖錄)』제 1칙의 평창에서 '송고야말로 선의 효로이다'라고 하였는데, 이를 계기로 고칙의 의미를 해석하려는 게송의 송고가 더욱 유행하게 된다.

천(1127경)의 『금강경오가해(金剛經五家解)』에 전하는 『금강경송(金剛經頌)』은 불후의 선시로 평가 되고 있다. 그리고 "남송 말경에 선과 시를 비교하는 것으로 시작된 시선간의 논의는 얼마 지나지 않아 '시선일치론'으로까지 진전"[129]하게 된다. 명대 이업사(李鄴嗣)는 『위홍선산집천이어시서』에서 "시(詩)와 선(禪)의 관계는 한 그릇에 담긴 우유와 물과도 같으며, 한 곳에서 함께 연주되어지는 금과 석으로 된 악기와도 같다"[130]고 선시를 정의했다. 이것은 선(禪)의 이치로 시(詩)를 짓는 것을 의미한다.

청대(淸代)에는 전대의 학술사상을 계승·발전시킨 다양한 시의 창작과 비평 이론 등이 등장하였다. 왕사정(王士禎, 1634-1711)[131]이 대표적인 인물로 그는 신운설(神韻設)[132]을 내세웠다.

---

129) 김운학, 같은 책, 81쪽.

130) 엄 우, 앞의 책41쪽.

131) 자가 자진(子眞), 호는 완정(阮亭)이다. 산동 신성(新城)사람으로, 순치 때 벼슬이 형부상서(刑部尙書)에 이르렀다. 저작에『어양산인정화록(漁洋山人精華錄)』이 있다. 그는 주이존보다 약간 후대 사람이었으나, 시격은 훨씬 높아 당시 시단의 영수가 되었다. 송나라 때 엄우(嚴羽)의 『창랑시화(滄浪詩話)』의 시론을 계승하여 '신운설(神韻說)'을 주장하였으며, "한 자 짓지 않아도 풍류를 다할 수 있다.(不著一字, 盡得風流.)" 라는 그의 말과 같이, 자연스럽고 맑고 고운 시의 선(禪)의 경지를 추구하였다.(이수웅,『역사 따라 배우는 중국문학사』다락원, 2010. 201쪽.)

132) 왕사정의 이러한 주장들은 당시 시단의 주류를 이루고 있던 송시풍의 경향을 일순간에 바꾸어 놓았고, 약 100여 년 동안 청대의 문단을 지배했다. 역사적으로 살펴보면 신운설의 발생은 매우 오래되었다. 신운이라는 말은 일찍이 남제(南齊)의 사혁(謝赫)은 『고화품록(古畵品錄)』에서 "신운과 기력은 전대의 현인들만 못하지만, 정교하고 미세하며 삼가는 태도는 옛사람들을 뛰어넘는다.(神韻氣力, 不逮前賢, 精微謹細, 有過往哲)"라고 언급하였다. 송대 엄우(嚴羽)의 『창랑시화(滄浪詩話)』의 이론을 계승하여 시의 인위적인 수식이나 논리를 반대하고 묘오(妙悟)와 홍취(興趣)를 주장했다. 그는 사공도(司空圖)가 『시품(詩品)』에서 "한 자도 쓰지 않고, 멋을 다 표현했다(不着一字, 盡得風流)."고 한 미외지미(味外之味)의 의경을 높이 평가하고 시는 선(禪)의 경지와 일치해야 되고 그림과도 같은 취향을 이루어야 한다는 것 같은 신화(神化)의 묘한 경지에 이르기를 주장한 것이다. 그러나 왕사정 이전의 신운에 대한 논의들은 근본적으로 신운을 시가 창작에 대한 근본적인 문제로 보지는 않았던 듯하다. 또한 신운의 개념 또한 고정되고 명확한 설명이 없었다. 왕사정에 이르러서야 신운은 비로소 시가 창작의 근본적인

이것은 성령설(性靈說), 격조설(格調說), 기리설(肌理說)과 함께 청대 문단에 영향력을 행사한 4대 학파 가운데 하나이다. 이것의 논지는 성당(晟唐)의 시로 회복하자는 것이다. 그래서 시를 인위적인 수식이나 논리로 창작하는 것을 반대하고 초현실적인 신정(神精)과 운미(韻味)를 주장하였다.

위에서 살펴본 바와 같이 선시의 기원은 석가에서 시작하여 중국의 선종과 함께 발전하였다. 당대에는 선종이 위축되어 있어서 근체시의 형태로 창작되었다. 그 후 북송대에는 『송고백칙』과 『벽암록(碧巖錄)』 등의 영향으로 선시가 발전하게 된다. 이것은 명대의 시선일치와 청대의 신운설로 발전해서 우리나라에까지 영향을 미친다.

2) 한국 선시의 전승

우리나라의 "선불교 전래는 나말고초(羅末高初)의 구산선문(九山禪門)의 형성에서 비롯[133]된다. 이것이 전해지면서 선가

요구로 제시되기 시작했던 것이다. 왕사정에 있어 신운은 시가의 표현에 있어 일종의 공적초일(空寂超逸)하며 경화수월(鏡花水月)하고 형태의 자취가 남지 않은 경지로 그는 신운이 시 가운데 최고의 경지라 인식했다. 신운을 추구하기 위해 그는 시선일치(詩禪一致)의 경지 속에서 담백하고 맑은 시 창작을 주장하였다. 그는 이러한 관점에서 시가가 현실을 반영하지는 하지만, 현실을 묘사하는 데 집착하지는 말아야 한다는, 현실과는 이탈된 논리를 전개하기도 하는 등의 문제점도 지니고 있었다. 원매(袁枚, 1716-1797)의 성령설(性靈說), 옹방강(翁方綱, 1733-1818)의 기리설(肌理說) 등과 함께 청대 시단의 주요한 화두가 된 왕사정(王士禎, 1634-1711)의 신운설은 품격(神)과 풍운(韻)을 지향하지만 그 뜻이 다의적, 추상적이어서 명확한 개념을 잡기가 힘들다. 이로 말미암아 성령설의 대두를 야기했다. 그럼에도 불구하고 이 이론은 당시 문풍을 일정 부분 개혁했다는 점과 전대의 문학을 정리했다는 점에서 그 영향력을 무시할 수 없다. (오태석, 『문학비평용어사전』, 한국문학평론가협회, 국학자료원, 2006. 215쪽.)

133) 고익진, 「신라 하대이 선전래」, 『한국선종사상사』, 동국대학교불교문화연구원, 1997, 31~56쪽.

문학도 아울러 전해지게 된다. 이것의 선구는 원효의『대승육정
참회(大乘六情懺悔)』[134]이다. 그리고 "신라시대에 원측(圓測
613~696)이나 원효(元曉)의 게송류 그리고 의상(義湘, 625~
702)의『화엄일승법계도(華嚴一乘法界圖)』와 같은 데서 불교시
의 모습을 찾을 수 있다."[135] 그 후, 고려 전기 의천(義天)의 불
교시가 전해지고 있으나 본격적인 선시로 보지는 않는다. 왜냐
하면 "선종이 사상적, 체계적으로 흥성하지 않았고, 그 시기의
선시가 현재에 전해지지 않는 것들이 많기 때문에 이에 관한 논
의는 어렵다".[136]

그래서 한국 선시의 형성은 고려 중엽 보조국사 지눌(普照
國師 知訥, 1158~1210)[137]에 의해서라고 할 수 있다. 본격적으
로 선시를 도입한 것은 1226년 진각국사 무의자혜심(無衣子慧
諶 1187~1234)[138]이다. 그는 지눌의 제자로서 "중국 선가문학

---

134) 신라 때 고승 원효(元曉)가 대승(大乘)의 참회법에 관하여 쓴 책. 구분 참회법서(懺懷
書) 1권. 불교에 입문(入門), 진리의 세계로 나아가 수행을 하고자 처음으로 발심(發心)
한 보살들을 위하여 쓴 것이다. 원효는 참회의 방법으로 우선 사참(事懺)을 제시한다.
이는 죄를 뉘우치고 다시는 그 같은 죄를 짓지 않겠다고 부처 앞에서 맹세하는 것을 말
한다. 중생은 6정(六情:六根), 즉 눈·코·귀·입(혀)·몸·뜻(마음)을 통하여 만들
어지는 온갖 번뇌(백팔번뇌)로 인하여 죄를 짓고, 또는 괴로워하는데, 6정 자체가 죄이
므로 근본무명(根本無明)으로부터 벗어나 모든 집착을 버려야 한다는 것이다. 6정참회
를 6근(六根)참회라고도 한다. 또 참회와 해탈, 인생의 좌업(坐業)이 본래 무생(無生)임
을 깨닫고 철저하게 일심(一心)으로 돌아가 본각(本覺)과 하나가 되는 것이 참된 참회
라고 하여, 적극적인 참회방법을 제시하였다. 이 책의 고초본(古抄本)은 일본 도쿄東
京에 소장되어 《대정신수대장경(大正新修大藏經)》(권45)에 실렸는데, 《한국불교
전서》(제1책)에도 수록되었다.(『두산백과』, 두산동아, 7권, 420쪽.)
135) 이종찬,『한국문학에 있어서 불교문학의 위치』,『개교 820주년 기념 한국불교문학학
술회의발표요지』, 동국대학교 한국문학연구소, 1986, 4쪽.
136)『균여전』등의 일부 글에서 최행귀가 교연, 무가, 제기, 관휴 등 당나라의 시승들과 함
께 우리의 시승글로 마가, 문칙, 체원, 원효, 대거 등을 거론하고 있는 것으로 보아 일찍
부터 선시가 많이 지어졌을듯한데 안타깝게도 전하는 문헌이 없어 상황은 알 수 없다.
그래서 혜심에 이르러 선시가 등장했다고 하는 것이다.
137) 1158년생. 고려 의종 때 승려. 선(禪)으로써 체(體)를 삼고, 교(敎)로써 용(用)을 삼아
선·교 합일점 추구.

을 총망라한『선문염송』30권139)을 편찬"140)하게 되면서 선시
가 발흥하게 된다. 이것의 편찬으로 "수행자들이 화두로 공부할
수 있는 실질적인 길"141)이 열렸다. 그리고 그의 시집『무의자
시집(無衣子詩集)』142)에는 구체적인 선사상에 관한 것이 있고,
그 선수행관을 시세계에 드러내고 있다. 이것은 우리나라의 가
장 오래된 선가의 시집이다.

혜심 이후 "수선사 10세인 혜감국사 만항(慧鑑國師 萬恒

---

138) 1178년생. 고려 고종 때 승려. 지눌에게 수계를 받음. 지눌이 조계종 1세이고, 혜심이
 2세이다. 그는 한국 선시의 작가 중에서 뛰어난 근체시로 유명한 선사이다. 그는 모친
 이 과거에 힘쓸 것을 권유하여 출가하고자 했던 자신의 뜻을 접고 모친의 뜻에 따라 유
 학을 공부하며 문장에도 힘써 24세에 사마시에 합격하여 태학생이 된다. 그러나 그 다
 음해 25세에 모친이 작고하자 출가의 뜻을 실현하기 위해 조계산 수선사의 보조국사 지
 눌에게 출가한 뒤, 심산에서 각고의 참선수행을 통해 선의 높은 경지에 이르게 된다. 그
 후 33세에 지눌의 법석을 계승하여 수선사 제 2대 사주가 되어 반평생을 선사로 살았다.
 (. 이상미,「무의자 혜심의 선시연구」, 성신여자대학교 박사학위논문, 2002. 9~10쪽.)
139)『선문염송』은 혜심이 제자 진훈 등을 데리고 1125칙의 고화(古話)를 모아 그에 따른
 고칙을 염하거나 평을 더하여 자신의 견해를 덧붙인 공안집이다. 초간본은 1232년 몽
 고병란 중에 소실되었으나, 1232년 혜심 입적 3년 다시 진훈과 함께 엮었다. 이후 혜심
 입적 후에 각운이 공안 347칙을 더하여 1472칙의 제조본을 토대로『선문염송』30권 5책
 을 출고하였다.
140) 지눌이 혜심에게 전해준 것은 간화선이었다. 혜심은 간화선을 뿌리내리게 하기 위하
 여 고칙을 수집하고 제사(諸師)의 염송을 붙여『선문염송』30권을 편찬하고 선의 이론
 서로『구자무불성간병론(拘子無佛性看病論)』을 지어 어로(語路)를 뛰어넘은 철저한
 간화선 수행방편을 제시하여 고려에 간화선의 뿌리를 내리게 하였다.(이법산,「간화선
 수용과 한국 간화선의 특징」,『보조사상(普照思想)』23집, 보조사상연구원, 2005, 23쪽)
141) 보조지눌의 사상은 달마를 계승한 혜능의 선사상을 기본으로 하고 선의 논거를 교학
 에서 찾아 선시불심·교시불어의 선교불이로 융화한 후 더불어 완전한 열반에 이르는
 가장 지름길인 간화경정문으로 이끄는 수심정로를 제시하였다. 그의 사상은 수선사 제
 2세 진각혜심에게 이러져 참선인의 사전적 교과서라 할 수 있는『선문염송』을 저술하
 였고, 간화경절문은 철저히 계승되어 간화일문으로 수행자의 관문이 되었다.(이법산,
 『조계종에 있어서 보조의 위치-형성과 법통문제』『보조사상(普照思想)』8집, 보조사상
 연구원, 1995, 36쪽)
142)『무의자시집(無衣子詩集)』에는 타인의 시 3수를 제외하고 총 205제 259수의 시가 수
 록되어 있다. 시들은 5언과 7언의 근체시와 고시를 비롯하여, 6언시, 장단구, 회문시, 사
 (詞), 총시 등 다양한 시체로 구성되어 있다.『무의자시집(無衣子詩集)』에서 드러나는
 혜심 선수행의 요체는 간화일문에 있으며, 무애지(無碍智), 자성공적(自性空寂)의 본래
 적 지혜를 강조하며 직체(直切)의 도에 이를 것을 강조하고 있다. (박재금,『한국선시연
 구』, 국학자료원, 72쪽.)

1249~1319)과 일연(一然)을 계승한 보감국사 혼구(寶鑑國師 混丘 1250~1322)는 모두 동일하게 중국의 임제종(臨濟宗)의 양기파의 대혜종고(大慧宗杲 1089~1163) 계통을 계승한 한산덕이(寒山德異 1231~1308)와 활발히 교류하며, 그의 유명한 한산법어(寒山法語)를 그의 생존시에 고려에 유포[143]시킨다. 고려 말에는 "백운경한(白雲景閑, 1299~1375)[144]의 『백운화상어록(白雲和尙語錄)』이 있는데 이것은 무상진종의 선관을 바탕으로 하고 있으며 125수의 선시가 수록되어 있다. 태고화상 보우(太古和尙 普雨, 1301~1381)도 『태고화상어록(太古和尙語錄)』[145]에서 「태고암가(太古庵歌)」, 「산중자락가(山中自樂歌)」, 「백운암가(白雲庵歌)」 등에 명호를 넣은 시와 조사공안으로 직접 구사한 시어로 지은 선시가 수록되어 있다. 나옹화상 혜근(懶翁和尙 惠勤, 1302~1376)[146]도 「나옹집(懶翁集)」에 주객일여의 선사상을 기반으로 한 선시가 기록되어 있다. 이 시기는 고려선시는 일대 전성기[147]였다. 불교국인 고려에는 이규보(1168~1241), 이인로(1152~1120), 최자(1188~1260), 이제현(1287~1367) 등이 고려선승들과 교류하면서 고려시단을 확장시켰다.

조선 초에도 서거정(1420~1488)의 『동문선』[148]과 『동인시

---

143) 조명제, 『고려후기의 간화선 연구』, 혜안, 2004, 162~163쪽.

144) 1299년생. 고려 충렬왕 때 승려. 나옹화상의 추천으로 신광사의 주지가 되었다.

145) 『태고화상어록(太古和尙語錄)』에는 백여 수의 시가 수록되어 있는데, 그 중 호나 법명에 관한 시가 90여 수에 달한다.

146) 1320년생. 고려 충숙왕 때 승려. 나옹화상이라고 함.

147) 일연(一然)의 『삼국유사』, 충지(沖止)의 『원감록(圓鑑錄)』, 경한(景閑)의 『직지심체요절(直指心體要節)』 하권과 그의 어록인 『백운화상어록(白雲和尙語錄)』, 보우(普愚)의 『태고화상어록(太古和尙語錄)』, 혜근(慧勤)의 『나옹화상가송(懶翁和尙歌頌)』·『나옹화상어록(懶翁和尙語錄)』 등이 전함.(이응백, 김원경, 김선풍, 『국어국문학자료사전』, 한국사전연구사, 1998.)

148) 『동문선』에는 나타나는 시인은 23인의 시승과 이름이 나타난 시인들을 합하면 100여

화』, 홍만종(1643~1725)의 『소화시평』 등에서 시승들과 문인들의 교류 흔적이 나타난다. 여기서는 시승과 거사시인들은 물론이고, 불교적 시를 남긴 일반시인까지 활약했음을 알 수 있다. 그러나 "이들을 모두 불교시인으로 논하기에는 자료상의 문제가 따른다. 대부분 문집이 전하지 않는데다 그 생애를 알 수 없는 경우가 대다수여서 시 한 두 편과 시에 관련된 일화 속에 이름만 전하는 경우가 허다하여 체계적인 논의"[149]가 어렵다.

이렇듯 고려 중엽에 형성된 한국선시는 선불교의 발전과 함께 조선시대까지 그 맥이 이어졌다. 그러나 조선시대는 숭유억불 정책으로 불교가 탄압받던 시기였다. 특히 성종과 연산군 때는 그 강도가 극에 달해서 대부분의 불교종파들은 산간으로 도피하거나 지하로 숨어들었다. 이 결과 선종 또한 위축되었고, 유교국이었던 조선시대의 선승들은 유교화 경향을 피할 수 없었다. 그래서 승속을 초월하여 유가와도 널리 교류하였다. 이로 인해 선사들의 시는 대체로 소탈하고, 자연의 풍광을 담담하게 표현한 것이 대부분이다. 그래도 "천경(天境)은 '시와 선은 같다. 선은 깨달음에서 들어갈 수 있고, 시는 신령스러운 해득(解得)을 귀하게 여긴다.'라고 하여 선의 오입(悟入)과 시의 신해(神解)를 동등"[150]하게 여겼다. 그러나 "국가적 탄압 하에서 지배층이었던 문인사대부와의 접점지대를 모색하면서 선시의 영역을 크게 확대시켰지만, 한편으로는 선시의 정체성이 많이 훼손되는 결과"[151]를 초래했다.

명에 이른다.

149) 인권환, 『한국불교문학연구』, 같은 책 60쪽.

150) 이응백, 김원경, 김선풍, 『국어국문학자료사전』, 한국사전연구사, 1998.

151) 원 법, 「조선조 18세기 선시 연구」, 성균관대학교 박사학위논문, 2010, 52쪽.

임진왜란과 병자호란의 양난을 거치며 조선은 최대의 위기를 겪는다. 그러나 그 사이 불교계는 문정왕후의 후견으로 보우선사(普雨禪師 1515~1565)[152]가 선교양종을 부활시킨다. 이 때 승과가 다시 부활되고, 이 승과를 통해 임진왜란 때 활약한 서산대사(西山大師, 1520~1604)[153]와 사명당(四溟堂, 1511~1610)이 등용된다. 이 선사들이 임진왜란에서 공을 세운 것은 고려시대의 호국 불교적 차원보다는 조선시대의 유교적 차원인 충절에 더 가깝다. 이것은 앞에서 술해한 것과 마찬가지로 조선이 유교국이라는 것을 극명하게 보여주는 대목이라 할 수 있다.

　그리고 이들은 보우를 비롯해서 문집을 편찬했는데, 보우의 선시집『虛應當集』상·하권에 623수가 수록되어 있고, 청허휴정(淸虛休廷, 1520~1604)[154]의『淸虛集』, 부휴당(浮休堂, 1543~1615)[155]의 『부휴당집(浮休堂集)』 4권, 청매(靑梅, 1548~1623)[156]의『청매집(靑梅集)』, 소요당(逍遙堂, 1562~1649)[157]의

152) 1515년생. 조선 중기에 불교의 전성기를 이루게 한 승려. 명조의 모후 문정왕후가 섭정할 때에 강원감사의 천거로 광주 봉은사에 있으면서 봉은사를 선종, 봉선사를 교종의 수사찰(首寺刹)로 정하여 승과를 회복하고 승려에게 도첩을 주고 불교를 부흥 시켰다. 문정황후가 세상을 떠난 뒤 유신들의 참소로 1565년 제주로 귀양을 갔으며, 목사(牧使) 변협에 의해 피살되었다고 전해짐.

153) 1520년생. 조선 중기 승려. 사명당과 임지왜란 때 승병을 일으킴. 서산의 휘는 휴정(休靜)이고 청허(淸虛)는 호이다. 서산은 묘향산에 오래 머물러 있었기에 갖게 된 호이다. 30대에 승과에 합격하여 승계(僧階)를 두루 거쳤다. 그 후 관직을 버리고 묘향산에서 수도생활을 했다. 임진왜란 때 70의 고령에도 불구하고 승병을 일으켜 싸운 것으로 유명.

154) 1520년생. 조선 중기 승려. 사명당과 임지왜란 때 승병을 일으킴. 서산의 휘는 휴정(休靜)이고 청허(淸虛)는 호이다. 서산은 묘향산에 오래 머물러 있었기에 갖게 된 호이다. 30대에 승과에 합격하여 승계(僧階)를 두루 거쳤다. 그 후 관직을 버리고 묘향산에서 수도생활을 했다. 임진왜란 때 70의 고령에도 불구하고 승병을 일으켜 싸운 것으로 유명.

155) 법명은 善修이다. 청허당과 부용 영관선사(芙蓉靈觀禪師)의 문하에서 수도하면서 법맥을 계승한 조선 중기의 대표적 선승.

156) 법명은 印悟이고 어려서 서산대사의 문하에 들어 심인을 받았다. 임진왜란이 일어났을 때 32세의 나이로 묘향산에서 서산대사를 모시고 있다가 왕명에 의하여 서산대사의

『소요당집(逍遙堂集)』[158], 백곡(白谷, 1617~1680)[159]의 『백곡집
(白谷集)』[160] 2권, 월저당(月渚堂, 1638~1715)[161]의 『월저집(月
渚集)』[162], 설암 추붕(雪巖秋鵬, 1651~1706)[163]의 『설암잡저(雪
巖雜著)』[164] 3권과 『설암선사난고(雪巖禪師亂藁)』 2권 등이 전한
다.

　위에서 살펴본 바와 같이 우리나라 선시는 고려시대의 혜심
을 시작으로 충지[165] · 일연[166] · 보우 · 경한 · 혜근 등[167]으로

　　의병을 모집하게 되자 선사도 의병의 장수로서 전란에 앞장섰다. 전란 후에는 부안의
　　변산에 암자를 짓고 주석.

157) 법명은 太能이며 청허의 법통을 이은 큰스님이다. 대사의 행적에 대해서는 자세히 전
　　하지 않으나 이경석이 지은 碑銘이 있어 대략 전하고 있다.

158) 대사가 입적한지 150여 년 후에 인행되었는데, 그 시집에 수록 된 선시는 '선기적 명언
　　이요 묘유'라고 평가.

159) 법명은 處能이며 17세기 큰스님이다. 선사의 행적은 자세히 전하는 바 없다. 『天鏡集
　　』에 「차오백곡운(次吳白谷韻)」이란 시가 있어 속세에서의 성이 오씨라고 짐작할 뿐이
　　다.

160) 1권은 시이고, 2권은 문으로 되어 있음.

161) 법명은 道安이며 편양언기(鞭羊彦機)에서 풍담의심(楓潭義諶)으로 이어지는 법맥을
　　계승한 스님이다. 스님은 특히 화엄경을 높이 연마하여 화엄회를 펴서 원교의 진수를
　　설파하였으나 문집에 수록된 「인화엄경화경발」은 이런 점을 입증할 자료다. 스님은 승
　　속을 초월하여 평범하면서 수선의 실천을 이행하였다. 「인화엄경화경발」을 보면 이 인
　　출에 평안도 · 황해도에서 승속감에 참여한 이가 천여 명이 되었고, 천백 권을 인행하였
　　다. 이는 스님의 평소의 덕행을 짐작.

162) 상 · 하 두 권으로 되어 있는데 상권은 모두 시이고, 하권은 기 · 소 · 전문 등으로
　　되어 있다. 그 당시 조선조 승려들은 승속간에 수답을 거의 시로 하였는데, 월저당
　　도 일상대화를 그대로 시화한 것들이 많다. '시무애 처무애(時無碍 處無碍)'란 시
　　간에 막힘이 없고, 공간에 구애받지 않는 세계의 실천가.

163) 설암은 편양당-월저 도안- 설암 추붕으로 맥을 잇는다. 설암은 월저대사에게 참학하
　　여 10여 년 만에 선 · 교 모두 마쳤다. 스님은 시문이 뛰어나 당시의 승속간에 추앙된 바
　　가 많았다.

164) 『설암잡저(雪巖雜著)』에는 시문 806편이 있는데, 시만 132편이 수록되어 있다. 또한
　　『설암잡저(雪巖雜著)』에 문인 법종의 발문이 있는데, 선사의 시문이 이것뿐이 아닌데
　　재력이 딸려 다하지 못한다 한 것으로 보아 『설암선사난고(雪巖禪師亂藁)』는 미완된
　　부분의 시만 수록한 것으로 보임. 설암의 시는 승속을 초월한 원융하고 초탈한 서정의
　　세계를 이루고 있다. 선사의 시에 선기가 드러난 시가 없는 것은 아니지만 시 속에 선을
　　함축시킴으로써 얻어지는 선취가 풍부하게 드러나 있다. 이런 점에서 설암의 시세계는
　　특별히 주목할 가치가 있다.

165) 1226년생. 고려 충렬왕 때 승려. 원오의 법을 잇고 조계종 6세가 되었다.

이어졌고, 조선시대에는 청허 · 부휴 · 청매 · 소요 · 백곡 · 월저 · 설암 · 초의[168] 등이 중심이 되어 선시의 맥이 이어져 왔으며 "한국 선사들의 문집은 70% 이상이 17세기 중반 이후에 창작"[169]된 것들이다. 특히 초의선사는 선을 차(茶)와 접목시킨 점이 선의 확장으로 주목된다. 그 후 "범해 각안[170], 석현 영호, 만해 용운 등으로 이어졌다."[171]

그리고 구한말 우리나라의 선맥을 되살린 근대선의 중흥조인 경허성우(鏡虛惺牛 1846~1912)도 많은 선시를 남겼다. 그의 법계는 "청허 - 편양 - 월담 - 환성 - 호암 - 청봉 - 율봉 - 금러 - 용암 - 경허"[172]로 이어진다. 조오현의 법계도 청허 - 편양 - 월담 - 환성 - 용성 - 고암 - 성준 - 설악(조오현)[173]으로 이어진다. 이것은 경허와 조오현이 청허휴정(淸虛休廷)인 서산대사로부터 법맥을 잇고 있다는 방증이라 할 수 있다.

---

166) 1206년생. 고려 충렬왕 때 승려 · 학자. 저서『삼국유사』.
167) 이들은 국가의식의 관점에서 볼 때, 호국불교를 표방하며, 당시 빈번한 외우내환으로 어려운 대중에게 전법(傳法)을 통한 중생구제에 전념했다. 나아가 복지사회라 할 불국토(佛國土)의 실현을 위한 노력을 아끼지 않았다.
168) 1786년생. 우리나라 선시의 맥을 계승 발전시킴.
169) 이진오,「한국불가문집 일람 및 간명해제」,『한국불교문학의 연구』, 민족사, 1997, 120쪽.
170) 1820년생. 조선 후기 승려. 초의선사에게 구족계를 받았고, 유 · 불 · 도 삼교의 일치를 주장함.
171) 김미선,「선시의 수용미학」,『한국고전 연구』제7집, 2005. 92쪽.
172) 박규리,「경허선시연구」, 동국대학교 박사학위논문, 2013, 24쪽.
173) 송준영,『선, 언어로 읽다』, 소명출판, 2010, 216쪽.

제3부

조오현 선시의 형성배경과 창작 과정

1. 조오현의 생애와 세계관

1) 생애와 시대적 배경

조오현(曹五鉉)[174]은 일제 강점기인 1932년 경남 밀양시 상남면 이연리[175]에서 태어났다. 법명은 무산(霧山), 자호는 설악(雪嶽)이다. 젊어서는 석엽(石葉)이라는 자호도 즐겨 사용하였다.

그는 어려서 서당에 다녔는데 공부보다 개울가에서 소금쟁이와 노느라 해가 지는 줄 모르고 노는 개구쟁이였다. 집안이 가난하여 1937년 여섯 살의 나이로 밀양 종남산 은선암에 맡겨진다. 그 날로부터 절간의 소머슴[176]이 된다.

암자에는 칠순의 노스님과 천치 같은 공양주보살, 그리고 저보다 한 살

---

174) 조오현의 삶에 대해서는 잘 알려진 바도 없고, 회고록도 없어서 2013년 5월과 2014년 2월에 논문 작성자 본인이 직접 친견한 인터뷰를 바탕으로 재구성했다. 그리고 주요잡지 등에 소개된 것과 신경림 시인의 대담을 토대로 삼았음을 밝혀둔다.(『신경림 시인과 오현 스님의 열흘간의 만남』, 신경림 · 조오현, 도서출판 아름다운 인연, 2004. 참고.)

175) 이연리는 내금 부락의 북서쪽에 위치한 고촌으로 흔히 그 고장 방언으로는 이듬, 이드미, 이담 등으로 불려 오고 있다. 조선 초기 이래로 창녕 조씨의 세거지로 손꼽히는 마을이었다. 명종 때 대부호인 조말손(曹末孫)이 상남에 큰 기근이 들자 수만금을 희사하여 구휼하였다고 한다. 또 그 손자인 조계양은 임진왜란 때 창의하여 이등공신이 되었고, 그가 세운 정자당은 후인들이 구학소로 삼아 현재 가지 잘 보존되어 있다. 이로 미루어 조오현의 출생지 이연리는 창녕 조씨라는 명문거족이 대대로 지켜온 마을이었고, 조오현 또한 그 후예임을 알 수 있다.(조동화, 「조오현 스님의『산에 사는 날에』」, 송준영 편, 앞의 책, 898쪽)

176) "허구한 날 숲 속 너럭바위에 벌렁 누워 콧구멍이 누긋누긋하게 잠을 자느라고 소가 남의 밭에 들어가 일 년 농사를 다 망치건 말건 상관하지 않았지요. 그래서 그만 절에서 쫓겨났습니다. 이 절에서 쫓겨나면 저 절로 가고 저 절에서 쫓겨나면 다른 절을 찾아 나섰는데, 그 사이에 절 집에서는 '아무개는 천하의 게으름뱅이'라고 소문이 나서 결국은 소머슴도 제대로 못하고 말았습니다." (신경림 · 조오현, 위의 책 36쪽.)

위인 얼굴이 가무잡잡한 공양주의 딸, 이렇게 네 식구가 살았습니다. 당시 저의 소임은 쇠죽을 끓이고 디딜방아 찧고 땔나무도하고, 노스님이 어쩌다 출타하시면 조석예불과 사시마지를 올리는 일이었는데 예나 지금이나 천부적으로 게을러빠진 저는 그 소임을 제대로 다 하지를 못했습니다.[177]

그래서 그는 이 절 저 절을 떠돌아다니다가 결국, 도시로 나와서 떡장수, 배달꾼, 막노동 등의 일을 하게 된다. 이때는 전쟁이라는 정치적, 사회적 격동기로 인해 민족의 생존 자체가 문제되었던 시기였다. 그 와중에 그는 6·25 때 월남한 한 장사꾼을 만나게 된다. 그 장사꾼은 조오현을 사위로 삼고 싶어 했다. 하지만 조오현은 도시 생활에 흥미를 느끼지 못했다. 그래서 그는 다시 절간으로 돌아간다. 그 곳에서 그는 노스님을 시봉하는 시자가 되었는데 그 절이 너무 가난해서 매일 탁발을 해서 끼니를 해결해야만 했다.

어느 날, 탁발을 나간 그는 몇 시간 동안 염불을 했음에도 불구하고 그 집주인이 시주는커녕 내다보지도 않았다. 그래서 오기가 생긴 그는 계속 염불을 했다. 그 때 나병 환자부부가 구걸을 하러 왔다. 그러자 집주인 아주머니가 나환자에게만 한 됫박의 쌀을 건네주었다. 그리고 그에게는 방아도 찧지 않은 겉보리 한줌을 집어 주었다. 그 순간 그는 '부처님보다 나병환자가 더 낫구나!'라고 느꼈다. 그래서 그 자리에서 마음을 고쳐먹고 부처님 대신 나병환자를 따라가기로 결심한다. 그리고 나병환자부부에게 같이 살기를 간청한다. 그러나 그들 부부는 그의 뜻을 완강

177) 신경림·조오현, 위의 책 56쪽.

히 거절한다. 하지만 조오현은 끈질기게 그 부부들을 설득해서 그들과 같이 움집에서 생활한다. 먹고, 자고, 구걸하면서 그들과 반년동안 지내게 된다. 그는 그들 부부의 따뜻함과 배려심에 점점 마음이 안정되어 간다. 알고 보니 그 남자 나병환자는 대학을 졸업한 지식인이었다. 문학도 좋아하고, 시도 쓰는 사람이었다. 그는 조오현에게 많은 것을 가르쳐 주었다. 세계 명작 책을 구해와서 읽어주기도 하고, 이야기도 같이 나누었다. 그들과 지내는 동안 그는 몸은 불편했지만 마음은 편안했다고 한다. 그러던 어느 날, 그들이 조오현에게 혼자서 읍내로 나가 구걸을 해 오라고 했다. 한 번도 혼자서는 구걸을 시키지 않았던 분들이라 조오현은 이상하다고 생각했지만 시키는 대로 구걸을 해서 움막으로 돌아왔다. 그런데 그들은 보이지 않았고, 잘 지내라는 당부의 편지만 놓여 있었다. 178)

그는 다시 출가179)했다. 그리고 1959년 스물일곱의 나이에 고암스님180)에게 수계를 받아 승려인증을 받는다. 그 후, 삼랑

---

178) 신경림 · 조오현, 앞의 책, 260~261쪽.에서 재구성한 것임.

179) 절 집에서는 이를 발심출가(發心出家)와 인연출가(因緣出家)로 나눈다. 발심출가란 진리를 터득하기위한 것이고, 인연출가란 여러 가지 인연에 의한 출가이다. (신경림 · 조오현, 앞의 책 23쪽.)

180) 고암(古庵)(1899~1988)은 경기도 파주 출생, 속성은 윤씨, 이름은 지호, 9세부터 12세 때가지는 서당에서 한학을 익혔고, 13세에는 적성공립보통학교에 다녔다. 현대 한국불교의 고승이며 최고의 지도자로서 대한불교 조계종 3대, 4대, 6대 종정을 지낸 법명은 상언, 호는 고암, 자호는 환산이다. 1916년 가을 서울 사도 포교당에서 설법하던 용성스님의 금강경 법문을 듣고 발심하여 망월사에 갔다가 1918년 해인사에서 제산스님을 은사로 출가하여 1922년 용성선사에게 구족계를 받았다. 고암은 평생을 자비와 겸손으로 일관했으며 인자한 성품과 항상 스스로를 낮추는 하심행을 실천한 고승이었다. 또 그는 맑고 깨끗한 삶을 산 큰스님으로서 천진하고 순박한 모습에 항상 잔잔한 미소를 머금은 자비보살이었다. 한 곳에 6개월 이상 머물지 않고 늘 만행하면서 교화에 전념한 위대한 율사이자 선객이었다. (석성환, 「무산 조오현 시조 연구」, 2006, 창원대학교. 8쪽.) 조오현은 고암스님에 대해서「매우 고마운 대답」, 「설법」등의 시에서 그 분의 높은 대덕을 그려내고 있다.

진 금무사 약수암에서 6년간 정진한다. 그는 토굴에서 공부할 때 한국불교의 명상법인 간화선(看話禪)에서 '부모미생전 본래면목(父母未生前本來面目)'을 화두로 수행정진 한다. 그 후, 그의 운수행각에 대한 구체적인 사항은 잘 나타나있지 않다.

> 한국불교의 명상법은 간화선이라고 해서 화두를 참구하는 방법인데 저는 그 중에서 '부모미생전 본래면목'을 명상하라고 합니다. 즉 '부모가 나를 낳기 이전의 나는 어떠했는가?'를 명상하는 것인데 제가 제시하는 방법은 좀 독특합니다.
>
> 우리는 보통 5살 정도까지는 어린 시절을 기억합니다. 하지만 그 이전의 기억은 가물가물 합니다. 그런데 의식을 집중하는 명상 훈련을 하면 4살 때가 기억에서 살아납니다. 계속하면 3살, 2살, 1살 때의 일이 살아납니다. 이것은 제가 젊은 시절 삼랑진 토굴에서 공부할 때 체험한 것인데 이번에 제 경험과 방법을 가르쳐 주었더니 다른 수행법보다 쉽다면서 매우 좋아하는 것 같았습니다.[181]

1960년대는 정치적으로 4·19혁명과 5·16군사정변이 있었다. 이 시기는 정치적으로 혼돈의 시기였고, 경제적으로는 제1차 경제개발 5개년 계획이 본격적으로 가동되는 시기였다. 이 시기 한국의 근대화 과정은 군사 정권과 산업화가 맞물리면서 독점 자본에 의한 독점 개발이라는 독특한 형태의 자본주의가 자리 잡았다. 이 시기에 조오현은 정완영[182], 조종현 등과 교류

---

181) 신경림·조오현, 앞의 책, 20쪽.
182) 선생은 삶도 생애도 민족도 조국도 시조이고, 작품의 본체는 전제불기(全提不紀)의 신운(神韻), 무작묘용(無作妙用)의 세계이다.(『정완영시조전집』.토방 2006. 책머리에 조오현이 백수선생의 '시조전집'에 부쳐 「굴방(屈棒)」에 있는 글이다.)

하면서 시인의 길로 접어들어 1966년 문단에 나왔다.

1970년대 박정희 정권은 1972년부터 다시 중화학 공업화를 목표로 제3차 경제개발 정책을 추진하였다. 1965년부터 진행된 베트남 파병으로 우리경제는 공업화에 의한 수출 주도형으로 비약적인 발전을 이루게 된다. 그러나 이와 병행하여 박정희 정권은 장기 집권을 위한 정책을 구상하였다. 이것이 유신 헌법 개헌안이었다. 1972년 10월 17일 전국에 비상 계엄령이 선포되고 27일 유신 헌법을 공고하였다. 그리고 11월 21일 국민 투표가 가결되어 개헌이 확정된다. 그리고 박정희가 제8대 대통령으로 당선된다. 그래서 한국의 정치는 1973년부터 1979년까지 6년간 유신체제 속에서 진행된다. 그 결과 한국의 정치 사회는 저항과 탄압으로 이어지는 파국의 과정을 거친다. 결국 1979년 10월 26일 박정희 대통령이 피격 사망하면서 유신 체제가 무너진다. 이런 정치적 혼란과는 대조적으로 제4공화국에서의 경제는 꾸준히 성장하였다. 경제 개발 5개년 계획의 성공적 달성과 새마을 운동의 확산으로 한국은 낙후된 농업 국가에서 중화학 공업 국가로 발돋움 하였다. 이 시기를 외국에서는 정치적으로는 한국의 민주주의가 10년 후퇴했고, 경제적으로는 '한강의 기적'을 이루었다는 이중적 평가를 내놓는다.

이 시기에 조오현은 경허[183]를 사숙하면서 치열한 구도의 길과 시인의 길을 걷게 된다. 그래서 종교와 시의 합일점인 선시의 세계를 독특한 상상력과 시상으로 구축한다. 그리고 1977년에는 성준화상의 법거량(法擧量) 후 조계종 제3교구 본사 설악

---

183) 1849년생. 한국의 '달마'라고 하며, 한국 근대 선승의 대표적 인물이다. 한국 불교문학에 지대한 영향 을 미쳤다.

산 신흥사 주지가 된다. 1978년 첫 시집『심우도』를 발간한 이후 50여 년 동안 모두 6권의 시집[184]을 상재하였다.

1980년대는 1979년 부마 민주항쟁 때 선포된 계엄령이 10월 26일 박정희 대통령 시해 사건과 12월 12일 신군부 쿠데타로 이어지면서 계엄령의 연속이었다. 그 와중에 김대중이 사형에 확정되면서 1980년 5월 18일 광주를 비롯해서 전남 지역 학생과 시민들이 중심이 되어 민주항쟁이 일어난다. 많은 민중들의 피의 대가로 김대중은 무기징역으로 감형되고 다음 날인 1981년 1월 24일에 계엄령은 해제된다. 이렇듯 신군부가 등장하면서 탄압은 유신체제보다 더 가혹하였다. 그 결과 민주화 운동은 크게 위축되는 양상을 보이기도 했다. 하지만 대학생과 노동자들의 연합으로 사회 전반의 불만은 전방위적으로 확대되었다. 이 때 넥타이 부대까지 동원되면서 1987년 6월 항쟁은 대통령 직선제를 이끌어낸다. 조오현의 우범조 시조 연작들은 바로 이시기의 상황들과 맞물려 있다.

1980년대 말, 우리나라 시단에서는 선시풍 서정시가 확산되고 있었다. 그 전에도 김달진이『한산시』를 번역하였고, 조지훈이「시선 일미」등의 선시론을 발표[185]하기도 했다. 하지만 이 시기에 선시에 대한 관심이 높아졌다는 것은 우리 문학사에서 눈여겨 볼만한 일이다. 그러나 조오현은 폭력 비리 승려로 낙인찍혀[186] 미국에서 2년 정도 머물게 된다. 그 때 그는 미국에서

---

184)『심우도』(1978),『산에 사는 날에』(2000),『만악가타집』(2002),『절간이야기』
　　(2003),『아득한 성자』(2007),『비슬산 가는 길』(2008)
185) 조지훈,「시와 인생」, 박영사, 1959. (송희복,「선으로 약동하는 화려한 넌센스」,『현
　　대문학과 선시』, 불지사, 1992 306쪽. 재인용)
186) 신경림,「시인을 찾아서」,『우리교육』, 2000. 53쪽.(그 시대는 정권에 협조하지 않으
　　면 무조건 죄인이 되던 시절이었다. 인권이 유린되고 억압받는 시기에 조오현의「1970

식당의 종업원으로 일하면서 신부님을 알게 되어 성당에서 강의를 하게 되었다. 그 때 "미국사람들에게 황진이(16세기)의 시조를 읊어 주었다. 그리고 그는 백호 임제(1549~1587)가 황진이 무덤가에서 읊었던 시조 작품을 낭송해서 기립박수를 받았다. 그 후, 조오현은 미국에 체류하면서 10여 차례 연단에 서게 되었고, 그 강연의 주제는 기독교 문화와 시조 이야기가 전부"[187]였다. 이것으로 미루어 보아 조오현은 미국에서 생활하면서도 시조를 알리는 일에 적극적이었음을 알 수 있다. 1982년 귀국하여 백담사에 주석하며, 1987년 불교신문 주필을 비롯하여 백담사를 포함한 말사 60여개를 거느린 본사 신흥사의 회주가 된다.

1990년대는 한국도 정치적으로 자유로운 시기였다. 그리고 경제적으로도 풍요의 시기로 오렌지족이라는 신조어가 생겨나기도 하였다. 하지만 1997년 11월 21일 한국 정부는 국가부도위기를 맞게 된다. 그 결과 대대적인 구조 조정이 이루어졌다. 그래서 노동자들은 실직하게 되고, 취업난 속에서 실업자가 속출하게 된다. 그런 와중에서도 국민들은 '금 모으기 운동'으로 꺼져가는 경제를 살리기 위해서 노력을 아끼지 않았다. 그 결과 4년 만인 2001년에 우리나라는 각고의 노력 끝에 구제 금융에서 벗어난다. 그 후, 한국 경제도 다시 성장의 길로 접어든다. 조오현에게는 1992년 문단에서 현대시조 문학상을 수상하고, 1994년에 편저 『선문선답』 등을 출간했으며, 1995년 남명문학상, 1996년 가람시조문학상 등을 수상한다. 그리고 1997년 선서인

년 방문」 연작시와 「1980년 방문」 연작시에는 현실참여적인 우범시가 있다. 이 시편에서는 그 시대를 단호하게 비판하고 있다. 그래서 폭력비리승려로 몰렸을 가능성이 농후하다.)
187) 권영민 편, 앞의 책, 197쪽.

『벽암록』을 역해한다. 이 시기에 조오현에게는 세간과 출세간을 넘나드는 확대된 삶의 모습이 보인다.

2000년대는 새천년의 시작이라는 점에서 그 어떤 때보다도 세계인들은 기대 속에서 출발했다. 이 시기 세계는 글로벌화되면서 신자본주의가 대두된다. 그리고 세계는 지구촌으로 국가 간의 경계가 무너지면서 자국의 이익만을 위해 움직인다. 이처럼 2000년대는 급변의 시기이며 혼돈의 시기였다. 그래서 한국 사회는 근대사회에서의 기술주의 논리가 극단화되면서 생긴 정신적 공허함을 내면적 성찰에서 찾고자 했다. 그것은 삶과 생명에 대한 관심이었다. 그 결과 선에 대한 관심이 높아졌고, '느리게 사는 법', '걷고 산책하기' 등으로 정신적인 위안에 비중을 두는 것들이 유행하기 시작했다. 이것은 속도주의가 가져온 파시즘적 삶의 위기의식에 대한 느림의 미학이었다. 이것은 인간이 물질주의의 풍요보다는 정신적인 가치를 더 중요하게 여긴다는 방증으로 보여진다. 조오현도 2004년『신경림 시인과 오현 스님의 열흘간의 만남』에서「길에서 돌아본 인생의 뒷모습」,「그 행복과 고통의 이중주」,「보존이냐 개발이냐」,「만질수록 커지는 괴물」,「정말 통일은 우리의 소원인가」,「어떤 평화도 전쟁보다 낫다」,「목매달아도 좋을 나무」등의 장에서 여행, 사랑, 환경, 욕망, 통일, 전쟁, 문학 등에 대한 자신의 생각들을 피력하였다. 그리고 2005년에 산문집『죽는 법을 모르는데 사는 법을 어찌 알랴』, 2007년에『무문관』등을 출간하게 된다. 그리고 2007년 제19회 정지용문학상을 수상했다.

이 수상작의 선정 기준으로 첫째로 정지용 문학상의 선정원칙이 시인

의 최근 작품 활동 내용에 주목하면서 예술적 완성도가 높고 낭송하기
에도 적합한 점과, 둘째. 조오현 시는 시조로 등단하여 활동하면서도
「절간이야기」 연작을 통해 자유시로서도 일가를 개척하여 왔고, 근년
에 들어 특히 지난해에는 시조와 자유시를 넘나들면서 철학성과 예술
성을 차원 높게 조화시키는 작품들을 집중적으로 형상화했다는 점에서
관심의 대상이 되었다. 「아지랑이」(『유심』, 2006. 겨울), 「오늘」(『서정
시학』, 2006. 겨울), 「어미」(『시와시학』, 2006. 겨울) 등과 함께 시집
『아득한 성자』는 한 성과라고 할 수 있다는 점에서 그러하다. 셋째로,
그것은 이 일련의 작품들이 근래 우리 시단에서 부족한 요소라 할 수 있
는 종교적 명상, 즉 구도의 넓이와 깊이를 보여 주고 있는 것으로 판단
됐기 때문이다. [188]

조오현 시인은 분명 만해 이래로 승려 시인으로서 어디에도
견줄 수 없는 독보적인 성과를 보여 주고 있는 것으로 판단되었
기 때문이었을 것이다.

그리고 2008년 공초문학상을 수상하였다. 2009년 5월에는
미국 하버드대 바커센타 중앙홀에서 하버드대 한국학연구소가
주최한 시조 축제에서 "맥켄 교수[189]가 조오현의 시조 「아득한
성자」를 영어로 읊었다. 그러자 강당에 모인 사람들이 숙연해졌
다. 이런 일련의 사건들에서 짐작할 수 있듯이 조오현은 끊임없
이 우리의 시조를 세계에 알리는 일을 하고 있다. 이것은 일본이
하이쿠를 세계에 알리는 것과 다르지 않다고 본다. 그리고 같은

---

188) 김재홍, 「종교적 명상의 넓이와 깊이」, 송준영 편, 앞의 책, 89쪽.
189) 하버드대 동아시아 언어문화학과 교수. 미국의 중·고등학생들에게 시조붐을 조성하
고 있다. 2009년에 영어 시조집 『도심의 절간』 출간.(김민상, 중앙일보, 2009. 7월 2일
자.)

해 DMZ평화상을 수상하였다. 이것은『신경림 시인과 오현 스님의 열흘간의 만남』에서 보여주었던 「어떤 평화도 전쟁보다 낫다」는 자신의 생각을 실천했음을 입증하는 성과로 보여진다.

2010년대는 2011년 IMF를 벗어난 한국경제가 세계를 향해 새로운 도약을 시도한다. 이 때, 조오현은 2011년 시조시학문학상, 제 23회 포교대상을 수상한다. 시조문학상은 그가 시인으로서 아직도 현역에 있음을 입증하는 것이고, 포교대상은 그가 중생들을 위해서 노력한 결과라고 보여진다. 그리고 2013년 제13회 고산문학대상을 수상한다.

이 밖에 1968년 문단 데뷔 후, 총무원 교무국장, 민족문화협회 감찰위원, 강원도정 자문위원, 한일 친선대회 한국 대표, 제3교구 본사인 설악산 신흥사 회주와 불교신문사 논설위원[190] 등을 역임한다. 그리고 세속과 관련지어 하는 일은 장학사업, 유치원, 양로원 운영과 같은 사회사업과 방송이나 신문 발행, 그리고 『유심』,『불교평론』같은 잡지 발행과 문화사업 등을 하고 있다. 그리고 〈만해사상실천선양회〉를 설립하여 '만해사상'을 선양하고, '백담사 만해마을'에서 해마다 '만해축전'을 개최하였다. 그 축전은 세계문인들과 한국문인들이 8월만 되면 모여서 축제의 장이 되는 것으로 유명하였다. 그런데 2013년 조오현은 이 '만해마을[191]'을 동국대학교[192]에 기증한다. 그 소회를 조오현

---

190) 조오현외 11인 공저,『할 말은 해야지요』, 도서출판 밀알, 1983, 304쪽. (석성환 석사 학위논문(2006)에서 재인용.)

191) '만해마을'을 '건달바성(乾達婆城)'이라 이름 지은 것도 집착에서 벗어 나기위해서 지은 이름이라 했다.(신경림 · 조오현, 앞의 책, 67쪽.)

192) 2003년 설립한 만해마을 건물과 부대시설 일체를 동국대에 기부했다. 만해마을은 문인의 집, 만해기념(박물관)관, 만해학교(교육시설), 서원보전(사찰), 만해수련원, 청소년 수련원 등 건물 6개동과 종각, '님의 침묵 광장' 등 부대시설로 이뤄져있다.

은 "집(만해마을)을 짓기는 했는데 어디에 갖다 버릴까 고민하다 동국대 기증을 결심했다"라고 한다. 현재는 설악산 산감과 신흥사 조실스님이다.

위에서 연대별로 조오현의 삶을 살펴본 결과, 그의 삶은 출세간과 세간의 경계에서 중생과 함께하는 대자대비한 보살행을 실천하는 큰스님이며 시인이다.

2) 문학관

조오현의 문학관은 그의 시를 해설한 것과 논문 그리고 평론 등에서 많이 나타나고 있다. 하지만 이것들은 타인의 눈으로 본 그의 문학관들이다. 그래서 이 절에서는 자신의 문학관을 피력한 『열흘간의 만남』에서 발췌한 것을 중심으로 살펴보고자 한다.

신경림 - 스님은 어떻게 해서 시를 쓰게 되셨습니까?
조오현 - 우연한 기회에 만났습니다.[193)

조오현에게 있어서 시는 절대 절명의 순간에 찾아온 것이 아니다. 시인이 된 친구 이재우, 강홍남 등이 그가 수행하고 있는 절로 찾아오면서 접하게 된다. 그래서 그는 친구들처럼 시를 쓸 수 있다는 것을 보여주기 위해 밤새도록 시를 쓴다. 그 시가 65년 동아일보 신춘문에 최종심까지 간 '할미꽃'이다.

---

193) 신경림 · 조오현, 앞의 책 260쪽.

신경림 - 문학수업은 언제 하셨습니까?

조오현 - 저에게는 별다른 문학수업이라는 것이 없었습니다.[194)]

'할미꽃'이 신춘문예 최종심까지 가서 떨어졌다는 것을 알게
된 조오현은 밀양읍에 나가서 『현대문학』과 시집 몇 권을 사서
독학으로 시공부를 하게 된다. 이것이 그에게는 문학 수업이었
다. 그렇게 해서 쓴 시들을 이태극, 조종현, 정완영, 서정주 선생
에게 편지를 보낸다. 서신으로 문학 수업을 받았던 셈이다. 그러
다가 『시조문학』을 알게 되었고, 1968년 등단하게 된다. 그 후
김교한, 서벌, 박재두, 김호길 시인 등과 함께 『율(律)』이라는
동인지에서 활약한다. 조오현은 선승으로서 시를 쓴 것이 아니
고, 정식으로 문단에 등단한 시인이다. 그런 의미에서 조오현의
선시는 등단한 시인이면서 선승이라는 점에서 다른 선승들이 쓴
선시와 구별된다. 그런 의미에서 문학사적으로 볼 때 선시 영역
의 확장에 큰 역할을 하고 있다.

신경림 - 스님은 어떤 때 시를 쓰십니까?

조오현 - 무슨 말을 하고 싶을 때 그것을 시로 씁니다.[195)]

조오현은 출세간에 있는 수행자로서 참선 수행으로 침묵하
고 있다. 그래서 그는 할 말이 있을 때 시를 쓴다. 그 시는 '마치
도를 도라고 하면 도가 아닌 것'과 같이 묘오의 세계를 함의 하
고 있다. 그 세계는 그가 아끼던 말들을 풀어내고 있음으로 해서

---

194) 신경림 · 조오현, 앞의 책 261쪽.
195) 신경림 · 조오현, 앞의 책, 246쪽

50년 시력으로 볼 때 과작임이 그런 이유에서 비롯되었음을 알 수 있다. 하지만 이승훈은 "같은 시라도 제목이 달라지면 그 시는 새로운 시"[196]라고 밝힌 바 있다. 이것은 『심우도』에 수록되었던 그의 시편들이 『산에 사는 날에』, 『만악가타집』, 『절간이야기』, 『아득한 성자』, 『비슬산 가는 길』 등에서 제목을 달리하여 재수록된 작품들에서 알 수 있다. 그렇게 보면 50년 시력 속에서 그는 끊임없이 창작의 길에서 작품을 갈고, 닦으며, 담금질하고 있음을 증명하고 있다.

> 신경림 - 종교인의 글쓰기에 대해서 부정적인 생각을 하는 분들이 많은데 그것에 대해서 어떻게 생각하십니까?
> 조오현 - 마치 저를 두고 하시는 말씀 같아 좀 쑥스럽지만, 문학과 종교는 친연성이 많습니다.[197]

선은 종교이고, 시는 문학이므로 선시는 종교와 문학의 접목에서 나타나는 양식이다. 『불소행찬』, 『법구경』 같은 경전에서도 게송으로 부처의 법이 전해진 것만 보더라도 종교와 문학은 밀접한 관련이 있음을 알 수 있다. 우리나라에서도 고려 시대의 진각 혜심, 태고 보우, 나옹 혜근과 조선시대의 청허 휴정, 소요 태능, 청매 인오 같은 선승들의 선시만 보더라도 그것을 짐작할 수 있다. 이런 역사적 흐름의 기반으로 볼 때 조오현은 선승으로서도 시를 쓰고, 등단한 시인으로서도 시를 쓰고 있음으로 종교와 문학을 따로 논의할 사항이 아니다. 그래서 그가 시를 쓴다는

---

196) 이승훈, 「조오현 시조의 실험성」, 송준영 편, 앞의 책, 683~698쪽.
197) 신경림 · 조오현, 앞의 책, 248쪽

것[198]은 그의 생활의 일부이지만 그는 서로 "친연성이 많"다고 겸손하게 말하고 있다.

신경림 - 스님은 문학이 목적입니까, 종교가 목적입니까.
조오현 - 저는 시인보다는 스님을 택할 것 같습니다.[199]

조오현은 첫 시집 『심우도』의 〈자서〉에서 "나는 비구나 시인이길 원하지 않는다. 항시 나로부터 무한정 떠나고 떠나가고 싶을 뿐"[200]임을 밝히고 있다. 그는 출세간에 있는 수행자이고 세간에 있는 시인이다. 이 경계를 모두 초월하여 대자유인으로 삶을 구현하고자 한다. 그래도 출세간과 세간을 분별해서 말한다면 그는 출세간을 택하겠다고 한다.

신경림 - 선시를 단순한 기법으로만 차용하는 것이 과연 선시일 수 있느냐는 논란도 불교문학의 외연을 확대하는 계기라고 봅니다.
조오현 - 불교에서 문학이란 종교행위의 연장, 또는 대중 설득을 위한 수단이 됩니다. 그 위에 문학적 성공이 더해진다면 바랄 것이 없을 겁니다.[201]

조오현은 불교에서의 문학을 "종교행위의 연장"으로 보고 있다. 또한 "대중 설득을 위한 수단"이라고 개념을 확실히 정의한다. 이 말의 기저에는 대승불교의 가르침이 있다. 그것은 수행자의 궁극지는 깨달음을 얻은 후에 대중을 교화하는데 있기 때

---

198) 신경림 · 조오현, 앞의 책, 234쪽
199) 신경림 · 조오현, 앞의 책, 254쪽.
200) 권영민 편, 앞의 책, 301쪽.
201) 신경림 · 조오현, 앞의 책, 249쪽~251쪽.

문이다. 그리고 불교문학에서 "문학적 성공이 더해진다면 바랄 것이 없다"는 속내도 드러낸다. 그것은 그의 선시가 대중과 함께 하는 노래이길 바라는 의미가 내포되어 있음을 부인하지 않는다.

위에서 살펴본 바와 같이 조오현의 시작(詩作)은 시조에 뿌리를 두고 있다. 시조는 "우리의 고유한 예술양식이면서 국문학 장르 가운데 가장 빛나는 결정체"[202]이다. 그래서 조오현은 시조로써 자신이 하고 싶은 말을 토해내고 있다. 시조는 고려말기에 그 형태가 확정됐고, 그 명칭은 18세기 중엽, 이세춘[203]에 의해서 시절가조로 불리던 것이 줄여져서 시조가 되었다.

조오현의 시조는 60년대 백수의 영향을 받은 그의 초기 시편들은 서정성 짙은 시들이 다수 있다. 「할미꽃」을 비롯하여 「비슬산 가는 길」, 「오후의 심경」, 「정」, 「직지사 기행초」, 「계림사 가는 길」, 「봄」, 「세월 밖에서」, 「종연사」 등의 작품에서 알 수 있다. 이 작품들에는 세속의 어머니가 살아있기도 하고, 돌아가신 모습으로 나타나기도 한다. 그리고 선승으로서 살아가는 지

---

202) 김제현, 『시조문학론』, 예전사, 1992, 17쪽.
203) 『해동가요(海東歌謠)』 소재 고금창가제씨(古今唱歌諸氏)에서 김수장 · 탁주한 · 김유기 · 박후웅 등과 함께 나오는 그는 1744년(영조 50) 신광수(申光洙)의 『석북집(石北集)』 소재 관서악부(關西樂府)에 전하는 시에 의하면 "시조에 장단을 배열한 것은 장안에서 온 이세춘에서 비롯한다"고 했다. 이것은 시조창(時調唱)에 관한 가장 오래된 문헌이고, 악보로는 서유구(徐有榘)의 『임원경제지(林園經濟志)』 소재 『유예지(遊藝志)』와 이규경(李圭景)의 『구라철사금자보(歐邏鐵絲琴字譜)』에 전한다. 시조명창이었던 이세춘은 당시 유명한 가객 송실솔(宋蟋蟀)과 함께 왕족 출신인 서평군(西平君) 이요(李橈)의 후원 아래 노래 활동을 전개하였다. 한 번은 이세춘이 모친상을 당했을 때, 조문을 간 송실솔은 상주의 곡(哭)하는 소리를 듣고서 "계면조야, 그러니까 평우조(平羽調)로 받아야겠지"라고 하면서 영전(靈前)에 나가 곡을 했는데, 그 곡이 마치 노래처럼 들렸다고 한다. 이세춘과 왕족 출신의 서평군 이요에 관한 기사는 이옥(李鈺)의 『문무자문초(文無子文鈔)』 소재 「가자송실솔전(歌者宋蟋蟀傳)」에 전하고, 공주기생 추월(秋月)과 이세춘 관련 기사는 『청구야담(靑邱野談)』 권2 소재 「추기임로설고사(秋妓臨老說故事)」에 전하며, 심용(沈鏞)과 가객 이세춘 관련 기사는 『청구야담(靑邱野談)』권1의 「유패영풍류성사(遊浿營風流盛事)」에 전한다.(宋芳松, 『한겨레음악인대사전』, 보고사, 2012, 656~657쪽)

난한 자신의 심정이 나타나 있기도 하다. 70년대에는 경허의 영향을 받았다. 그것은 「달마의 십면목」, 「무산 심우도」 등의 작품에 나타나는 문둥이의 형상이 구도자의 길을 상징하고 있는 것만 보아도 알 수 있다.

조오현의 문학관은 "물 위의 그림자가 일그러질까봐 말 밖의 여백을 중시하고, 깊은 침묵과 선의 오묘한 세계를 지향"[204]하고 있다. 그래서 그의 시편들은 세간이던 출세간이던 이미 언어와 형식에서 벗어나 자유롭게 세상을 바라본다. 바로 원융무애의 걸림이 없는 마음으로 번뇌 속에 있는 중생들의 세상을 내다보고 있는 것이다.

204) 신경림·조오현, 앞의 책.

2. 시조의 형식과 선시의 구현방법

시조는 조선시대에 부르던 시조로 창작되었던 것이 1900년
대부터 신문이나 잡지에 읽는 시조로 창작되면서 새로운 전환을
맞게 된다. 그러면서 "가사 · 국문풍월 · 시조 가운데에서 어느
것이 근대문학으로 이어지는가 하는 경쟁에서 시조가 단연 유
리"[205)한 자리를 차지한다. 이것은 시조가 7백 년 동안 우리 민
족이 체득해온 율격의 전통 때문이다. 그것은 초장과 중장은 4
음보의 반복적 구조로 진행되다, 종장은 율격에 변화를 주어 첫
음보를 반드시 3음절로, 둘째 음보는 5음절 이상의 과음보로 한
다. 그래서 육당은 "시조는 조선인 · 조선혼이 담긴 가장 조선적
인 문학양식이며, 조선 사람의 보편적인 운율을 가장 적절한 형
식으로 구사하고 있다"[206)고 평했다.

현대시조는 1904년 육당 최남선을 시작으로 1917년 춘원 이
광수에 이르러 제대로 된 시조형식을 갖춘다. 이후, 이병기, 이
은상, 조운, 이호우, 김상옥 등의 시조시인을 필두로 박재삼, 이
태극, 정완영, 황추강 등으로 이어지는데, 현대시조를 선시조로
새로운 지평을 연 작가는 조오현이다. 그의 시조는 한국적 전통
을 계승한 것이다. 전통은 '역사적 배경을 지니고 전하여 내려오
는 오랜 계통'이다. 그리고 "한 문화 집단 혹은 문학 집단의 동일
성을 표상하는 개념이다. 따라서 전통이란 시간적으로 일단 장
구한 배경을 간직하고 있어야 하고 공간적으로 한 문화 집단을

---

205) 조동일, 『한국문학통사 5』, 지식산업사, 2005, 289쪽.
206) 박철희, 「현대시조의 특성과 장르의 다양성」, 『시조의 형식미학과 현대적 계승』, 학
　　술세미나 자료집, 열린시조학회, 2010, 17쪽.

광범위하게 포용하고 있어야"[207] 한다. 결국 전통이란 역사 속에 있는 과거이면서 현재 우리 삶과 직결되는 생명력을 가지고 있다. 그래서 이것은 역사와 문화 앞에 재창조의 힘으로 계승 발전시켜야한다. 조오현은 전통에 바탕을 둔 우리나라 고유의 3장 6구 12음보인 시조의 맥을 현대시조로 계승 발전시키고 있다.

1) 평시조

평시조의 시적 구성 원리는 "4음보가 세 번 반복되어 3장을 이루는 4음보격 3장으로 구성된 정형시"[208] 이다. 그리고 동시에 "각 장이 2구 4음보의 율격을 갖추며 종장 첫 구가 1음보 3음절로 고정된 3장시[209] 이다.

①
봄도 이름 내 서창(書窓)의 파초 순 한나절을
초지에 먹물 배듯 번지는 심상이어
기왓골 타는 햇빛에 낙숫물이 흐른다.
　　　　　　　　　—「조춘(早春)」 전문(『적멸을 위하여』 203쪽)[210]

위의 시조는 초장과 중장, 그리고 종장의 음보와 자수가 비교적 안정되어 있음을 알 수 있다. 그 자수의 구성을 살펴보면 초장에서는 4/ 4/ 3/ 4 , 중장에서는 3/ 4/ 3/ 4, 종장에서는 3/

---

207) 천이두, 『전통의 계승과 그 극복』, 한국현대작가작품론, 일지사, 1974, 6～7쪽.
208) 이지엽, 『현대시조창작강의』, 고요아침, 2004, 8쪽.
209) 김제현, 『시조문학론』, 예전사, 1992, 59쪽.
210) 시조집 『적멸을 위하여』 203쪽을 이렇게 표시한다.

5/ 4/ 3으로 구성되어 있음을 볼 수 있다. 이것은 평시조의 형식이 잘 갖추어진 시라고 볼 수 있다.

②
남산골 아이들은
흰 눈 덮인 겨울이 가면

십 리도 까마득한
산속으로 들어가서

멧새알 둥지를 안고
달빛 먹고 오더라.

— 「남산골 아이들」 전문(『적멸을 위하여』 152쪽)

위의 시조는 초장 · 중장 · 종장이 모두 2구로 나누어져 있어서 구의 변화를 보여 주고 있다. 시조의 각장에서 2음보와 3음보 사이의 휴지(Cesura)가 연으로 구분되면서 자연스럽게 휴지의 공간도 확보하고 있다고 볼 수 있다. 각 장은 연을 구성하고 있어서 연의 개념으로 보는 것이 더 자연스럽다. 1연은 3/ 4, 4/ 5이고, 2연은 3/ 4, 4/ 4이고, 3연은 3/ 5, 4/ 3으로 구성되어 있다. 초장 제 4구가 다섯 자로 늘어나긴 했으나 그 외 모든 구에서 시조의 기본 형식을 갖추고 있다. 그리고 1연의 1행과 2연의 1행은 선단 후장으로 자수율의 안정성을 보여준다. 동시에 3연의 2행은 선장후단으로 여운을 극대화 하고 있다.

③

조실스님 상당(上堂)을 앞두고
법고를 두드리는데

예닐곱 살 된 아이가
귀를 막고 듣더니만

내 손을
가만히 잡고
천둥소리 들린다 한다.
— 「천심(天心)」 전문(『적멸을 위하여』 168쪽)

위의 시조는 3장 형식이지만 시행은 7행의 짜임새로 드러나
고 있다. 1행과 2행이 결합되어 시조의 초장을 이루고, 3행과 4
행이 결합되어 중장을 이루고, 5행과 6행, 그리고 7행이 결합되
어 종장을 이루고 있다. 이것은 시적 텍스트의 행과 시조 3장의
율격적인 틀을 자연스럽게 일치시킴으로써 얻어진 것이라 볼 수
있다. 초장의 첫 구가 4/ 6으로 다소 늘어나고 있다. 이것은 초
장의 둘째 구에서 3/ 5로 종장의 마지막 구에서 4/ 5로 늘어나는
것과 조응을 이루고 있음을 볼 수 있는데 평시조의 형식장치에
율격적 자유를 부여하여 그 확장의 틈새에 여유 공간을 확보하
고 있음을 볼 수 있다.

④

동지팥죽 먹고 잡귀 다 몰아내고
조주대사 어록을 읽다가 잠이 들다

우두둑 설해목 부러지는

먼 산 적막 속으로

— 「겨울 산짐승」 전문(『적멸을 위하여』 182쪽)

위의 시조도 ②, ③에서 보여 지는 장의 개념에서 변형되어 있다. 2연 4행으로 구성되어 있으며 ③의 시조와 마찬가지로 자수에도 변형이 있다. 1연의 1행에서 4/ 2/ 3/ 4를 구성된 것은 평시조의 기본형인 3/ 4/ 3(4)/ 4에서 벗어난 듯 보이나 전체의 자수를 살펴보면 13자로 되어있다. 그래서 평시조의 기본 자수인 13~14자와 거의 같음을 알 수 있다. 이것은 정해진 구에서의 자수로 정형시의 형식을 규명하기 보다는 자연스러운 호흡으로 보는 것이 타당하다고 본다.

위에서 살펴 본 바와 같이 조오현의 시조 ①에서는 외형적인 율격의 규칙을 유지하고 있고, ②에서는 자수율은 안정되어 있으나 초장·중장·종장이 모두 2구로 나누어져 형식의 변화를 보여준다. 그리고 ③, ④에서는 율격의 변화가 있다. 이것은 3장 분장의 틀 대신에 그것이 연으로 구성되어 있으며 작품 전체의 시적 리듬의 틀을 조성하고 있기 때문이다. 그래서 그의 시조는 평시조의 기본 틀을 비교적 지킨 ①의 시조를 제외하고는 장과 음수율에서도 변형적인 양상이 보여지고 있다. 이것은 3장 분장의 외적인 규범 속에서 그 변화가 가능함을 시사하고 있다.

2) 연시조

연시조는 단형의 평시조를 중첩시켜 시적 의미를 확대한 것

이다. 이것은 시조의 단형적 형태가 지니는 한계를 극복하고자
하는 시도이다. 가람은 "연작을 내세워 자유시 못지않게 시조가
현대인의 복잡한 생각을 유감없이 발표할 수 있다"[211]고 하였
다. 이것은 가람이 장르의 개방성을 강조했음을 알 수 있다. 조
오현의 연시조도 가람의 주장과 크게 다르지 않다. 이러한 시조
의 형태적 개방성이 단형시조인 평시조가 지니고 있는 형태적인
고정성과 제약성을 벗어나서 확장의 단계라 할 수 있다.

①
밤마다 비가 오는 윤사월도 지쳤는데
깨물면 피가 나는 손마디에 물쑥이 들던
울 엄마 무덤가에는 진달래만 타는가.

저 산천 멍들도록 꽃은 피고 꽃이 져도
삼삼히 떠오르는 가슴속 상처처럼
성황당 고개 너머엔 울어 예는 뻐꾸기.

― 「봄」 전문(『적멸을 위하여』 192쪽)

위의 시조는 2연으로 구성된 연시조이다. 각 연에서 초장·
중장·종장이 평시조의 형식을 갖추고 있다. 1연의 초장은 3/
4/ 4/ 4, 중장은 3/ 4/ 4/ 5, 종장은 3/ 5/ 4/ 3로 구성되어 있다.
그리고 2연의 초장은 3/ 4/ 4/ 4, 중장은 3/ 4/ 3/ 4, 종장은 3/ 5/
4/ 3으로 구성되어 있어서 각 장에서 구성하고 있는 자수율이
정형성을 보이고 있다. 1연의 자수는 46자이고, 2연의 자수는

---

211) 박철희, 앞의 책, 21쪽.

44자이다. 1연과 2연이 평시조의 자수에 근접하고 있다. 그래서
① 의 시조는 평시조 2수가 하나의 주제로 연결된 연시조임을
알 수 있다.

②
온몸에 열기가 번지고 으스스 떨리는 도한
벌써 몇 년 째인가 쿨룩쿨룩 쿨룩쿨룩
이름난 의원은 많아도 약이 없는 나의 병.

얼마를 더 앓아야 기침이 멎을 건가
한밤에 토사(吐瀉)를 해도 세상은 비릿비릿하고
뱉은 건 병균 아니라 내 살점 묻은 피.

진작 다친 몸이라면 붕대라도 감았을걸
눈을 부릅떠도 보이지 않는 저 환부를
오늘도 도려내지 못하고 쿨룩쿨룩 쿨룩쿨룩.
　　　　　—「천만(喘滿) - 일색과후 5」 전문(『적멸을 위하여』 135쪽)

위의 시조는 3연으로 구성된 연시조이다. 각 연에서 초장 ·
중장 · 종장의 형식이 평시조의 형식을 갖추고 있다. 1연의 초장
은 3/ 6/ 3/ 5, 중장은 2/ 5/ 4/ 4, 종장은 3/ 6/ 4/ 3으로 자수가
구성되어 있다. 2연도 초장은 3/ 4/ 3/ 4, 중장은 3/ 5/ 3/ 6, 종
장은 3/ 5/ 3/ 3으로 구성되어 있다. 3연도 초장은 2/ 6/ 4/ 4, 중
장은 2/ 4/ 5/ 4, 종장은 3/ 7/ 4/ 4로 구성되어 있다. 여기서 주
목해야 할 것은 평시조의 종장에서 보여 지는 자수율 3/ 5(6~7)/

4/ 3으로 비교적 안정적인 자수를 보여준다는 점이다. 그런데 1연의 초장과 중장, 2연의 중장, 3연의 초장과 중장, 종장에서 글자 수에서 변형이 나타나고 있다.

특히 글자 수가 늘어나는 다음의 부위를 주목해보자.

온몸에/ 열기가 번지고/ 으스스/ 떨리는 도한/

한밤에/ 토사(吐瀉)를 해도/ 세상은/ 비릿비릿하고/

글자 수가 늘어나는 부분은 "열기가 번지고" "떨리는 도한" "토사(吐瀉)를 해도" "비릿비릿하고" 등인데 이 부분들은 대개 구체적인 상황을 보여주는 동사형으로 자수를 의도적으로 줄일 경우 그 실감이 감소할 수밖에 없다. 그러므로 이의 구체적이고 생동감있는 묘사를 위하여 정격에서는 다소 벗어난 글자수를 과감하게 적용하고 있다고 볼 수 있다. 그럼에도 불구하고 자수 개념으로 따졌을 때 1연의 자수는 48자이고, 2연의 자수는 45자이며, 3연의 자수는 49자이다.

위의 시조가 정형시의 구성으로 합당한 것은 "시가의 음률을 자수로 밝힌다는 것은 불합리"[212]하다는 것에서 위의 시조는 평시조가 연결된 연시조임을 알 수 있다.

③
동해 먼 물마루에는 불덩이가 이글거리고
해풍이 숨죽이는 아침뜸 한순간에
조산원 분만실에는 새 생명 첫울음소리

---

212) 김제현, 『시조문학론』, 예전사, 1992, 60쪽.

새들이 소리도 없이 나래 펼쳐 올렸을 때

금빛 물기둥이 하늘 끝에 닿아 섰다

함성은 노도와 같이 밀려왔다 밀려가고

어항엔 돛 올리고 멀리 거물거리는 고깃배들

동남풍의 뱃사람의 말이나 서북풍의 뱃사람 말이나

상앗대 다 놓아버린 늙은 사공 뗏말이거나

젖 물리는 얼굴 갓난이 숨소리 숨소리

겨우내 진노한 빙벽 녹아내리는 물방울들

홍조류 바닷말들도 한참 몸을 풀고 있다

　　　　―「탄생 그리고 환희 - 새해 동해 일출을 보며」 전문(『적멸을 위하여』 150쪽)

　앞의 시조는 4연으로 구성된 연시조이다. 1연의 초장은 3/
5/ 4/ 5, 중장은 3/ 4/ 3/ 4, 종장은 3/ 5/ 3/ 5로 자수가 구성되어
있다. 2연도 초장은 3/ 5/ 4/ 4, 중장은 2/ 4/ 4/ 4, 종장은 3/ 5/
4/ 4로 구성되어 있다. 3연도 초장은 3/ 4/ 7/ 4, 중장은 4/ 7/ 4/
6, 종장은 3/ 6/ 4/ 5로 구성되어 있다. 4연도 초장은 6/ 3/ 3/ 3,
중장은 3/ 5/ 5/ 4, 종장은 3/ 5/ 2/ 6으로 구성되어 있다. 이 구
성들로 볼 때 위의 시조는 첫 수 초장 "동해 먼/ 물마루에는/ 불
덩이가/ 이글거리고"와 셋째 수의 중장 "동남풍의/ 뱃사람의 말
이나/ 서북풍의/ 뱃사람 말이나" 자수율이 다소 많다. 하지만 시
조가 음수율뿐만 아니라 음보율로도 형식을 가름함으로 자수율
의 융통성이 인정된다. 그래서 위의 시조는 호흡이 자연스러운
시조의 형식을 갖춘 연시조이다.

④

달은 뜨지도 않고 노여움을 더한 그 밤
포효하고 떨어진 큰 짐승 그 울부짖음 속에
눈보라 한 아름 안고 내가 왜 찾아왔나.

사나이 다문 금구(金句) 할일할(喝一喝)에 부치랴만
내던진 한 생애인데 열망이야 없을소냐
무섭고 추운 세상에 질타 같은 눈사태여.

돌에다 한을 새기듯 집도(執刀)해온 어제 날들은
아득한 그 원점에 도로 혼침(昏沈)이었구나
막대를 잡았던 손에 아픔은 남았지만.

저승도 거역하는 이 매몰 이 적요를
스스로 달래지 못해 이대로 돌아서면
설영(雪嶺)을 더터온 자국 애안(涯岸)없이 사월 것을.

억울해! 불료(不了)의 인생 내 물음을 내 못 듣고
벌초할 하나 무덤도 남길 것이 못 되는데
사려 먼 붕도(鵬圖)를 그려 갈 길 그만 더듬는다.

　　　　　　─「설산(雪山)에 와서」 전문(『적멸을 위하여』 188쪽)

　위의 시조는 5연으로 구성된 연시조이다. 1연의 초장은 2/ 5/ 4/ 4, 중장은 4/ 3/ 4/ 6, 종장은 3/ 5/ 2/ 5로 자수가 구성되어 있다. 2연도 초장은 3/ 4/ 4/ 4, 중장은 3/ 5/ 4/ 4, 종장은 3/ 5/ 4/ 4로 구성되어 있다. 3연도 초장은 3/ 5/ 4/ 5, 중장은 3/ 4/ 4/

4, 종장은 3/ 5/ 3/ 4로 구성되어 있다. 4연도 초장은 3/ 4/ 3/ 4, 중장은 3/ 5/ 3/ 4, 종장은 3/ 5/ 4/ 4로 구성되어 있다. 5연도 초장은 3/ 5/ 4/ 4, 중장은 3/ 5/ 4/ 4, 종장은 3/ 5/ 4/ 4로 구성되어 있다. 위의 연시조도 ②, ③과 마찬가지로 각 수의 초장 · 중장 · 종장에서 음수율의 변화가 보인다. 하지만 전체적인 자수를 살펴보면 1연이 47자, 2연이 42자, 3연이 48자, 4연이 49자, 5연이 48자로 구성되어 있다. 그래서 평시조의 45자 내외에서 크게 벗어나 있지 않다. 그러므로 위의 연시조는 긴 호흡과 형식미가 돋보인다.

언뜻 보면 1연 중장은 4/ 6/ 5/ 2로 읽어지거나 4/ 3/ 3/ 7로 읽어질 수도 있는데 시간의 등장성의 자연스런 율독을 하면 "포효하고/ 떨어진/ 큰 짐승 그/ 울부짖음 속에"로 볼 수 있다. 이점은 3연 중장의 "아득한/ 그 원점에/ 도로 혼침(昏沈)/이었구나"에서도 나타난다. 문제는 기계적으로 잘라지는 율독이 아니라 오히려 통사간의 흐름과는 다른 불규칙적인 율독에서 오는 분방함이 조오현 시인에게는 있다는 점이다.

위에서 살펴 본 바와 같이 ①, ②, ③, ④는 평시조를 병렬적으로 연결하고 있으며, 견고한 짜임으로 내용의 통일성이 보인다. 연작의 기법인 ①, ②, ③, ④는 형식적인 확장으로 전체적인 균형을 유지하면서 시적 긴장을 이끌어내고 있다. 이것은 "시적 주제의 응축과 그 확산의 과정을 전체적으로 통제하고 있는 내적인 질서"213)가 있기 때문이다.

①의 시조는 화자가 봄을 맞이하면서 느끼는 마음의 정서를 풀어내고 있다. 엄마의 무덤가에 피는 진달래와 뻐꾸기의 울음

---

213) 권영민 편, 앞의 책, 278쪽.

에서 외로움의 정서가 묻어난다. ②의 시조 「천만 –일색과후 5」에서는 삶의 지난함을 세상과의 소통으로 극복하고 있다. 이것은 인간이 살면서 피해갈 수 없는 생로병사의 과정을 비유하여 화자는 몇 년 째 앓고 있지만 "약이 없"는 현실에 직면해 있다. 결국 깊어진 병은 2연의 중장 구절처럼 "한밤에 토사를 해도 세상은 비릿비릿"하다는 세상을 향한 나의 병인 것이다. 그래서 3연의 종장 구절처럼 "오늘도 도려내지 못하고 쿨룩쿨룩 쿨룩쿨룩"하고 있는 것으로 세 개의 연이 하나의 주제로 귀결되고 있음을 알 수 있다. ③의 시조 「탄생 그리고 환희(새해 동해 일출을 보며)」도 인간의 새 생명의 탄생과 새해의 희망을 '기승전결(起承轉結)'로 나타내고 있다. ④의 시조 「설산(雪山)에 와서」는 ③의 시조의 '기승전결'의 형식에서 더 확장된 형태를 보여주고 있다. 이 시조도 ①, ②, ③의 시조와 마찬가지로 ④의 시조도 화자 자신이 처한 상황과 부처가 설산에서 고행한 사실을 처절하게 표현하면서 구도자로서 살아가는 화자의 번민과 회한을 나타내고 있다. 이 시조는 5연 15행의 긴 호흡으로 일관된 주제를 향해 시조를 이끌어 가고 있다. 그래서 ①의 시에서 2수, ②의 시에서 3수, ③의 시에서 4수, ④의 시에서 5수로 점점 확장되고 있음을 알 수 있다. 이것은 평시조로 연결된 것이 아닌, 시의 주제를 찾아가는 과정으로 연결되고 있음을 확인할 수 있다. 그래서 위의 시들은 형식적 확장으로 볼 수 있다.

3) 연작시조

연작시조는 연시조와 다른 양상을 보인다. 연작 시조가 평시조의 연결에 있다면 연작시조는 하나의 제목에 숫자를 붙여 계속 연결되는 시조이다. 그래서 연작시조도 연시조와 마찬가지로 평시조의 또 다른 확장이다. 조오현은 연작 시조를 많이 남겼다. 「산조 1~6」,「일색과후 1~5」,「해제초 1~3」,「무자화 1~6」,「만인고칙 1~18」,「일색변 1~8」,「달마 1~10」,「무산 심우도 1~10」,「무설설 1~6」,「산일 1~3」,「산승 1~3」,「1970년 방문 1~16」,「1980년 방문 1~3」,「절간 이야기 1~32」등이 그것이다. 이 절에서는 이 중에서 「달마 1~10」을 분석해 보고자 한다.

①
서역 다 줘도 쳐다보지도 않고
그 오랜 화적질로 독살림을 하던 자가
이 세상 파장머리에 한 물건을 내놓았네.

— 「달마 1」 전문(『적멸을 위하여』 102쪽)

②
살아도 살아봐도 세간은 길몽도 없고
세업 그것까지 개평 다 떼이고
단 한판 도리를 가도 거래할 물주가 없네.

— 「달마 2」 전문(『적멸을 위하여』 103쪽)

③
바위 앞에 내어놓은 한 그릇 제석거리를
눈으로 다 집어 먹고 시방세계를 다 게워내도
아무도 보지 못하네. 돌아보고 입덧을 하네.

— 「달마 3」 전문(『적멸을 위하여』 104쪽)

④

한 그루 목숨을 켜는 날이 선 바람소리

선명한 그 자리의 끊어진 소식으로

행인은 길을 묻는데 일원상을 그리네.

　　　　　　　　　　—「달마 4」 전문(『적멸을 위하여』 105쪽)

⑤

매일 쓰다듬어도 수염은 자라지 않고

하늘은 너무 맑아 염색을 하고 있네

한 소식 달빛을 잡은 손발톱은 다 물러 빠지고-.

　　　　　　　　　　—「달마 5」 전문(『적멸을 위하여』 106쪽)

⑥

다 끝난 살림살이의 빚 물리는 먼 기별에

단벌 그 목숨도 두 어깨에 무거운데

세상길 가로막고서 타방으로 도망가네.

　　　　　　　　　　—「달마 6」 전문(『적멸을 위하여』 107쪽)

⑦

그 순한 초벌구이의 단단한 토질에

먹으로 찍어 그린 대가 살아남이여

그 맑은 잔잔한 물결을 거슬려 타고 가네.

　　　　　　　　　　—「달마 7」 전문(『적멸을 위하여』 108쪽)

⑧

감아도 머리를 감아도 비듬은 씻기지 않고

삶은 간지러워 손톱으로 긁고 있네

그 자국 지나간 자리 부스럼만 짙었네.

— 「달마 8」 전문(『적멸을 위하여』 109쪽)

⑨

아무리 부릅떠도 뜨여지지 않는 도신(刀身)의 눈

그 언제 박힌 명씨 한 세계도 보지 못하고

다 죽은 세상이라고 상문(喪門)풀이하고 있네.

— 「달마 9」 전문(『적멸을 위하여』 110쪽)

⑩

흙바람 먼지도 없는 강진을 일으켜놓고

한 생각 화재뢰(火災雷)로 천지간을 다 울렸어도

마침내 짖지 못한 상가지구(喪家之狗)여. 상가지구여.

— 「달마 10」 전문(『적멸을 위하여』 111쪽)

'달마'는 반야다라(般若多羅, ?~457)에게서 법을 이어받고, 그의 유지를 받들어 인도에서 중국으로 건너온다. 위의 「달마 1~10」은 조오현의 연작시조로 평시조 10편으로 구성되어 있다. 이 10편은 중국으로 건너온 달마의 행적을 원용하여 쓴 것이다. 위의 시를 형식면에서 살펴보면 ①, ②, ③, ④, ⑥, ⑦, ⑧, ⑨ 의 종장에 종결의미가 '-네'로 끝을 맺고 있다. 이것은 연작시조 가 압운으로 통일되어 있음을 보여 준다.

①의 시조 종장 "이 세상 파장머리에 한 물건을 내놓았네"에 서 달마가 인도에서 중국으로 건너와 선법을 내 놓았음을 암시

하고 있다. 달마가 오기 전에도 중국에서는 불교가 있었지만 달마의 선법으로 획기적인 변화가 있었다.

②는 달마가 520년도에 중국 양나라 무제를 만나서 나눈 이야기를 원용한 것이다. 무제는 자신이 스님들도 공양하고, 절도 짓고, 경전도 펴내고, 불상도 조성했으니까 그 공덕이 얼마나 되는지를 달마에게 묻는다. 달마는 "아무런 공덕이 없습니다."라고 말을 하고 양나라를 떠난다. 위의 시조 종장 "단 한판 도리를 가도 거래할 물주가 없네"에서 양무제의 인물됨을 달마가 흡족해하지 않고 있음을 알 수 있다.

③은 지공화상이 양무제에게 인도에서 온 그 스님이 불법을 전하는 분이라고 알려준다. 그 때 양무제는 위의 시의 종장 "아무도 보지 못했네. 돌아보고 입덧을 하네."라고 후회하면서 한탄한 말이다.

④는 신광이 달마에게 제자가 되기를 간청하나 달마는 말이 없다. 위의 시 초장 "한 그루 목숨을 켜는 날이 선 바람소리"는 신광이 엄동설한에 밤을 새운 것을 비유하고 있다. 달마는 밤을 새운 신광에게 처음으로 입을 연다. "무엇을 구하느냐" 달마의 물음에 신광은 "감로의 문을 열고 중생을 건져주소서."라고 답한다.

⑤는 ④에서 신광이 대답한 것을 이어서 달마가 신광에게 "부처님의 위없는 지혜는 여러 겁을 수행해야 얻어지는 것"이라고 말한다. 위의 시조 초장 "매일 쓰다듬어도 수염을 자라지 않고"는 달마의 대답에 대한 화자의 시적 상상력이 돋보이는 대목이다.

⑥의 종장 "세상길 가로막고서 타방으로 도망가네."는 달마

가 신광에게 의발을 물려주면서 제자로 인가(印可)하고 있음을 알 수 있다. 그리고 달마는 자신의 업보를 닦기 위해서 길을 떠나고 있음을 나타내고 있다.

⑦의 시 종장 "그 맑은 잔잔한 물결"은 달마가 신광에게 법을 전하고 자신은 그것을 "거슬려 타고" 간다는 의미이다.

⑧에서는 달마가 중국 불교를 부정하고 문자를 세우지 않은 것을 소재로 한 시조이다. 그래서 위의 시조 종장 "그 자국 지나간 자리 부스럼만 짙었네."는 불립문자의 역설적 표현이라 할 수 있다.

⑨는 「달마 1」에서 "이 세상의 파장머리"와 「달마 9」의 종장 "다 죽은 세상"과 연결되어 있다. 달마가 중국에 와서 선법을 전하고 이제는 그것이 널리 알려지기 위해서 "상문풀이하고 있"다는 것이다.

⑩은 달마의 선법이 혜가에게 전해지고 자신은 위의 시 종장처럼 "마침내 짖지 못한 상가지구"가 되었다.

위에서 살펴보았듯이 조오현은 「달마 1~10」에 나타나는 시의 내용이 달마가 중국에 와서 선법을 전하는 과정의 일화를 중심으로 전개하고 있음을 알 수 있다. 그리고 그의 연작시조들을 살펴보면, 「무자화1~6」은 무자 화두에 대한 것을 연작으로 표현하고 있다. 「만인고칙1~18」은 『선문염송』, 『벽암록』, 『무문관』, 『선문선답』 등에 나타나는 선문의 일화들을 중심으로 한 연작시조로 구성되어 있다. 그 내용은 수행납자들이 수행과정에서 깨달음에 이르는 방편을 연작시조로 표현하고 있다. 「무산 심우도」 연작 역시 범부가 '참나'를 찾아서 각자(覺者)가 되는 과정을 10편의 시조로 표현하고 있다. 「무설설1~6」은 무언무설(無言無

說)의 줄임말로 설하는 바 없이 설함을 뜻한다. 이것은 어떤 사상이나 언설로는 말할 수 없는 세계이다. 그래서 침묵으로 일관하는 좌선을 뜻한다. 그래서 조오현의 연작시조는 하나의 주제가 서로 연결고리가 되어 자연스럽게 연결되어 있음을 알 수 있다.

4) 사설시조

사설시조의 "'사설(辭說)'은 어원상 '사슬'과 '수설'로 전자는 '사슬'(쇠사슬:고기를 길게 늘어놓음) 또는 '사설'로 음운변화를 일으킨 것이고, 후자는 말이나 글을 길게 늘어놓는 공통자질을 갖고 있는데 그 속성을 '엮음[篇]'으로 규정214)할 수 있다. 그래서 사설시조의 조건은 "초장 · 중장 · 종장 세장으로 나누어지며, 각 장은 하나 이상의 의미구조를 가진"215)다. 그래서 이것을 정의하면 "평시조의 기본 음률과 산문율이 혼용된 시조형태"216)라 할 수 있다.

①
내 나이 일흔둘에 반은 빈집뿐인 산마을을 지날 때

늙은 중님, 하고 부르는 소리에 걸음을 멈추었더니 예닐곱 아이가 감자 한 알 쥐어주고 꾸벅, 절 을 하고 돌아갔다 나는 할 말을 잃어 버렸다 그 산마을 벗어나서 내가 왜 이렇게 오래 사나 했더니 그 아이에게 감자 한

---

214) 박영주, 『판소리 사설의 특성과 미학』, 보고사, 2000, 18~23쪽.
215) 신은경, 『사설시조의 시학적 연구』, 개문사, 1992, 82쪽.
216) 김제현, 『시조문학론』, 예전사, 1992, 65쪽.

알 받을 일이 남아서였다

오늘도 그 생각 속으로 무작정 걷고 있다
　　　　　　　　─「나는 말을 잃어버렸다」 전문(『적멸을 위하여』 172쪽)

②
강원도 어성전 옹장이
김 영감 장렛날

상제도 복인도 없었는데요. 30년 전에 죽은 그의 부인 머리 풀고 상여
잡고 곡하기를 "보이소 보이소 불길 같은 노염이라도 날 주고 가소 날
주고 가소" 했다는데요 죽은 김 영감 답하기를 "내 노염은 옹기로 옹기
로 다 만들었다 다 만들었다" 했다는 소문이 있었는데요

사실은
그날 상두꾼들
소리였데요.
　　　　　　　　─「무설설 1」 전문(『적멸을 위하여』 96쪽)

③
오늘 아침 화곡동 미화원
김씨가 찾아와서
쇠똥구리 한 마리가
지구를 움직이는 것을 보았느냐고 묻는다

나뭇잎 다 떨어져서

춥고 배고프다 했다

　　　　　　　　　—「어건대청의 문답」 전문(『적멸을 위하여』 226쪽)

④

어미는 목매기 울음을 듣지 못한 지가 달포나 되었다. 빨리지 않은 젖통이 부어 온몸을 이루는 뼈가 저리다. 통나무 구유에 담긴 여물 풀냄새에도 구미가 당기지 않는다. 긴 널빤지로 죽죽 깔아서 놓은 마루에 갈대를 겯어 만든 자리도 번듯번듯 잘생긴 이 집 가족들도 오늘은 꺼무끄름하다. 낯설다.

다 알고 있다. 풀을 뜯어 먹고 살 몸마저 빼앗겼음을, 이미 길들여지고 있음을, 다시는 만날 수 없음을, 어미가 살아온 것처럼 살아갈 것임을. 곧 어미를 잊을 것임을.

어미는 젖을 떼기도 전에 코를 꿰었다. 난생 첨으로 부르르 몸을 떨었다. 아파서만은 아니었다. 쇠똥구리 한 마리가 자기 몸 두 배나 되는 먹이를 굴리는 것을 보자 부아가 치밀었던 것이다. 어린 눈에 뿔을 갖고도 멀뚱멀뚱 바라만 보고 있는 그 어미도 미웠다. 그러나 그 어미는 그 밤을 혀가 마르도록 온몸을 핥아주었다. 그리고 다음 날 팔려갔다.

보았다. 죽으러 가는 그 어미의 걸음걸이를, 꿈쩍 않고 버티던 그 힘 그 뒷걸음질을, 들입다 사립짝을 향해 내뻗던 뒷발질을, 동구 앞 당산 길에서 기어이 주인을 떠 박고 한달음에 되돌아와 젖을 먹여주던 그 어미의 평생은 입에서 내는 흰 거품이었다.

이후 어미는 그 어미가 하던 일을 대물림 도맡았다. 코에는 코뚜레를,

목에는 멍에를, 등에는 걸채를 다 물려받고 다 받아들이고 다 받아들이는 것이 삶이라는 것을, 삶은 냉혹하다는 것을 알았고 앎으로 어른스러워졌다. 논밭을 갈고 바리바리 짐을 실어 나르며 몸하면 교배하고 새끼를 낳아 기르며 하 그리 고된 나날을 새김질로 흘려보냈다.

이제 어미는 주인의 잔기침 소리에도 그날 할 일을 알아차린다. 아까부터 여러모로 뜯어보던 거간꾼의 엉너릿손, 목돈을 받아 침을 뱉어가며 한 장 두 장 세는 울대뼈, 기다랗고 큼직한 궤짝에 들어갔을 목숨 값으로 눈물 많던 할멈 제삿날 조기라도 한 손 올렸으면 좋겠다.

아무짝에도 쓸모없는 뿔에 신기하게도 반쯤 이지러진 낮달 빛이 내리비치고 흰 구름이 걸린다. 다급하게 울어쌓던 매미 한 마리 허공으로 가물가물 사라지고 남쪽으로 벋은 가지에서 생감이 뚝 떨어진다. 두엄 발치에 구렁이가 두꺼비를 물고 있는 것을 보고 어미는 오줌을 질금거리며 사립을 나선다. 당산 길 앞에서 그 어미가 주인을 떠 박고 헐레벌떡 뛰어와 젖을 먹여주던 10년 전 일을 떠올리고 '음매'하고 짐짓 머뭇거리는 순간 허공에 어른어른거리는 채찍의 그림자.

조금만 가물어도 물이 마르는 내를 건너 산모롱이를 돌아가면서 뒤를 힐끔 돌아보았지만 목매기는 보이지 않는다. 두 아이는 걸리고 한 아이는 업은 아낙이 지나간다. 맞은편 찻길 밑에 불에 타 그을리고 찌그러진 짐차, 사람들이 빙 둘러 에워싸고 있다. 농한기 산 너머 채석장에서 떠낸 석재를 싣고 읍내로 갔던 길. 하늘을 보고 땅을 보고 하루에도 몇 차례나 오갔던 길. 올 정초에는 눈이 많아 질퍼덕질퍼덕거리는 진창에 바퀴가 겉돌아 미끄러지면서 발목이 삐어 돈을 벌어들이지 못했다. 지금 다 아물었으나 큰 힘을 쓸 수 없다. 힘없으면 돈을 벌지 못하고 돈을 벌지 못하면 죽어야 한다. 힘없는 죄 외에는 죽을죄가 없다. 만약 조개

더라면 물위로 떠올라 껍질을 열고 만천하에 속을 다 보여주었을 것이다. 그 할멈은 속을 안다. 힘들거들랑 쉬어라고 멍에 목 흉터를 만져주고 등 긁어주던 할멈. 남몰래 밤재운 익모초생즙을 쇠죽에 타주고 측백나무 잎을 우려낸 술도 잡곡가루를 풀처럼 쑨 죽도 먹여주던 할멈은 채마밭 건너 열두 배미의 논에 곱써레질을 하던 날 죽었다. 시체를 관에 넣고 관뚜껑을 덮은 뒤에야 그 사람의 진가를 안다고 할멈의 장롓날 울었던 앞뒷산 먹뻐꾸기들이 일 년 내내 울어 그해 가을 그 울음을 받아먹은 텃밭의 감도 대추도 모과도 맛이 들대로 들었고 벼도 수수도 여물었고 고추도 매웠고 끝동의 오이도 대풍이 들었지만 사람이 죽는다는 것을 알고 나니 언제나처럼 마구간이 썰렁했다. 할멈 보는 데서 고삐를 벗고 풀이 무성한 벌판을 단 한 번 달려보지 못한 것이 남아 있는 한이지만 사람도 죽는데 못 죽을 것이 없다고 할멈을 생각하는 사이, 떠밀려 도살장 안으로 성큼 들어섰고 그 꽉 막힌 그 막다른 한순간 어미는 목매기의 긴 울음소리를 아득히 듣는다.

—「어미」 전문(『적멸을 위하여』 208~211쪽)

위 ①의 시조는 중장이 길어진 사설시조이다. 3장으로 초장, 중장, 종장으로 구성되어 있으며, 종장의 마지막 결구는 3/ 6/ 3/ 4로 평시조의 종장 자수에서 크게 벗어나지 않음을 알 수 있다. 그래서 중장이 길어진 사설시조이다.

②의 시조는 중장이 길어진 사설시조인데 종장 마지막 결구는 3/ 6/ 2/ 3로 자수가 모자라며, 평시조의 결구에서 나타나는 3/ 5/ 4/ 3에서 벗어나 있음을 알 수 있다.

③의 시조 또한 중장이 길어진 사설시조인데 초장과 중장이 휴지부가 없이 연결되어 있는 것이 특징이다. 결구 또한 평시조

의 3/ 5/ 4/ 3에서 벗어나 3/ 5/ 2/ 6으로 나타나고 있다. 하지만 사설시조는 비교적 자수에 자유로운 면이 있어서 ②, ③의 시조는 사설시조로 볼 수 있다.

④의 시조는 조오현이 '꽁트시'로 명명한 바 있다. '꽁트시'에는 꽁트가 의미하는 장편소설(掌篇小說)이란 장르에서 알 수 있듯이 이야기를 함의하고 있다. 결국 광의적인 개념에서 볼 때 ④의 시조는 사설시조에 속한다고 할 수 있다. 하지만 형식상으로 마지막 종장 결구는 3/ 5/ 5/ 3/ 3으로 한 음보가 늘어나고 있다. 이것 또한 조오현의 자유분방한 시작(詩作)의 형태로 보여진다.

위에서 살펴 본 바와 같이 조오현의 선시조의 형식은 정형성을 고수한 평시조, 시의 주제에 맞게 견고한 구성이 돋보이는 연시조, 선시의 특성상 선의 방편으로 유용한 연작시조, 그리고 선의 오묘한 선리에서 빚어지는 형식의 실험성이 돋보이는 사설시조 등을 살펴보았다.

3. 선시의 표현 기교와 창작방법

선시는 선에서 시의 형식을 활용하고, 시에서 선의 선리를 원용하여 지은 시를 통틀어 이르는 말이다. 그래서 이 절에서는 조오현의 선시조에 나타나는 선리가 시의 표현 기교와 만나 어떻게 창작되었는지를 살펴보고자 한다.

1) 출세간의 이미지와 상상력

조오현 선시조에 나타나는 출세간의 이미지에는 '울음소리'가 주조를 이룬다. 이 울음 소리는 먼저 자연에서 들리는 청각적 이미지의 시적 상상력이 있고, 그 다음은 시적 화자의 내면 성찰에 대한 것으로 출세간의 공간에서 청각적 이미지로 나타나는 상상력으로 나눌 수 있다. 그래서 청각적 이미지가 출세간에서 어떻게 구현되고 있으며, 그것을 시적 화자는 어떻게 상상하고 있는지 분석해 보겠다.

①
솔밭을 울던 바람은
솔밭이라 잠이 들고

대숲에 일던 바람은
대숲이라 순한 숨결

빈 하늘가는 저 달도

허심하니 밝을 밖에.

　　―「솔밭을 울던 바람은 - 산거일기 7」 전문(『적멸을 위하여』 270쪽)

②

계림사 외길 사십 리

허우단심 가노라면

초록산 먹뻐꾸기 울음이

옷섶에 베이누나

(중략)

대숲에 이는 바람

솔숲에 와 잠든 날을

큰 산에 큰절 드리려

나 여기를 왔구나.

　　―「계림사(鷄林寺) 가는 길」 부분(『적멸을 위하여』 215쪽)

　　①과 ②에서 나타나는 청각적 이미지는 자연의 실상을 그대로 표현하고 있다. 그래서 자연의 실상을 직관을 통해 묘사하고 있다. ①의 시는 출세간에서 바람은 '무명업풍(無明業風)으로 상징되고 있다. 이것은 온 세상을 어지러이 떠돌며 번뇌망상(煩惱妄想)을 일으킨다. 하지만 위의 시에서는 다르게 작용하고 있다. "대숲"과 "솔밭"의 대자대비심(大慈大悲心)이 바람을 편안하

게 "잠"을 재운다. 무명에서 벗어나고 있는 상황이다. 그래서 삼라만상(森羅萬象)인 "하늘"과 "달"이 무명을 밝히고 있다. 바람의 울음으로 시작된 자연의 혼란이 대자대비심으로 평정되고 있는 것이다. ②의 시는 실상이 없는 "먹뻐꾸기 울음"이 화자의 "옷섶에 베"어 든다. 이것은 '이것이 있음으로 저것이 있고, 저것이 있음으로 이것이 있다'는 인연설로 그려지고 있다. 그래서 "대숲", "솔숲"의 대자대비심이 화자에게 무한 공덕심을 일으키게 한다. 그래서 화자는 "대숲", "솔숲"을 안고 있는 "초록산"에 "큰절을 드"리러 "나 여기 왔"다고 말한다. ①의 시에서 "솔밭을 울던 바람"이 ②의 시에서 "먹뻐꾸기 울음"으로 출세간의 이미지가 화자의 상상력으로 전개되고 있다.

③
나이는 열두 살
이름은 행자

한나절은 디딜방아 찧고
반나절은 장작 패고……

때때로 숲에 숨었을
새 울음소리 듣는 일이었다

그로부터 10년 20년
40년이 지난 오늘

산에 살면서

산도 못 보고

새 울음소리는커녕

내 울음도 못 듣는다.

—「일색과후」 부분(『적멸을 위하여』166쪽)

④

한나절 숲 속에서

새 울음소리를 듣고

반나절은 바닷가에서

해조음 소리를 듣습니다.

언제쯤 내 울음소리를

내가 듣게 되겠습니까.

—「산일 3」 전문(『적멸을 위하여』176쪽)

③, ④의 시조에서 나타나는 청각적 이미지인 '울음'은 또 다
른 마음의 표현이다. ③의 시조에 나타나는 "행자"는 "새 울음소
리"를 들으면서 자신의 내면을 성찰한다. 그런데 "40년"이 지난
오늘 "새 울음소리는커녕/ 내 울음도 못 듣"는 지경에 이른다.
④의 시조도 '내 울음소리'에서 시인은 새 울음소리와 해조음 소
리에 견주어 "언제쯤 내 울음소리를/내가 듣게 되겠습니까"라고
도리어 묻고 있다. 이것은 시적 화자가 자신의 울음소리를 자신

이 듣기를 간절히 원하고 있다. 이것은 출세간에 있는 화자가 깨달음에 도달하고자 하는 내면의 소리를 울음으로 표현하고 있는 것이다.

위에서 살펴본 바와 같이 ①, ②는 출세간에서 자연과 결코 따로 있지 않다는 것을 바람의 울음소리와 먹뻐꾸기 울음소리로 상상력의 극지를 보여준다. 그리고 ③, ④의 시에서 나타나는 울음은 출세간의 화자가 수행자로서 진정한 내면의 소리를 갈구하고 있음을 출세간의 상상력을 이미지로 그려내고 있다.

2) 구도행의 비유와 상징

문학은 사물을 설명하지 않고 비유를 통해서 표현하려는 의도가 있다. 그래서 이미지를 통해 추상적인 것을 구체화한다. 이것은 이질적인 두 사물에서 닮은 점을 찾아내는 것이다. 즉 "비동일성에서 동일성의 발견"[217]을 하는 것이다. 그런데 선시에서는 "비유와 언어를 통해 언어 이전으로 마음을 되돌려 회광반조(廻光返照)케"[218] 하는 특징이 있기 때문에 일반적인 비유와 다른 양상을 보인다. 예를 들면 아래와 같다.

부처란 무엇입니까(祖師西來意)?

① 동산스님 - 마삼근(麻三根)

② 향림스님 - 너무 오래 앉아 있으니 피곤하구나.

---

217) 김준오, 『시론』, 문장, 1986, 120쪽.
218) 박찬두, 「시어와 선어에 있어서 비유·상징·역설」, 『현대문학과 선시』, 불지사, 2002, 215쪽.

③ 조주스님 - 뜰 앞 잣나무(庭前栢樹子)

④ 운문스님 - 해 속의 산을 본다.

⑤ 대매스님 - 조사에는 뜻이 없다.

위에서 인용한 화두는 '부처란 무엇이냐'는 제자의 물음에 대한 선사들의 대답들이다. ①, ③은 은유의 형식이지만, ②, ④, ⑤는 은유의 형식으로 보기 어렵다. 이러한 문답식 화두에서 우리는 불교적 비유의 특징을 엿볼 수 있다.

이 항에서는 조오현의「무산 심우도」에 나타난 구도행의 과정을 비유와 상징을 통해서 조명해 보고자 한다.「무산 심우도」는「심우도(尋牛圖)」[219]를 원용한 것이다.「심우도(尋牛圖)」는 선을 이해하는데 중요한 매개가 되어 왔으며, '「십도도(十牛圖)」[220]', '기우도(騎牛圖)', '목우도(牧牛圖)'[221]라고도 불린다. 이

---

219) 『심우도』 또는 『십우도』라는 선 수행의 단계를 소와 목동의 관계에 비유하여 열 가지로 나누어 그림과 송(頌)으로 설명해놓고 선서(禪書)로서 모두 세 가지 정도가 전해져 오고 있다. 첫째는 송나라 때 청거호승(淸居皓昇)이 지은 것으로 그 원형은 알 수 없지만, 종용록(從容錄) 32칙, 청익록(請益錄) 60칙에서 송(頌)을 인용하여 흑우가 백우로 변해가는 과정을 통해 수행의 단계를 설명하고 있다. 둘째는 송나라 때 대백산(大白山) 보명(普明)이 지은 것으로 총서와 10장의 송(頌)으로 구성되어 있다. 각 과정의 제목은 미수(未收), 초조(初調), 수제(受制), 회수(廻首), 순복(駒伏), 무애(無碍), 임운(任運), 상망(相忘), 독조(獨照), 쌍민(雙泯)이다. 보명의 심우도가 중국에서는 널리 유통되었다. 셋째는 곽암사원(廓庵師遠)이 지은 심우도로 선종사부록(禪宗四部錄)에 실리면서 널리 알려졌다. 10장으로 구성된 송(頌)은 각각 심우(尋牛), 견적(見蹟), 견우(見牛), 득우(得牛), 목우(牧牛), 기우귀가(騎牛歸家), 망우존인(忘牛存人), 인우구망(人牛俱忘), 반본환원(返本還源), 입전수수(入廛垂手)라는 제목을 달고 있다. (권영민 편, 『적멸을 위하여』, 2012. 71쪽.)

220) 십우도(十牛圖), 목우도(牧牛圖), 기우도(騎牛圖)라 칭하는 것으로서 선시에서는 주로 소를 상징하여 소를 찾아가는 과정으로 묘사하고 있는 것이 통례이다. 심우도라고도 하며, 선 수행의 단계를 소와 목동의 관계에 비유하여 열 가지로 나누어 그림과 송(頌)으로 설명해놓고 선서(禪書)로서 모두 세 가지 정도가 전해져오고 있다. 첫째는 송나라 때 청거호승(淸居皓昇)이 지은 것으로 그 원형은 알 수 없지만, 종용록(從容錄) 32칙, 청익록(請益錄) 60칙에서 송(頌)을 인용하여 흑우가 백우로 변해가는 과정을 통해 수행의 단계를 설명하고 있다. 둘째는 송나라 때 대백산(大白山) 보명(普明)이 지은 것으로 총서와 10장의 송(頌)으로 구성되어 있다. 각 과정의 제목은 미수(未收), 초조(初調), 수제

것은 동자나 스님이 본성을 찾아 수행하는 단계를 '소 찾는 것'에 비유[222)]한 것으로 범부에서 각자가 되기까지 인간의 마음을 찾아가는 과정을 소로 상징하여 묘사한 것이다. 이런 연유로 후세에 많은 선승들에게 좋은 시적 소재[223)]가 되어왔고, 선과 관련하여 한국에서도 여러 가지 유형의 작품을 산출시키는 촉매제가 되었으며, 새로운 「심우도(尋牛圖)」가 계속 이어지는 계기[224)]가

(受制), 회수(廻首), 순복(馴伏), 무애(無碍), 임운(任運), 상망(相忘), 독조(獨照), 쌍민(雙泯)이다. 보명의 십우도가 중국에서는 널리 유통되었다. 셋째는 곽암사원(廓庵師遠)이 지은 십우도로 선종사부록(禪宗四部錄)에 실리면서 널리 알려졌다. 10장으로 구성된 송(頌)은 각각 심우(尋牛), 견적(見蹟), 견우(見牛), 득우(得牛), 목우(牧牛), 기우귀가(騎牛歸家), 망우존인(忘牛存人), 인우구망(人牛俱忘), 반본환원(返本還源), 입전수수(入廛垂手)라는 제목을 달고 있다. '무산심우도'는 조오현이 곽암사원의 십우도의 격식을 본떠 그 열 가지 송(頌)의 제목을 차용하여 새롭게 지은 연시조 형식의 작품이다. 각 장은 2연으로 구성되어 있으며, 전체 10장으로 이루어져 있다. (권영민 편,『적멸을 위하여』, 문학사상, 2012. 71쪽.)

221) '목우'의 어원은『遺敎經』에서 수행하는 것을 '목우(牧牛)'에 비유한 데서 비롯되었다.

222) 비유란 일정한 사물이나 개념(A)를 뜻하는 술어 (X)로써, 다른 또 하나의 대상이나 개념 (B)를 의미할 수 있도록 언어를 쓰는 과정 또는 그 결과다. 이때 A개념과 B개념의 통합에 의하여 복합개념(composite idea)이 형성되는 바, 이것이 X라는 말이 표상하는 것이다. 이 경우 A개념과 B개념의 요인들은 각각 X에 의해 상징된 하나의 체계 속에 합쳐져 있으면서도 그들 개념상의 독립성은 보유하고 있다. (이지엽,『현대시창작강의』,고요아침, 2005, 194쪽. 재인용.)

223) 경허의 〈소를 찾다〉: 가소롭다 소 찾는 이여/소를 타고도 소를 찾네//노을 진 방초길에/이 일이 실로 아득하구나//

만해의 〈심우〉: 원래 못 찾을 리 없긴 없어도/산 속에 흰 구름이 이리 낄 줄이야!//다 가서는 벼랑이라 발 못 붙인 채/호랑이와 용울음에 생을 떠네//

고은의 〈돌아가도다(기우귀가)〉: 소 타고 피리 불며/ 돌아가는 길/ 얼씨구나//

224) 우리나라에서 '목우(牧牛)'를 소재로 한 고려시대 혜심의「사목」은 선사상에 입각한 수행을 강조한 것으로 본래의 마음인 소를 중심에 두고 '목우(牧牛)'의 과정을 읊고 있다. 이것은 우리나라 목우시(牧牛詩)의 시초가 된다. 고려 후기에는 태고 보우(太古 普愚), 원감국사 중지(圓鑑國師 冲止), 나옹혜근(懶翁慧勤) 등의 목우시(牧牛詩)가 전한다. 태고 보우(太古 普愚)는 자신의 내면 경계를 표현한「식목수(息牧叟)」와 석가모니의 6년간의 설산 수행을 역설한「설산목우(雪山牧牛)」가 있다. 그리고 원감국사 중지(圓鑑國師 冲止)의「작야우송시동인(作野牛頌示同人)」과 나옹혜근(懶翁慧勤)의「화고인목우송和古人牧牛頌」에서 '목우(牧牛)'의 과정을 부정적으로 표현했다. 그 이유는 원래부터 있는 본성을 굳이 수행의 방편으로 삼아 대자유의 걸림돌이 될 필요가 없다고 생각했기 때문이다. 조선후기에는 경허선사(1875-1939)의「심우송(尋牛頌)」2편이 전하는데, 연작시이다. 이것은 수행의 단계를 세부적으로 나타낸 것으로 우리나라에서는 본격적인 목우시(牧牛詩)라 할 수 있다. 이러한 목우시(牧牛詩)는 선가의 상징적이며

되었다. 그것은 「심우도(尋牛圖)」가 마음을 찾아가는 과정을 비유와 상징으로 나타내고 있으며, "의미적 요소와 그것을 내면화시킨 어떤 표시의 양자"[225)]로 구성되어 있기 때문이다. 의미적 요소는 정신적인 것으로 마음을 찾아가는 과정을 내면화해서 나타내고, 표시는 물질적인 것으로 '소'를 상징하여 사물로써 가시성을 띠고 있다. 이것은 "관념을 직접 언술하지 않고 표시로 대신"[226)]함을 의미한다. 그래서 상징은 이 두 영역의 매개물로 존재하며, 암시성을 내포하고 있다.

경전에 근거를 둔 '목우(牧牛)'는 본래 도교의 팔우도(八牛圖)에서 유래되었다. 팔우도(八牛圖)는 무(無)에서 그림이 끝나므로 불교에서는 그것을 진정한 진리라고 보지 않았다. 그래서 12세기 중엽 중국 송나라 곽암선사(廓庵禪師)[227)]가 두 장면을

전형적 시로서 지속적 흐름을 가지고 있다.
225) 권영민 편, 앞의 책, 71쪽.
226) 오세영, 『시쓰기의 발견』, 서정시학, 2013. 70~71쪽.
227) 중국 북송시대 승려로서 정주 양산 출신, 곽암사원 또는 곽암지원(廓庵志遠). 임제종 양기파에 속하며 양기 방화- 백운 수담- 오조 법연- 대수 원정 법을 이었다. 생몰연대와 활동이 불명확함. 곽암의 심우도를 소개하면 다음과 같다.
  1. 심우 - 망망발초거추심(茫茫撥草去追尋)/수활산요로갱심(水闊山遙路更深)//
     역진신피무처멱(力盡神疲無處覓)/단문풍수만선음(但聞楓樹晚蟬吟)//
  2. 견적 - 수변임하적편다(水邊林下跡偏多)/방초리피견야마(芳草離披見也麼)//
     종시심산갱처심(縱是深山更深處)/요천비공즘장타(遼天鼻孔怎藏他)//
  3. 견우 - 황앵지상일성성(黃鶯枝上一聲聲)/일난풍화안류청(日暖風和岸柳淸)//
     지차갱무회피처(只此更無回避處)/삼삼두각화난성(森森頭角畵難成)//
  4. .득우 - 갈진정신획득거(渴盡精神獲得渠)/심강역장졸난제(心强力壯卒難際)//
     시유재도고원상(時有纔到高原上)/우입연운심처거(又入煙雲深處居)//
  5.목우 - 편삭시시불리신(鞭索時時不離身)/공이종보입애진(恐伊縱步入埃塵)//
     상장목득순화야(相將牧得純和也)/기쇄무억자축인(羈鎖無抑自逐人)//
  6.귀우기가 - 기우이리욕환가(騎牛迤邐欲還家)/강적성성송만하(羌笛聲聲送晚霞)//
     일박일가무한의(一泊一歌無限意)/지음하필고순아(知音何必鼓脣牙)//
  7. 망우존인 - 기우이득도가산(騎牛已得到家山)/우야공혜인야한(牛也空兮人也閑)//
     홍일삼간유작몽(紅日三竿猶作夢)/편승공돈초당간(鞭繩空頓草堂間)//
  8. 인우구망 - 편삭인우진속공(鞭索人牛盡屬空)/벽천요활신난통(碧天寥闊信難通)//
     홍로염상쟁용설(紅爐焰上爭容雪)/도차방능합조종(到此方能合祖宗)//

추가하면서 '십우도(十牛圖)'가 되었다. 곽암의 「심우도」는 소[228]를 찾아 나서는 '심우(尋牛)'의 단계, 온갖 고난 속에서 소를 발견하는 '견적(見跡)'의 단계, 소를 보는 '견우(見牛)'의 단계까지는 소를 찾아다니는 나와 발견된 소가 서로 대립하고 있다. 이후, 소를 발견한 후부터는 소와 합일(合一)을 이뤄나가는 '득우(得牛)', '목우(牧牛)'의 과정이 있다. 그리고 합일(合一)된 나와 소가 집으로 돌아오는 '기우귀가(騎牛歸家)'의 단계가 있다. 집으로 돌아와서 소는 잊어버리지만 사람은 존재하는 '망우존인(忘牛存人)'의 단계로 이것은 소를 자기 것으로 만들어가는 단계라 할 수 있다. 이 단계가 지나면 찾은 소마저도 다 잊어버리게 된다. 비로소 나와 소가 합일의 극지인 '인우구망(人牛俱忘)'의 단계가 되는 것이다. 이 극점에서 다시 한걸음 더 나아가면 근원으로 돌아가는 '반본환원(返本還源)'의 단계로 참선의 경지를 상징하고 있다. 참된 자기를 얻어내는 것이 쉽지 않음을 '반본환원(返本還源)'을 통해서 알 수 있다. 결국 근원으로 돌아가서 일체의 대립을 해소하고, 다시 세간의 저작거리로 돌아와서 자비의 손길을 베푸는 '입전수수(入廛垂手)'의 단계가 된다. 이것은 선의 궁극지가 관념이 아니고, 실천행이라는 것을 보여주고 있다. "소는 법신(法身), 진여(眞如), 불성(佛性), 각체(覺體), 본심(本心), 한 손바닥의 소리, 무(無), 진아(眞我) 등 다양한 의미로 해

---

9. 반본환원 - 반본환원이비공(反本還原已費功)/쟁여직하약맹롱(爭如直下若盲聾)//
암중불견암전물(庵中不見庵前物)/수자망망화자홍(水自茫茫花自紅)//
10. 입전수수 - 노흥선족입전래(露胸跣足入廛來)/말토도회소만시(抹土途灰笑滿顋)//
불용신선진비결(不用神仙眞秘訣)/직교고목방화개(直教枯木放花開)//
(월호, 「세어 본 소만 존재한다」, 운주사, 24~120쪽)
228) 소는 인도나 중국에서 농경생활의 필수적인 동물. 따라서 인간과 매우 친숙한 동물이 소이다. 석가세존께서 성불하시기 이전에 '고타마' 태자였는데 '고타마'란 '소'를 의미한다.

석이 가능하다."229) 즉, 「심우도」는 소를 상징으로 자기와 존재의 본질을 탐구하는 것이다. 이것은 대승불교에서 주창하는 행불을 굴려 중생을 구제하는 것을 궁극지로 삼고 있다. 이것은 조오현의 자비·화엄의 세계와 맞닿아 있다고 할 수 있지만 그의 「무산 심우도」는 독특한 방법으로 마음을 찾아가고 있다. 즉, 조오현의 「무산 심우도」에서 소는 화살을 먹고 도망간 도둑으로 상징되어 있으며, 시적 화자가 도둑으로 상징되어 있다. 불교에서 "도둑은 때로 깨달음을 얻은 자에 대한 최상의 찬사"230)라고 한다. 그래서 도둑은 불가에서 쓰이면 종교적 상징이라 할 수 있다. 「무산 심우도」에서도 도둑은 자신의 마음을 찾기 위해서 자신을 수배하는 과정으로 설정되어 있다. 본성을 찾아나서는 것은 본래적 자아를 간절히 찾는 행위이다. 본성을 찾는 것은 범부에서 각자로 가는 길이므로 기저에 성속불이의 사상이 구체화되어 있음을 알 수 있다.

> 누가 내 이마에 좌우 무인(拇印)을 찍어 놓고
> 누가 나로 하여금 수배하게 하였는가
> 천만금 현상으로도 찾지 못할 내 행방을.
>
> 천 개 눈으로도 볼 수 없는 화살이다.
> 팔이 무릎까지 닿아도 잡지 못할 화살이다.
> 도살장 쇠도끼 먹고 그 화살로 간 도둑이어.
> ― 「무산 심우도231) 1, 심우(尋牛)232)」 전문(『적멸을 위하여』, 71~72쪽)

---

229) 이지엽, 『현대시조창작 강의』, 고요아침, 2013, 120쪽
230) 조미숙, 「조오현 선시의 특성-『만악가타집』에 나타난 3가지 지향점」, 송준영 편, 앞
　　의 책, 915쪽.

화살은 휠라이트(P. Wheelwright)의 반복적 상징233)의 하나로써 상하(上下)의 원형 중에 상의 관념과 결합되는 이미지로 '성취의 희망'을 의미하고 있다. 「무산 심우도 1」에서 '화살'은 마음을 상징하고 있다. 마음을 꼭 찾겠다는 성취의 의미가 담겨져 있으며, 그 너머의 본질을 가지고 있다. 첫째 수 초장에서 "누가 내 이마에 좌우 무인을 찍어 놓"았는지 "누가 나로 하여금 수배하게 하였는"지 시적 화자는 알 수 없다는 반응이다. 하지만 "천만금 현상으로도 찾지 못할 내 행방을."이라고 단호하게 말한다. 제 3자인 "누가"는 무형의 모습으로 보이지만 사실은 자기 자신이면서 자신을 도둑으로 만들고, 자신을 수배하는 것이다. 이것은 본래의 마음은 원래 우리 안에 있고, 그것을 찾아가는 과정은 온갖 어려움을 극복해야만 비로소 찾을 수 있는 것이므로 "천만금"은 그래서 수행의 가치를 상징하고 있다. 둘째 수 초장

---

231) 조오현의 「무산 심우도」는 곽암사원의 십우도의 격식을 본떠 그 열 가지 송(頌)의 제목을 차용하여 새롭게 지은 것이다. 각 편 2수씩, 모두 20편으로 된 연시조 형식의 작품이다.

232) 심우송은 십우도, 혹은 심우도에 덧붙어 있는 게송을 말한다. 십우도에 관한 여러 가지 설이 있으나 송대의 곽암스님의 작품이 가장 유명하다.
제 1 심우 - 잃어버린 소를 찾으로 떠나는 동자의 모습.
제 2 견적 - 소는 보이지 않으나, 소의 소재를 암시하는 발자국이 그려진다.
제 3 견우 - 산모퉁이를 돌아서는 소의 뒷모습을 발견하게 된다.
제 4 득우 - 밧줄을 걸어서 소를 잡는다. 그러나 아직은 소에게 야성이 남아 있다.
제 5 목우 - 소를 길들이는 모습
제 6 기우귀가 - 이제 야성이 탈각되어 유순해진 소를 타고 집으로 돌아온다. 풀피리 소리가 들려오는 듯하다.
제 7 망우존인 - 소와 사람이 완전히 하나가 되었다. 그러므로 소의 모습은 보이지 않는다.
제 8 인우구망 - 사람의 모습마저 보이지 않는다. 동그란 큰 원 하나가 그려질 뿐이다.
제 9 반본환원 - 복숭아꽃이 만개한 봄날 풍경이 그려진다.
제 10 입전수수 - 저자거리로 다시 들어가는 사람의 뒷모습이 보인다.

233) 상하의 원형에는 화살, 별, 산, 돌기둥, 자라는 나무 등을 성취의 희망, 피의 원형은 힘의 상징, 빛의 원형은 신성의 상징, 말의 원형에서 '천둥소리'는 성스러운 부름의 청각적 표현. 물의 원형은 순수, 새생명이며, 원의 원형은 신성의 법칙으로 분류해서 설명.(이지엽, 앞의 책, 137~138쪽.)

"천 개 눈으로도 볼 수 없는 화살"은 그래서 천수천안(千手千眼) 관세음보살의 천안통(天眼通)으로도 마음은 찾아지지 않고, "팔이 무릎까지 닿아도 잡지 못할 화살"은 부처님234)의 신통력으로도 내 마음을 잡지 못함을 의미한다. 왜냐하면 내 마음은 내가 잡아야만 하는 운명이기 때문이다. 둘째 수 종장 "도살장 쇠도끼 먹고 그 화살로 간 도둑이어"에서 소머리를 쳐서 죽이는 도살장의 소 도끼를 먹을 수 있는 것은 마음밖에 없다. 이 마음은 지금, 바로 여기에 있어도 시간과 공간을 초월해 버리기 때문이다. '찾는다'는 불가에서 '도둑질한다'235)고 표현되기도 한다. 이것은 불가에서만 통하는 말이므로 휠라이트나 에이브럼즈가 말하는 종교적 상징236)이라고 할 수 있다. 그래서 쇠도끼를 먹고 달아난 도둑을 찾는 것은 자신의 마음을 찾는다는 뜻이다. 위의 시는 소가 마음을 상징하고, 다시 '화살'과 '도둑'으로 상징된 재구성화의 양상이다. '도살장의 쇠도끼'는 하루같이 살생하지 않고서는 살아 갈 수 없는237) 것이다. 이것은 구도자가 마음을 찾아가기 위해서는 하루도 빠짐없이 수행해야 한다는 것을 상징하고 있다. 이것은 "처절한 자기 변신 또는 참회의 껍질을 벗"238)는 것과 같은 것이다.

---

234) 부처님의 몸은 보통 사람과 다른 뛰어난 특성이 32가지 있다. 이를 삼십이상(三十二相)이라고 한다. 삼십이상 가운데 아홉 번째가 '팔을 펴면 손이 무릎까지 내려간다'는 특징이 있다. 따라서 이것은 팔이 무릎까지 내려가는 부처님의 신통력을 원용한 것이다.

235) 내 마음 깊은 곳 여래장식(如來藏識) 속에 숨은 부처의 보주(寶珠)를 밤을 세워가며 찾는 수행자도 밤마다 용의주도하게 남의 집 보물을 터는 도둑과 같다. (김형중,「한글 선시의 현대적 활용」,송준영편, 앞의 책, 119쪽.)

236) 종교적 상징은 직접적으로는 파악할 수 없고, 그대로 두면 숨겨진 채로 있는 성스러운 것을 암시함으로써 우리에게 인간 존재의 유한과 영원성을 불러일으키는 작용을 한다.(이지엽, 앞의 책, 136쪽.)

237) 석성환, 앞의 논문 78쪽.

238) 이근배,「화두를 쏟아내는 설악산 안개-조오현 선시의 불립문학」, 앞의 책, 592쪽.)

명의(名醫), 진맥으로도 끝내 알 수 없는 도심(盜心)

그 무슨 인감도 없이 하늘까지 팔고 갔나

낭자히 흩어진 자국 음담(淫談)속으로 음담 속으로

세상을 물장구치듯 그렇게 산 엄적(掩迹)이다

그 엄적 석녀(石女)[239]가 지켜 외려 죽은 도산(倒産)이다.

그물을 찢고 간 고기 다시 물에 걸림이어.

　　　—「무산 심우도 2, 견적(見跡)」부분(『적멸을 위하여』, 73쪽)

　　귀에린의 원형적 상징[240]에서 '하늘'은 성(聖)의 또 다른 이름으로 '숭고함', '불변함', '완전함', '초월적 존재', '인생과 우주의 주체자가 거처하는 곳' 등의 다의적 의미를 함의하고 있다. '하늘'은 절대적 세계의 표상으로 성의 세계이다. 그런데 "도심"이 그것을 팔고 가서 속의 세계인 "음담속에서" 흩어진 자국만 찾고 있다. 다시 '하늘'인 성의 세계로 가야하는데 길을 잃고 "세상을 물장구치듯" 살고 있는 것이다. 그래서 성의 세계를 보지 못하고, 속의 세계에서 "엄적(掩迹)"만 남기고 있다.

　　석녀(石女)는 선가에서만 사용되는 약속된 언어로 선시에서 자성의 진면목을 상징하는 선구(禪句)[241]이다. "석녀"인 진면목은 "죽은 도산"으로 자신의 마음은 찾을 길이 없고, 엄적만 남기

---

239) 실상을 형상화한 표현. 또는 아이 낳지 못하는 여자.

240) 우주, 자연, 인간이 어떻게 세계에 존재하게 되었는가를 중심으로 화소를 창조의 원리, 영원불멸의 원리, 영웅의 원리 등 세 가지 원리로 제시한다. 창조의 원리는 모든 원형적 모티프 가운데 가장 기본적인 것으로 모든 신화의 모티브가 된다. (이지엽, 앞의 책, 138~139쪽.)

241) 석성환, 앞의 논문, 79쪽.

고 있다. 이 엄적은 일체의 번뇌와 생사의 속박에서 벗어난 "그물을 찢고 간 고기"가 "다시 물에 걸"리면서 대자유를 찾지 못하고 있음을 상징하고 있다. 즉 성의 세계에 있지만 진면목은 찾지 못하고, "음담속"인 속의 세계에서 "엄적"만을 남기고 있다.

> 어젯밤 그늘에 비친 고삐 벗고 선 그림자
> 그 무형의 그 열상(裂傷)을 초범으로 다스린다?
> 태어난 목숨의 빚을 아직 갚지 못했는데
>
> 하늘 위 둔석(窀穸)에서 누가 앓는 천만(喘滿)이다
> 상두꾼도 없는 상여 마을 밖을 가는 거다
> 어머니 사련의 아들 그 목숨의 반경(反耕)이여.
>
> ─「무산 심우도 3, 견우(見牛)」 전문(『적멸을 위하여』, 74쪽)

둘째 수 초장에서 "하늘 위 둔석(窀穸)에서 누가 앓는 천만 (喘滿)"은 아직도 자신이 추구하는 성의 세계인 "하늘"에 가지 못하고 앓고 있다. 속의 세계에서는 "사련의 아들"이 목숨을 여러 번 갈아엎었지만 아직도 자신의 진면목을 찾지 못하고 "고삐 벗고" 무형인 그림자만 보고 있다. 마음을 찾아가는 길은 아직도 멀어 보인다.

> 삶도 올거미도 없이 코뚜레를 움켜잡고
> 매어둘 형법을 찾아 헤맨 걸음 몇만 보냐
> 죽어도 한뢰로 우는 생령이어, 강도여.

과녁을 뚫지 못하고 돌아오는 명적(鳴鏑)이다

짜릿한 감전(感電)의 아픔 복사(復寫)해본 살빛이다

이 천지(天地) 돌쩌귀에 얽혀 죽지 못한 운명이어.

　　　　—「무산 심우도 4, 득우(得牛)」부분(『적멸을 위하여』, 75쪽)

'득우'는 소를 얻는 단계이다. 즉 마음을 얻었다고 할 수 있다. 하지만 「무산 심우도4」에서의 화살은 "과녁을 뚫지 못하고 돌아"왔다. 화살이 과녁을 뚫어야 깨달음을 얻는 것인데 아직까지 마음을 얻지 못하고 있다. 그래서 화자는 전기에 "감전(感電)"된 듯 아프고, 그 아픔이 "살빛"이 된다. 이것은 마음을 얻기 위한 나의 노고가 얼마나 치열한지를 상징적으로 그려진다. 빛은 원래 신성한 것을 뜻하지만 여기서의 '살빛'은 속의 세계를 나타낸다. 그래서 마음을 얻기 위해서 성의 세계를 지향하고 있다. 첫째 수 중장에서 "매어둘 형법(形法)을 찾"은 것은 마음을 얻었다는 뜻이다. 하지만 이 마음은 도둑이기 때문에 형법에 따라 구속을 해야 한다. 그래서 "코뚜레"를 잡고 있다. 마음을 얻긴 했는데 안심할 단계가 아니란 것이다. '천둥소리'가 원형적 상징으로 성스러운 것임에도 불구하고, 여기서 '마른천둥'인 "한뢰"는 속의 이미지를 가지고 있다. 그래서 마음을 얻기는 했지만 이 마음인 도둑을 어찌해야 할지를 몰라 화자는 "강도(强盜)여"라고 허공을 향해 부르짖고 있는 것이다.

돌도 풀도 없는 그 성부(城府)의 원야(原野)를

쟁기도 또 보삽도 없이 형벌(刑罰)처럼 다 갈았나

이제는 하늘이 울어도 외박(外泊)할 줄 모르네.

마지막 이름 두 자를 날인(捺印)할 하늘이다

무슨 그 측연(測鉛)으로도 잴 수 없는 바다다

다시금 반답(反畓)을 하는 섬지기의 육신이어.

—「무산 심우도 5, 목우(牧牛)」 전문(『적멸을 위하여』, 76쪽)

첫째 수 초장에서 "돌도 풀도 없는 그 성부(城府)의 원야(原野)를/ 쟁기도 또 보삽도 없이 형벌(刑罰)처럼 다 갈"은 것은 구도행이 얼마나 삼엄한 것인지를 상징적으로 보여주고 있다. 그래서 이제 성의 세계인 하늘이 "울어도 외박(外泊)할 줄 모"른다. 그것은 고행의 깊이가 "바다"만큼 깊어서 잴 수가 없는 상태에 이르렀다. 마음을 닦는 과정은 아무리 힘이 들어도 닦고, 또 닦으면 마침내 각자가 되는 것을 상징적으로 보여주고 있다.

징 소리로 비 개이고 동천(洞天) 물소리 높던 날

한 웃음 만발(滿發)하여 싣고 가는 이 소식을

그 고향 어느 가풍(家風)에 매혼(埋魂)해야 하는가.

살아온 죄적(罪迹) 속에 못 살릴 그 사구(死句)다

도매(盜賣)할 삶을 따라 달아난 그 탈구(脫句)다

그 무슨 도필(刀筆)을 잡고도 못 새길 양음각(陽陰刻)이어.

—「무산 심우도 6, 기우귀가(騎牛歸家)」 전문(『적멸을 위하여』, 77쪽)

첫째 수 초장 "징 소리로 비 개이고 동천(洞天) 물소리 높던 날"에서 '징소리'는 대승적 구도의 자세[242]를 상징하고 있다. '동

천'은 산천으로 둘러싸인 경치 좋은 곳이지만 여기서는 하늘의
다른 표현으로 성의 장소이다. 그래서 그 하늘에 마음을 '매혼
(埋魂)'해야만 한다. 왜냐하면 자신이 그렇게 찾던 마음을 찾았
기 때문에 그것을 묻어버려야만 한다. 그래서 '화살'처럼 도망가
지 못하게 '하늘'에 묻는 것이다. 둘째 수 초장 "살아온 죄적(罪
迹)"이란 화두를 들고 참선을 하는 것에 분별심이 생기면 "사구
(死句)"가 되고, "탈구(脫句)"가 되는 것이다. 그래서 "도필(刀
筆)"을 들고도 "양음각(陽陰刻)"을 새기지 못한다는 뜻은 도필이
화두이며, 양음각은 깨달음의 궁극지를 의미한다. 그래서 화두
참선의 과정에서는 합일의 마음만이 참나를 찾는 도구임을 상징
적으로 보여주고 있다.

> 과태료 백 원 있으면 침 뱉아도 좋은 세상
> 낚시를 그냥 삼킨들 무슨 걸림 있으리까
> 살아온 생각 하나도 어디로 가버렸는데……
>
> 눈감고도 갈 수 있는 이승의 칼끝이다
> 천만 개 칼만 벼르는 저승의 도산(刀山)이다
> 이 · 저승 다 팔아먹고 새김질하는 나날이어.
> ─「무산 심우도 7, 망우존인(忘牛存人)」 전문(『적멸을 위하여』, 78쪽)

'망우존인'에서 소는 잊는다는 것은 깨달음의 경지에 이른
것이다. 그래서 첫 수 중장에서 "낚시를 그냥 삼킨들 무슨 걸림"
이 있을 리가 만무하다. 첫 수 종장에서 "살아온 생각 하나도 어

---

242) 석성환, 앞의 논문, 85쪽.

디로 가버"린 것은 아직 사람은 존재하고 있음을 의미한다. 그래
서 "눈감고도 갈 수 있는 이승의 칼끝"에 있다는 것이다. 이것은
사람까지 다 잊어야 하는데 그것이 존재하고 있으니 아직까지
진정한 각자가 되지 않았음을 의미하고 있다. 그래서 '참나'를
찾지 못하면 지옥에 있는 "천만 개 칼만 벼르는 저승의 도산(刀
山)"에 있는 것과 마찬가지이다. 그래서 심우부터 그 도둑은 "이
·저승 다 팔아먹고" 있지만 진정한 '참나'의 경지로 가기 위해서
"새김질하는 나날"을 보내고 있다.

> 히히히 호호호호 으히히히 으허허허
> 하하하 으하하하 으이이이 이 흐흐흐
> 껄껄껄 으아으아이 우후후후 후이이
> 약 없는 마른버짐이 온몸에 번진 거다
> 손으로 짚는 육갑 명씨 박힌 전생의 눈이다
> 한 생각 한 방망이로 부셔버린 삼천대계여
> ─「무산 심우도 8, 인우구망(人牛俱忘)」(『적멸을 위하여』, 79쪽)

'인우구망'은 견성성불의 단계로 일원상의 경지이다. '일원
상'은 가장 철학적이고 완벽한 형태를 의미한다. 불교에서는 이
것을 윤회로 상징하기도 하고 불교의 최상승인 법을 상징하기도
한다. 「무산 심우도8」에서는 모든 것을 웃어넘기는 초탈의 세상
을 '히~ 호~ 으히~ 으허~ 하~ 으하~ 으이~ 이 흐~ 껄껄~ 으아~
우후~ 후이이'의 의성어로 일원상을 보여주고 있다. 그것은 모
든 것이 텅 비워진 상태이고, 텅 비어서 사람과 소까지 모두 잊
어버린 텅 빈 원으로 공의 상태로 접어든 것을 의미하고 있다.

그래서 육갑(六甲)의 명씨 박힌 전생(前生)의 눈과 삼천대천세
계가 부서진 세계를 화자는 웃어넘기는 초탈의 세상으로 나아가
고 있는 것이다. 이것은 마음으로부터 걸림을 지워가는 일련의
과정이다. 즉 대승불교의 진리를 요약한 것이라 할 수 있으며,
따라서 범부의 속에서 부처의 성에 이르렀음을 의미한다.

석녀(石女)와 살아 백정(白丁)을 낳고 금리(金利) 속에 사는 뜻을
스스로 믿지를 못해 내가 나를 수감(收監)했으리
몇 겁(劫)을 간통(姦通)당해도 아, 나는 아직 동진(童眞)이네.

길가의 돌사자(獅子)가 내 발등을 물어
놀라 나자빠진 세상 일으킬 장사(將師)가 없어
스스로 일어나 앉아 만져보는 삶이여.
—「무산 심우도 9, 반본환원(返本還原)」 전문(『적멸을 위하여』, 80쪽)

"석녀243)"는 진면목이고 "백정(白丁)"은 쇠도끼를 휘둘러 '도
둑'을 잡는 것으로 결국 마음을 잡았음을 상징하고 있다. '백정'
과 '도살장 쇠도끼'의 관계에서 백정이 들고 있는 쇠도끼를 도둑
이 먹었으니 애당초 의심의 여지는 조금도 없었다. 왜냐하면 의
심덩어리를 내 안에 두고 있었기 때문이다. 그래서 내가 나를 수
감(收監)하고 몇 겁을 간통당해도 순수한 자신은 무구한 상태인

---

243) '石女의 자식'과 '木人'은 선경(禪經)으로 알려진 유마경 「관중생품」에 등장하는 표현
으로 보살이 중생을 관할 때 그 실상이 무상한 것임을 알리는 상징. 따라서 석녀가 아이
를 낳고 나무로 만든 인형이 고개를 끄덕이는 것은 마치 중생의 본래성품이 공하여 그
본체적 실체가 없음을 상징한 것. 하지만 또한 본체의 성품이 비록 공할지라도 그 주체
의 작용은 무한한 가능성을 지님.(조상현, 「한국선시연구」, 울산대학교 박사학위논문,
2011, 97쪽.

동진(童眞)으로 남아있다. 그래서 화자는 스스로 일어나 앉아서 만져보는 삶의 단계에 이른 것이다. 즉, 소를 찾아 떠나 "동진"으로 남아서 참선의 경지에 드는 것이다. 따라서 이러한 진면목은 중생의 눈으로는 도저히 볼 수도 알 수도 없지만, 부처의 눈으로 보면, 그것은 존재의 본래 모습이다. 그래서 '석녀가 아이를 낳는 것'[244]은 불성의 의미가 함축되어 있는 것으로 무상을 상징하고 있다.

생선 비린내가 좋아 견대(肩帶)차고 나온 저자
장가들어 본처는 버리고 소실을 얻어 살아볼까
나막신 그 나막신 하나 남 주고도 부자라네.

일금 삼백 원에 마누라를 팔아먹고
일금 삼백 원에 두 눈까지 빼 팔고
해 돋는 보리밭머리 밥 얻으러 가는 문둥이어, 진문둥이어.
―「무산 심우도 10, 입전수수(入廛垂手)[245]」 전문(『적멸을 위하여』, 81쪽)

---

244) 이는 본래 선이 가지는 본래적 속성으로 객관적 '실상'의 반야(般若)와 주체의 불성사상의 불이적 융합을 의미. "석녀 · 석인 · 목인 · 철우(石女 · 石人 · 木人 · 鐵牛) 등은 선사의 어록에 자주 등장하는데, 일체의 감정과 분별적인 의식을 완전히 초월한 비사량(非思量)의 경지를 비유한 깨달음의 세계. 즉 다시 말하면 일체의 차별과 분별적인 정식(情識)의 경지를 초월한 일체가 공한 일체개공(一切皆空)의 경지를 체득한 세계에서 발휘하는 초월적인 생명의 자유자재한 지혜작용을 말한다." (정성본, 「민공선사의 생애와 선사상 연구」, 한국불교학 22권, 한국불교학회, 1997, 120쪽.)

245) (10) 경허의 『심우10송』〈저자에 손을 드리우다〉
"목녀의 꿈과 석인의 노래여! 이것은 육진의 그림자. 상이 없는 부처도 용납지 못하는데 비로자나불의 정수리가 무엇이 그리 귀할까 보냐? 방초언덕에 놀다가 갈대꽃 숲에서 잠을 자네. 포대를 메고 저자에서 교화함과 요령을 흔들며 마을에 들어가는 것은 실로 일을 마친 사람의 경계이네. 전날에 풀속을 헤치고 소를 찾던 시절과 같은가 다른가? 가죽 밑에 피가 있는 놈이면 모르지기 착안해 보라"

'입전수수'는 "성스러운 깨달음을 성취하고 다시 중생 속으로 돌아와 중생의 아픔을 함께하는 보살도의 단계"[246]이다. 이것은 성스러움과 범속함이 초월의 세계와 현실의 세계를 통합한다는 의미로 화광동진(和光同塵)을 의미한다. 바로 중생을 위해 거리로 나서는 보살송(菩薩頌)이며, "법륜을 굴리는 것"[247]이다. 즉 속세를 떠나서 수행의 과정을 거쳐 깨달음을 얻은 후에, 다시 속세로 돌아오는 이 기나긴 구도의 귀착지가 세간의 저자거리이다. 이것은 처음 떠날 때의 장소와 다시 돌아온 장소는 같지만, 자신은 범부에서 각자가 되어 있는 것으로 완전히 다른 것이다.

첫 수의 초장에서 "생선 비린내가 좋아 견대(肩帶)차고 나온 저자"의 견대는 보살행을 행하는 도구의 상징이다. 이 속에는 깨달은 자의 말씀이 있을 수도 있고, 범부가 깨달음을 찾아가는 과정을 안내해 줄 수도 있는 무한의 보살행을 행할 수 있는 것이 담겨 있다. 중장 "장가들어 본처는 버리고 소실을 얻어 살아볼까"란 가장 세속적인 행동으로 보이지만 종장에서 "나막신 그 나막신 하나 남 주고도 부자라네"에서 진정한 무소유의 이타행이 보여 진다. 둘째 수의 초장 "일금 삼백 원에 마누라를 팔아먹[248]"는 것은 인간으로서 해서는 안 되는 일이다. '마누라'는 세속에서 자신과 가장 가까운 존재이기 때문이다. 그런데 그 '마누라'를 팔아먹는다는 것은 세속적인 인연을 끊어 버리고 끝없는 보살행을 행하고 있음을 의미하고 있다. 중장 "일금 삼백 원에

---

246) 박 석, 앞의 책, 64~66쪽.
247) 월 호, 앞의 책, p.24.
248) 이런 경지는 완전히 세상에 대한 집착과 욕망을 버린 것. 석가모니의 『전생담』에 보면 그가 보살로서 인행을 닦으실 때 자기의 자식과 부인까지 모두 보시하는 한없는 무주상 보시행이 나온다. (김형중, 「한글 선시의 현대적 활용」,송준영 편, 앞의 책, 121쪽.)

두 눈까지 빼 팔고"에서 '두 눈'249)은 색(色)을 나타내며 분별과 차별심을 상징하고 있다. 그런데 그것을 빼서 판다고 하는 것은 그런 분별심을 모두 끊고, 중생과 하나가 되는 성속불이(聖俗不二)의 세계를 상징한다. 종장의 "해 돋는 보리밭머리 밥 얻으러 가는 문둥이어, 진문둥이어"에서도 성과 속의 합일을 볼 수 있다. '해의 세계가 문둥이의 세계가 될 수 있고, 문둥이의 세계가 해의 세계가 될 수 있다는 것'250)이다. 이것은 70년대 경허를 사숙한 조오현에게 '문둥이'251)는 개인적 상징에 속한다. 이것은 조오현의 시적 지향점이 소외된 중생, 고통 받는 중생과 함께 하고 있음을 의미한다.

지금까지 살펴본 바와 같이 「무산 심우도」는 '참나'를 찾아가는 여정을 10단계로 나누어 비유와 상징으로 구성되어 있다. 휠라이트의 상징은 '화살'과 '일원상'이며, 귀에린의 상징으로는 '하늘'이 제시되어 있다. 그리고 휠라이트와 에이브럼즈의 관습적 상징으로 '도둑'과 '석녀'가 있고, 개인적 상징으로는 '문둥이'가 있다. 그래서 상징은 다의적 의미를 함의한다.

3) 진여법계(眞如法界)의 반어와 역설

'진여법계'는 '사물이 있는 그대로의 모습이라는 뜻'으로 우

---

249) 오온의 색(色), 수(受), 상(想), 행(行), 식(識) 중 색(色)에 속함. 색(色)은 신체 및 물질성.

250) 박찬일, 「불이사상의 구체화 · 불이사상의 변주」, 송준영 편, 앞의 책, 177쪽.)

251) 하늘에는 손바닥 하나 손가락은 다 문드러지고/이목구비도 없는 얼굴을 가리고서/흘리는 웃음기마저 걷어지르고 있는 거다.//「무자화 1, 뱃사람의 말」전문, 한 소식 달빛을 잡은/ 손발톱은 다 물러 빠지고-.「달마 · 5」부분(조오현의 시편에는 문둥이를 형상화한 작품들이 여럿 있다.)

주 만물의 본체를 절대 진리로 보고 있다. 그것은 마음이 없으면 대상이 없고, 대상이 없으면 마음도 없는 일체법이다. 이것은 모두가 마음법이고, 일체와 마음은 본질적으로 모든 것이 평등한 일심이다. 그래서 마음 하나가 본성과 다르지 않은 '진여법계'인 것이다. 이것은 일상성을 초월한 선의 언어로 표현되어 있어서 반어와 역설적일 수밖에 없다.

선의 종지(宗旨)는 불립문자이며, '언어의 초월'을 의미한다. 선의 소의경(所依經)인 『능가경』에 나타난 석가의 게송에서 이러한 종지를 발견할 수 있다.

어느 날 밤에 정각을 이루고
어느 날 밤에 열반에 들지만
이 두 중간에서
나는 아무 것도 말한 바가 없다.[252]

석가는 정각을 이루고 열반에 들기까지 45년 동안 8만 4천 개의 법문을 남겼다. 그럼에도 불구하고, "나는 아무 것도 말한 바가 없다"고 했으며 "일체의 불성에는 불성이 있다"고 했다. 이것은 노자가 말한 "바른 말은 얼른 보기에 반대인 것처럼 보인다"[253]와 브룩스(C. Brooks)가 말한 "시의 언어는 역설의 언어다"[254]와 일맥상통한다. 그래서 "자연 현상의 불변의 여건"[255]과 인간의 의식과 정신의 세계를 선시에서는 반어와 역설로 구

252) 『능가경』第四권, 「無所說品」, 「入不二法門品」, 홍법원, 1967. 428쪽.
253) 『도덕경』78장, "정언약반(正言若反)".
254) 김준오, 『시론』, 정지원, 2008. 318쪽.
255) 박이문, 『노장사상』, 문학과 지성사. 1992, 33쪽.

현하고 있다.

> 백담사 무금당 뜰에
> 뿌리 없는 개살구나무들
> 개살구나무들에는
> 신물이 들대로 다 들어
>
> 그 한번 내립떠보는
> 내 눈의 좀다래끼
> ─「무자화 4 - 뱃사람의 뗏말」 전문(『적멸을 위하여』 85쪽)

위의 시조 초장 "무금당"은 화자가 참선에 드는 장소이다. 그 "무금당 뜰"에 "뿌리 없는 개살구나무들"이 "신물이 들대로 다 들어"있다. 이 상황은 현실에서는 있을 수 없는 일이다. 그런데 이것은 흡사 "무금당 뜰"의 "개살구나무들"이 '무'자 화두를 들고 선정에 든 형상이다. 그래서 뿌리가 없어도 자연의 이치를 깨달아 "신물이 들대로 다 들어"있다. 이 상황을 시적 화자는 자신의 화두 참선과 연결하여 "한번 내립떠"본다. 이것은 화자 자신도 세상의 이치를 깨달았는지 성찰해 보는 것이다. 여기서 "개살구나무들"은 뿌리가 없어도 신물이 들고, 화자는 "좀다래끼"난 눈으로도 분별심에서 벗어나 있다. 즉 화자와 "개살구나무들"의 진여법계의 세계는 역설적 기법으로 나타나 있다.

> 서울 인사동 사거리
> 한 그루 키 큰 무영수(無影樹)

뿌리는 밤하늘로
가지들은 땅으로 뻗었다

오로지 떡잎 하나로
우주를 다 덮고 있다.

—「무자화 5 - 된바람의 말」전문(『적멸을 위하여』86쪽)

'무영수(無影樹)'[256]는 그림자 없는 나무로 『벽암록』제18칙
에 나온다. 혜충(慧忠)국사가 당나라 대종에게 던진 화두에 등
장한 나무이다. 그러나 이 세상 그 어디에도 그림자가 없는 것은
존재하지 않는다. 그 이유는 현상계의 삼라만상이 모두 두두물
물인 까닭이다. 그래서 모든 사물에는 그림자가 있다. 그림자가
없다는 것은 일상의 도에서는 도저히 이해할 수 없는 말이다. 중
장의 첫 구에서 "뿌리는 밤하늘로 가지는 땅으로 뻗었다"에서 뿌
리는 땅에 박혀 있어야 제 구실을 하고, 가지는 하늘을 향해 있
어야 함에도 불구하고, 이 시조에서 화자는 그것을 거꾸로 표현
하고 있다. 그래서 일상의 언어로는 도저히 나타낼 수 없는 묘오
를 역설의 언어로 구사하고 있다. 결국 종장에서 "오로지 떡잎
하나로 우주를 다 덮고 있다"는 떡잎 하나가 우주와 다르지 않
다. '하나가 곧 일체요, 일체가 곧 하나'라는 진여법계(眞如法界)
의 불교적 사유의 또 다른 표현이다.

---

256) 한그루 그림자 없는 나무/불 속에 옮겨다 심다//세 봄의 비를 가져오지 않아도/난만
하게 핀 붉은 꽃.//一株無形木/移就火中栽//不假三春雨/紅花然漫開//-『逍遙堂集』,「
稗一禪和之求」

강물도 없는 강물 흘러가게 해놓고
강물도 없는 강물 범람하게 해놓고
강물도 없는 강물에 떠내려가는 뗏목다리
　　　　　　　―「무자화 6 - 부처」 전문(『적멸을 위하여』 87쪽)

　강이란 강물이 있어야 강이다. 그런데 위의 시는 강물도 없
는데 "강물이 흘러가고", 강물이 없는데 "강물이 범람"한다. 이것
은 화자가 화두참선으로 깨달음의 경지에 이르렀음을 역설적으
로 표현하고 있다. 이 깨달음의 세계는 시공을 초월한 그 너머의
또 다른 세상이다. 그 곳에 도달하기 위해서 뗏목다리가 방편으
로 사용되지만, 그 경지에 이르게 되면 그것마저 떠내려 보내야
만 한다. 즉 화자는 무아의 경지에 이르러 진여법계의 세계에 들
어있음을 말하고 있다.

사내라고 다 장부 아니여
장부 소리 들을라면

몸은 들지 못해도
마음 하나는 다 놓았다 다 들어 올려야

그 물론 몰현금 한 줄은
그냥 탈 줄 알아야
　　　　―「일색변 3 - 몰현금(沒玄琴) 한 줄」 전문(『적멸을 위하여』 90쪽)

위 시에서 사내와 장부는 같은 뜻이 아니다. 사내에서 "마음

하나는 다 놓았다 다 들어 올려야"하는 경지에 이른 자만이 장부
가 된다. 그뿐만 아니라 '줄도 없는 거문고'도 탈 줄 알아야만 한
다. 이것은 사내에서 장부가 되는 과정의 치열함을 '몰현금(沒絃
琴)'을 탈 줄 알아야 함에 비유하여 상징적으로 표현하고 있다.
이것은 일상적 사고의 뒤집기와 일상적 언어의 초월을 역설적으
로 구현하고 있음을 알 수 있다.

> 울지 못하는 나무 울지 못하는 새
> 앉아 있는 그림 한 장
>
> 아니면
> 얼어붙던 밤섬
>
> 그것도 아니라 하면 울음큰새 그 재채기
> ─ 「2007. 서울」 전문(『적멸을 위하여』 229쪽)

화자는 서울을 "앉아 있는 그림 한 장"과 "얼어붙던 밤섬"으
로 보고 있다. 여기는 생동감과 따뜻함이 전혀 없는 정적이며 차
가운 곳이다. 그런데 이곳에 "울지 못하는 나무"와 "울지 못하는
새"가 살고 있다. 이 나무와 이 새는 화자의 억압된 내면을 나타
내고 있는 것처럼 보이지만 그것은 그 너머의 사유가 있다. 그것
을 화자는 일상의 언어를 초월한 일상의 깨달음으로 그려내고
있다. 이것은 화자의 깊은 내면에서 울리는 "울음큰새"의 "재채
기"인 것이다. 그래서 위의 시는 진여법계의 역설적 표현이다.

위에서 살펴 본 바와 같이 진여법계의 세계에 들려면 깨달음

을 얻어야 하고, 이것은 일상적 언어로는 표현할 수 없다. 그래서 반어와 역설로 그 묘오의 세계를 표현하고 있는 것이다.

4) 향상일로(向上一路)의 인유와 패러디

선의 궁극지는 중생이 깨달음을 얻는 것이다. 그것을 얻기 위해서 선가에서는 화두를 들고 참선 수행을 한다. '화두'는 '회두환면(廻頭換面)'에서 온 말로써 중생이 가지고 있는 습성에서 벗어나 번뇌와 망상을 잘 다스려서 본래면목을 찾는 것을 의미한다. 본래면목을 찾은 이후에도 중생은 이전에 가지고 있던 오랜 습기(習氣)[257]로 인하여 완전히 번뇌 망상을 버리지 못하기 때문에 계속해서 수행을 해야 한다. 향상일로(向上一路)[258]로 정진하게 되면 구경각을 이루는데 이 경지는 얽매임 없는 자유이다. 이곳에 이르기 위해서 수행자는 치열한 구도행과 스승의 가르침을 받기도 한다.

인유는 고전시학의 용사와 같은 의미로도 해석할 수 있다. 그래서 선시에서도 선문의 전적(典籍)과 고승대덕의 고사를 많이 인용해서 활용하고 있다. 그 대표적인 것이 송고집이다. 이것은 자신과 후학들의 수도 생활에 지침을 삼고자 하는 의도에서 편찬된 것이다. 그것은 전대 고승들의 깨달음이나 발자취 등이 수록된 것이다. 그러므로 "게송 중 수도의 방편으로 창작된 작품

---

257) 사상이나 행위, 특히 번뇌를 일으킴에 의해서 마음속에 인상지어지고 배어진 습관이나 습성을 말한다. 번뇌는 끊어도 그 여습인 습기는 남는 수가 있다고 한다.

258) 한 중이 계성 선사에게 물었다. "향상일이란 어떤 겁니까?" 계성이 대답했다. "아래로 내려오면 그것을 체험할 수 있을 걸세."(오경태, 류시화 역, 『선의 황금시대』, 경서원, 305쪽.)

에서 인유가 수사 기교로 사용되는 것은 매우 자연스러운 일"259)이라 하겠다. 이러한 송고집에 나타나는 선시는 "후대에 화두·공안에 덧붙이는 '염고시'로 발전260)하게 되는데, 이것을 '화두시' 또는 '고칙시'라고도 한다.

패러디는 어원적으로 볼 때. '반대'와 '모방' 또는 '적대감'과 '친밀감'이라는 서로 모순된 개념을 가지고 있으며 인유와 맞닿아있다. 인유는 전 시대를 산 인물들을 인용한 것이고, 패러디는 그것을 모방하고 있기 때문이다. 그래서 선시에서도 이러한 양상이 나타난다. 첫째, 고승대덕의 깨달음을 완전히 새롭게 해석하거나 비판적으로 개작한 비판적 패러디가 있고, 둘째, 전텍스트의 권위와 규범을 계승한 패러디가 있다. 둘째 유형은 "전텍스트를 계승하여 이것과 비슷한 모습이 되고자 하는 패러디 동기를 반영한다. 패러디스트가 전텍스트에 호감을 가지고 있기 때문에 전텍스트에 대한 공격성과 희극성은 거세되어 있다."261) 선시에서도 두 가지의 패러디가 존재한다. 그 이유는 선시라는 것이 기본적으로 자신의 깨달음을 시로 표현한 것이고, 이것을 후학들이 귀감으로 삼아서 정진할 것을 목적으로 하고 있기 때

---

259) 배규범, 『불가시문학론』, 집문당, 2003, 152쪽.
260) 한편, 이렇게 시에서 전고를 활용하는 방법은 한시 '의경설정법'에서 연상과 연환에 해당한다. 즉 연상은 제재의 특수한 국면과 관계되는 고사, 역사적 사실, 전설 등과 연결되는 시상을 전개함으로써, 제재를 매개로 떠오르는 사항들을 제시하거나 끌어들여 그것과 관계되는 의경을 설정하는 방법이다. 또한 聯環은 聯想과 마찬가지로 제재의 특수한 측면에 바탕해서 설정되는 경우가 있으니 그것이 연환의 방법이다. 연환은 제재와 직접적으로 연결되기 어려운 사실과 짝을 이루면서 서로 대척적인 위치에 서는데, 연상이 제재에 관계된 고사, 역사적 사실, 전설 등과 연결시켜 시상을 전개함으로써 의경을 설정하는 방법임에 반해, 연환은 겉으로는 제재와의 연관성을 찾기 어려워 보이는 사실이나 사항을 제시하여 연상과는 역방향으로 시상을 제재에 연결시켜 의경을 설정하는 방법이다. 성범중, 「한국한시의 의경설정방법과 양상에 대한 연구」, 서울대학교, 박사학위논문, 1993, 29~42쪽.
261) 정끝별, 『패러디 시학』, 문학세계사, 1997, 69쪽.

문이다.

　조오현의 시조에도 전텍스트에 나타난 선승들의 사건과 일화를 중심으로 한 시조들이 다수 있다. 이 절에서는 그 시조들 중에서 향상일로로 정진하는 구도자의 모습을 표현한 시조들을 중심으로 살펴보기로 하겠다.

　　가사, 삼천대천세계의 그 칠보를 다 갖는다 해도
　　풀 먹인 살림살이 마삼근(麻三斤)도 빳빳했거늘
　　진실로 풀 그것까지 빨아내는 것만 할까
　　　―「동산삼근(洞山三斤) ― 만인고칙 2」전문(『적멸을 위하여』 113쪽)

　위의 시조는 동산수초(洞山守初, 910~990)[262]화상과 관련된 내용[263]이다. 동산화상은 "어떤 것이 부처입니까?"라는 질문에 "마 삼근"이라 했고, 법안문익(法眼文益, 883~958)[264]화상은 "네가 혜초니라"라고 했으며, 운문문언(雲門文偃, 864~949)[265] 화상은 "똥 묻은 마른 막대기"라고 했다. 조오현도 동산, 법안, 문익과 마찬가지로 "어떤 것이 부처입니까?"의 질문에 아래와 같이 답하고 있다.

---

262) 조동종의 시조인 동산양개와 다른 인물로 섬서성, 봉상부 출생. 법명 수초. 속성은 부씨. 16세에 출가하여 율을 배운 후, 운문문언(雲門文偃)을 참예하고, 그의 법을 이었다. (조오현 역해, 『무문관』, 불교시대사, 2007. 112쪽.)

263) 어떤 수행자가 동산 화상에게 물었다. "어떤 것이 부처입니까? 화상은 이렇게 답했다. "삼이 세 근이다. (조오현 역해, 『벽암록』, 불교시대사, 1997, 60쪽.) 조선시대 선승 청매인오(青梅印悟)도 이 화두(고칙)를 노래한 바 있다.

264) 절강성 여항 출생. 속성은 노씨. 법명은 문익(文益)으로 법안종의 창시자. 7세에 전위(全偉)선사에게 출가한 후 계침(桂琛)선사 문하에서 도를 깨달았다. (조오현 역해, 『벽암록』, 불교시대사, 1997, 41쪽.)

265) 절강성 가흥출생. 속성은 장씨. 법명은 문언. 17세에 지징(志澄)율사에게 출가한 뒤 설봉의존을 찾아가 제자가 되었다. 후에 운문종을 개장하였다..(조오현 역해, 『벽암록』, 불교시대사, 1997, 37쪽.)

이 세상에 부처 아닌 것이 어디 있는가. 반드시 고귀한 사람만이 부처인가. 아니다. 천하의 무식하고 가난한 사람, 삼베 짜는 직녀도 부처고, 똥 푸는 농부도 부처다. 몸파는 여자도 부처고, 거지나 장애인도 부처다. 266)

동산이 부처를 마 삼근이라고 한 것은 동산이 살던 그 시절의 중국에서는 깨달은 자가 입는 가사를 지을 때 마 삼근이 필요했다. 이것은 동산이 자신에게 질문한 제자가 바로 부처라는 것을 일깨우기 위해서 "마 삼근"이라고 했던 것이다. 즉 질문한 제자가 수행 정진하여 깨달음에 이르게 되면 자연스럽게 가사를 입게 됨으로 동산은 "네가 바로 부처다"란 의미로 부처를 "마 삼근"에 비유한 것이다. 법안도 제자인 혜초책진(慧超策眞, ?~979)267)의 물음에 "네가 혜초이니라."라고 했다. 이것도 동산의 대답과 마찬가지로 '본성이 바로 네 안에 있'음을 깨우쳐 주기 위함이다. 운문의 "똥 묻은 막대기"도 이와 맥을 같이 하고 있다. 그리고 위의 시조는 동산, 법안, 운문의 대답을 인유하여 패러디하고 있다. 초장에서 "칠보를 다 갖" 고는 깨달음을 얻어 부처가 되어서 "풀 먹인 살림살이 마 삼근도 빳빳"하게 입고 있음에도 불구하고, 화자는 그 너머를 보고 있다. 즉 "진실로 풀 그것까지 빨아내"어야 한다는 것이다. 이것은 중생이 부처가 되어서도 계속적인 수행이 필요하다는 것을 의미하고, 수행을 멈추지 말아야 한다는 뜻을 내포하고 있다. 즉 향상일로의 수행 정진을 계속 해

---

266) 조오현 역해, 『벽암록』, 불교시대사, 1997, 61쪽.
267) 산동성 조주 출생. 속성은 위씨. 법명은 책진. 혜초는 본명. 법안문익의 제자로 법시(法施)선사라 불렸다 .(조오현 역해, 『벽암록』, 불교시대사, 1997, 41쪽.)

야 함을 강조하고 있는 것이다.

> 진작 찾아야 할 부처는 보이지 않고
> 허공에서 떨어지는 저 살인도(殺人刀) 저 활인검(活人劍)
> 한 사람 살아가는데 만 사람이 죽어 있구나
> ─「조주대사 - 만인고칙 4」 전문(『적멸을 위하여』 115쪽)

위의 시조는 조주종심(趙州從諗, 778~897)[268]화상과 관련된 내용[269]이다. 화자는 초장에서 "진작 찾아야 할 부처는 보이지 않고"를 통해서 부처가 되기 위해서 정진하는 수행자의 모습은 보이지 않음을 말하고 있다. 결국 중장 "허공에서 떨어지는 저 살인도 저 활인검[270]"에서 알 수 있듯이 수행을 게을리 하면 사람을 죽이는 살인도가 되고, 수행정진에 일념하면 사람을 살리는 활인검이 된다고 표현하고 있다. 그래서 종장 "한 사람 살아가"는 것에서 알 수 있듯이 조주의 죽은 제자가 진정한 수행자였음을 말하고 있다. 그리고 "만 사람이 죽어 있구나"는 수행 정진을 제대로 하지 않으면 살아있어도 죽은 것과 마찬가지임을 말하고 있다. 즉 화자는 향상일로로서 수행 정진하여 정법을 세우는 것이 얼마나 중요한 지를 조주의 일화를 통해서 보여주고 있다.

---

268) 산동성 조주부 출생. 속성은 학씨. 법명은 종심. 14세에 남전보원에게 출가. (조오현 역해, 『벽암록』, 불교시대사, 1997, 21쪽.)
269) 조주의 제자 가운데 한 명이 죽었을 때였다. 방장인 조주 선사도 그의 장례 행렬에 참가하며 다음과 같이 말했다. "수많은 죽은 사람이 한 사람의 산 사람을 쫓아가는군."(조오현 편저, 『선문선답』, 장승, 2010, 117쪽.)
270) 무문관 제 11칙·조주의 시험문제(趙州庵主)에서 송(頌)에 나오는 말(조오현 역해, 『무문관』, 불교시대사, 2007, 71쪽.)

벗어 들 헌 짚신 그 한 짝도 없이

한 생각 일사천하, 일백일십성을 다 밟아보고

그 걸음 그 몸짓으로 밀뜨린 은산철벽

　─「향상일로(向上一路) ─ 만인고칙 5」전문(『적멸을 위하여』116쪽)

　위의 시조 초장 "벗어 들 헌 짚신 그 한 짝도 없이"에서 알 수 있듯이 깨달음의 경지에 도달하기 위해 수행자는 촌분도 아껴가며 수행정진 해야 함을 말하고 있다. 중장 "한 생각 일사천하, 일백일십성을 다 밟아보고"는 화두를 들고 일심으로 정진하는 구도자의 정신세계가 표현되어 있다. 종장 "그 걸음 그 몸짓으로 밀뜨린 은산철벽"은 오랜 기간 동안 수행을 통해서 점차 무르익은 구경각에서 자유를 획득하게 된 것을 의미한다. 그래서 쉬지 않고, 정진하면 아무리 철옹성 같은 은산철벽도 무너뜨릴 수 있는 것이다.

그 옛날 어느 스님이 천하태평을 위하여

부처를 만나면 부처를 죽이고 중을 만나면 또 중을…

결국은 그 방망이에 그도 가고 말았단다.

　─「착어(着語)271) ─ 만인고칙 18」전문(『적멸을 위하여』184쪽)

　위 시조는 임제의현(?~866, 臨濟義玄)선사와 관련이 있다. 그의 법어집 『임제록』에는 '살불살조(殺不殺祖)'라는 말이 있다. 이 말은 깨달음을 향해가는 과정에서 부처를 만나면 부처를 죽

───────────────

271) 선가에서 공안에 붙이는 짤막한 평.

이고 조사를 만나면 조사를 죽이라는 말인데 어떠한 것에도 걸림이 없어야 한다는 가르침이다. 위 시조의 중장 "부처를 만나면 부처를 죽이고 중을 만나면 또 중을…" 은 임제의 글을 패러디한 것이다. 이것은 집착에서 벗어나서 깨달음을 얻으라는 가르침이다. 종장에서 "결국은 그 방망이에 그도 가고 말았단다."는 것은 깨달음을 얻었다고 하여도 끊임없이 정진하지 않으면 안된다는 것을 뜻하고 있다. 이것이 바로 향상일로(向上一路)의 정신이다.

위에서 살펴 본 바와 같이 이 절에서는 모두 화두와 관련된 시조들로 고승대덕들의 일화를 인유와 패러디를 통해서 향상일로의 가르침을 표현한 것이다. 「동산삼근」은 「만인고칙 2」, 「조주대사」는 「만인고칙 4」, 「향상일로」는 「만인고칙 5」, 「착어」는 「만인고칙 18」로서 한 시조에 각각 다른 제목을 붙여서 조오현은 더 선명하게 말하고 있다.

제4부

조오현의 불교적 세계관과 선시

1. 불교적 세계관

불교는 깨달음의 종교다. 중생이 깨달음을 얻게 되면 일체 번뇌와 온갖 망상에서 자유로워진 경지에 이른다. 이 경지에 이르기 위해 '고'를 '멸'해 '도'에 이르러야 한다. '고집멸도(苦集滅道)'인 '사성제'는 '고(苦)'의 원인이 무엇인지 밝히는 것을 '집(集)'이라 하고, 12연기(緣起)[272]로 설명된다. 그래서 고통의 원인을 알고, 소멸시키는 방법이 팔정도[273]를 행하는 것이다. 이것을 실천해야만 고통을 '멸'하게 되는 것이다. 그래서 도에 이른 각자(覺者)의 삶은 무후(無垢)하다. 왜냐하면 모든 고통의 원인인 번뇌와 욕망의 근원을 끊고, 팔정도를 실천하여 괴로움의 소멸 상태인 해탈에 이르렀기 때문이다. 윤회와 카르마에서 벗어난 각자는 열반의 경지[274]인 니르바나에 이르는 것을 목표로 한다.

조오현의 작품에서 나타나는 불교적 세계관 또한 이와 다르지 않다. 그의 작품에 나타나는 '불이(不二)'는 인간이 태어나서 죽음에 이르는 것이 하나의 연결선상에 있는 것으로 둘이 아님을 밝힌다. '화엄(華嚴)'은 우주 속에 자연과 인간이 서로 한 몸으로 만행(萬行)과 만덕(萬德)을 닦아 덕과(德果)를 장엄하게 한

---

272) 12 연기(緣起): ①무명 ②행 ③식 ④명색 ⑤6입 ⑥촉 ⑦수 ⑧애 ⑨취 ⑩유 ⑪생 ⑫노사.

273) ①정견(正見) ②정사유(正思惟) ③정어(正語) ④정업(正業) ⑤정명(正命) ⑥정정진(正精進) ⑦정념(正念) ⑧정정(正定).

274) 이것은 모든 번뇌와 욕망을 끊어 버리고 모든 업장의 불이 꺼진 상태를 말한다.『잡아함경(雜阿含經)』은 이 상태를 "열반은 인공으로 지어진 모든 것들을 버리고, 자연적인 욕망을 끊고, 정욕이 정지된 상태이다. 여기는 미움이나 망상과 같은 것에 관계된 모든 행동들이 소거된 경지이다. 즉 무상을 뛰어넘"는 것임을 밝히고 있다.

다. 마지막으로 '무애(無碍)'는 막힘과 분별과 대립이 없는 경지이다. 이 경지에 이른 각자는 대중에게 일체의 거리낌이 없이 두루 통하여 서로 하나가 되는 것이다. 그래서 이 절에서는 위의 내용을 바탕으로 작품들을 세부적으로 살펴보도록 하겠다.

1) 생(生)과 멸(滅)의 '불이(不二)'

생겨나는 것과 멸하는 것은 공사상에 기반하고 있다. 이것은 "고정적 실체가 없는 '공(空)'으로 표현되며, 이것의 어원은 수냐(śūnya)이다. 본래의 뜻은 '부풀어 오른', 또는 '속이 텅 빈' 상태이며 '공허한' 등의 뜻을 내포하고 있다. 즉 '없는 상태'를 나타"[275]내는 것처럼 인식되지만 사실은 변화하고 있는 상태를 의미한다. 다시 말해 "어떤 존재를 어느 한 시점에서 순간적으로 포착하면 유(有)가 될 수도 있고 무(無)가 될 수도 있지만 변화하는 전체의 과정으로 보게 된다면 유(有)도 무(無)도 아닌 생성·발전·소멸이라는 과정의 흐름일 뿐"이다.[276] 그래서 생하면 멸하게 되는 과정은 상태의 변화를 의미한다고 볼 수 있다.

조오현의 선시 텍스트에 나타나는 '불이' 또한 '생'과 '멸'이 한 선상에 있음을 나타내고 있다.

가) 인간의 삶에서 나타나는 생과 멸의 '불이'

어제, 그끄저께 영축산 다비장에서

---

275) 동국대학교불교문화대학, 『불교사상의 이해』, 불교시대사, 1997, 153쪽.
276) 성 열, 『신대중 불교의 철학적 시초』, 법등, 1994, 185~186쪽.

오랜 도반을 한 줌 재로 흩뿌리고
누군가 훌쩍거리는 그 울음도 날려 보냈다.

거기, 길가에 버려진 듯 누운 부도
돌에도 숨결이 있어 검버섯이 돋아났나
한참을 들여다보다가 그대로 내려왔다.

언젠가 내 가고 나면 무엇이 남을 건가
어느 숲 눈먼 뻐꾸기 슬픔이라도 자아낼까
곰곰이 뒤돌아보니 내가 뿌린 재 한 줌뿐이네.

　　　　　　　　　　　—「재 한 줌」 전문(『적멸을 위하여』 177쪽)

　　화자는 "오랜 도반을 한 줌 재로 흩뿌리고" 마음이 착잡하여 "누군가 훌쩍거리는 그 울음"조차도 담아 두지 않는다. 그 상황에서 "길가에 버려진 듯 누운 부도"를 발견한다. 이름난 스님이 열반한 후에 그 유골을 안치하여 세운 둥근 돌탑이 허망하게 길가에 버려진 것을 보면서 화자는 "돌에도 숨결이 있어 검버섯이 돋아났나"라고 자문한다. 지금의 자신의 처지가 검버섯 핀 부도처럼 느껴졌기 때문이다. 화자는 그것을 "한참을 들여다보다가 그대로 내려"온다. 인간의 삶과 죽음은 한 호흡에 있고, 그것은 바람도 되고, 구름도 되는 것을 화자는 "언젠가 내 가고 나면 무엇이 남을 건가"라고 되묻는다. 그리고 "어느 숲 눈먼 뻐꾸기 슬픔이라도 자아낼까"라며 자답한다. 산속에서 평생을 수행하던 화자는 그 산새가 조문객이다. 결국 화자는 "재 한 줌"만 남게 되는 생과 멸의 불이를 도반의 죽음을 통해서 보여주고 있다.

일찍이 초의선사는 이 세상 가는 법을

홀로거나 둘이거나 물 끓이는 일이라니

인생은 별것 없어라 녹차 한잔 들고 가네

    ─「근음(近吟) ─ 몰자미(沒滋味)의 서품(序品)」 부분(『적멸을 위하여』 181쪽)

"초의선사"는 조선시대 다도(茶道)와 선을 접목시킨 선승이
다. 그가 세상을 "가는 법"을 "물 끓이는 일"에 비유한 것은 그래
서 새삼스러울 것이 없다. 그런데 "물을 끓이"는 일은 차를 마시
기 위한 행위인데 왜 "초의선사"는 세상을 버리는 것을 "물을 끓
이"는 일이라고 했는지 의문이 생긴다. "세상 가는 법"을 말하는
것은 차를 다 마시고 난 후의 갈무리를 말하는 것이 이치상 맞
다. 그런데 초의선사는 이것을 거꾸로 말하고 있다. 바로 생과
멸이 '불이'임을 보여주기 위한 것이다. 화자도 "인생은 별것 없
어라 녹차 한잔 들고 가"는 것이라고 초의선사와 같은 맥락에서
표현하고 있다.

오늘이라는 이 하루에

뜨는 해도 다 보고

지는 해도 다 보았다고

더 이상 더 볼 것 없다고

알 까고 죽는 하루살이 떼

죽을 때가 지났는데도

나는 살아 있지만
그 어느 날 그 하루도 산 것 같지 않고 보면

천년을 산다고 해도
성자는
아득한 하루살이 떼

　　　　　　　　　　—「아득한 성자」 전문(『적멸을 위하여』 114쪽)

　위의 시 1행 "오늘"은 미래에서 보면 '어제'이고 과거에서 보면 '내일'이다. 그래서 이 시의 생과 멸의 시간적 배경은 현재만 존재한다. 오늘은 미래에서 보면 실체를 잡을 수 없는 가상의 세계이고, 과거에서 보아도 역시 실체를 잡을 수 없는 가상의 세계이다. 이것은 현재에서만 본체를 볼 수 있는 것으로 '있다'와 '없다'가 시간의 관념 속에서 서로 공존하는 '공'의 세계이다. 화자는 3연에서 "더 이상 더 볼 것 없다고 알 까고 죽는 하루살이 떼"가 집착에서 벗어난 '아득한 성자'로 멸의 자리에 둔다. 그리고 화자는 "죽을 때가 지났는데도 나는 살아"있다는 것으로 '생'의 자리에 머문다. 하지만 이 둘은 오늘이라는 공의 세계에서 생과 멸의 순환과정을 거치고 있음을 알 수 있다. 이것은 서로 형체는 다르지만 오늘이라는 시간적 공간에서 '생멸불이'의 세계를 보여주고 있다.

　지곡하라. 지곡하라. 곡비여 지곡하라.
　삶이란 바깥바람
　죽음은 강어귀굽이

이 집안 소식도 결국 살아 생이별이다.

　　—「개사입욕(開士入浴) — 만인고칙 11」 전문(『적멸을 위하여』 122쪽)

'개사(開士)'는 법을 개시하여 중생을 인도하는 보살이다. 화자는 이 보살이 되어서 설하고 있다. 위의 시조 초장에서 화자는 곡비에게 "지곡하라. 지곡하라. 곡비여 지곡하라."고 다그치고 있다. 곡비는 장례식에서 울어주는 노비이다. 이 노비는 영혼 없는 울음을 우는 사람이다. 이 시에서 곡비는 중생을 비유해서 나타내고 있다. 그래서 화자는 중생에게 이제 그만 그치라고 한다. 왜냐하면 "삶이란 바깥바람"이고, "죽음은 강어귀굽이"에 있음을 중생에게 일깨워 주기 위해서다. 이것은 인연의 줄을 타고 왔다가 그것이 끊어짐으로써 다시 제자리로 돌아간 것일 뿐이라고 화자는 설하고 있다.

　　나) 수행자로서의 생과 멸의 '불이'

우리 절 밭두렁에
벼락 맞은 대추나무

무슨 죄가 많았을까
벼락 맞을 놈은 난데

오늘도 이런 생각에
하루해를 보냅니다.

　　—「산일 1」 전문(『적멸을 위하여』 174쪽)

앞의 시는 화자가 "절 밭두렁에 벼락 맞은 대추나무"를 보고 죽음을 생각한다. 벼락을 맞았다는 사건은 일상의 사고로 보면 죄를 많이 지은 사람에게 내려지는 천형이다. 그래서 화자는 대추나무에게 "무슨 죄가 많았을까"라고 묻고 있다. 이 말은 원래 대추나무는 죄를 짓지 않았음을 화자는 말하고 싶은 것이다. 그래서 화자는 생명력이 강한 대추나무가 오래 살아서 천수를 누렸어야 했는데 벼락을 맞은 것에 대해 깊은 생각에 잠긴다. 화자는 이 사유의 결과로 "벼락 맞을 놈은" 자신으로 귀착시키며, 대추나무가 받은 천형을 자신에게 가지고 온다. 이것은 화자가 삶의 과정에서 얼마나 치열한 구도행을 했는지 자신에게 묻고 대답한다. 즉 화자의 삶의 목적은 치열한 구도행이고, 그것을 행하지 않았을 때에는 벼락을 맞는 것이 당연하기 때문이다. 그래서 화자는 "오늘도 이런 생각에 하루해를" 보내면서 삶에서의 치열한 구도행과 이것을 행하지 않았을 때의 죽음이 '불이'가 아님을 내면의 성찰을 통해서 말하고 있다.

심령(心靈)을 켜고 앉아
어둠을 사루기까지

불현듯 받든 지심(持心)
깨어 있을 때 깨어 있을 때

비스듬 수면에 기대는 건
삶인가 죽음인가.

차라리 원수였다면
맞서라도 봤을 것을

항복(降伏)할 상대도 없는
나만의 용서이기에

마침내 싸워 이길 곳은
아수라(阿修羅)의 이 광장.

얼마나 못났으면
비수(匕首)를 또 잡으랴

사람이란 목숨 하나에
이토록 한스러운가

기가 찬 생사 앞에서
면벽하고 앉는다.

ㅡ「생사(生死) 앞에서」전문(『적멸을 위하여』138쪽)

화자는 수행정진을 하기 위해 "심령(心靈)을 켜고 앉아"서
무명(無明)에서 벗어나기 위해 "어둠을 사루기까지"한다. 그래
서 자신의 서원(誓願)인 "지심"을 "깨어 있을 때 깨어 있을 때"
꼭 이루고자 한다. 하지만 수마(睡魔)를 이기지 못하고 "비스듬
수면에 기대는"순간 "삶"을 상징하던 수행의 극지에서 찰나적
실수로 "죽음"의 나락에 떨어진다. 정념(正念)과 정정(正定)하지

못한 결과에 화자는 "차라리 원수였다면/ 맞서라도 봤을 것"이라고 자문한다. 보이지도 볼 수도 없는 화두참선의 과정에서 화자는 "항복(降伏)할 상대도 없"이 다시 용맹정진 한다. "마침내 싸워 이길 곳"은 깨달음을 얻은 "아수라(阿修羅)의 이 광장"이다. 이 광장은 도덕의 신인 아수라가 다스리는 곳으로 모든 것의 기본이 되는 곳이다. 그래서 화자는 이 광장에 접어들기 위해서 "비수(匕首)를 또 잡"는다. 비수를 잡고 수행 정진하는 화자는 문득 "사람이란 목숨 하나에 / 이토록 한스러운가"라는 수행과정의 어려움을 내비친다. 하지만 화자는 화두참구해서 깨달음을 얻어야만 한다. 그것을 얻지 못하면 멸이다. 그래서 화자는 "생사 앞에서" 달마의 수행방법인 "면벽"을 하고 있다. 여기서 화자가 말하고자 하는 것은 수행자로서 진정한 참선을 했을 때는 생의 세계이고, "심령"이 흐려지면 멸의 세계임을 밝히고 있다. 그래서 수행자에게는 생과 멸이 '불이'인 것이다.

위에서 살펴 본 바와 같이 조오현은 생멸의 '불이'를 두 가지 관점에서 말하고 있다. 하나는 인간의 삶에서 나타나는 '생'과 '멸'의 '불이'로 사람이 살고 죽는 것은 떨어져 있는 것이 아니고 한 호흡의 순간에 있는 것으로 둘이면서 하나인 것을 말하고 있다. 그리고 또 하나는 수행자로서의 '생'과 '멸'의 '불이'를 말한다. 이것은 수행자가 수행을 해서 깨달음을 얻으면 생이고, 깨달음을 얻지 못하면 멸인 것이다. 조오현은 수행자로서 치열한 수행 정진만이 생임을 말하고 있다.

2) 우주만물의 '화엄(華嚴)'

"인간사의 시비선악과 행불행은 기실 분별에서 생긴"[277]다. 그래서 이 분별심을 없애기 위해서 만 가지 덕을 가지고, 만 가지 선행을 하여 만물이 서로 분별하지 않는 경지에 이르러 합일을 이루는 것이 '화엄'이다.

가을이 소나기처럼 지나간 그대 정원에

열매 하나가 세상의 맛을 한데 모아

뚝 하고 떨어지는구나

다 쭈그러든 모과 하나

　　　　　—「떠 흐르는 수람(收攬)」 전문(『적멸을 위하여』 227쪽)

위의 시는 "가을"이란 계절을 중이적으로 표현하고 있다. 하나는 자연의 현상인 가을을 나타내고, 또 하나는 인간의 삶의 과정 중에서 중년을 나타내고 있다. 그래서 화자는 관찰자의 시점에서 이 상황을 지켜보고 있다. 화자는 "소나기처럼" 지나가 버린 중년의 "정원"에서 "열매 하나가 세상의 맛을 한데 모아"진 것을 발견한다. 중년의 인간이 경험한 삶의 성숙을 본 것이다. 이것이 땅을 향해 "뚝 하고 떨어"진다. 이것은 중년의 자기만이 이겨낸 비바람과 풍파의 경험을 땅에게 돌려주기 위해서다. 그 모습은 비록 세파에 찌들어 "다 쭈그러든 모과 하나"이지만 세상의 모든 이치와 풍파를 다 담고 있다. 이렇듯 자연은 다시 자연으로 돌아가고, 인간 또한 자연으로 돌아가는 화엄의 세계가 "쭈그러진 모과"속에 담겨있다.

---

277) 조오현 역해, 『碧巖錄』, 불교시대사, 1997, 22쪽.

어느 날 아침 게으른 세수를 하고 대야의 물을 버리기 위해 담장가로 갔
더니 때마침 풀섶에 앉았던 청개구리 한 마리가 화들짝 놀라 담장 높이
만큼이나 폴짝 뛰어오르더니 거기 담쟁이넝쿨에 살푼 앉는가 했는데
어느 사이 미끄러지듯 잎 뒤에 바짝 엎드려 숨을 할딱거리는 것을 보고
그놈 참 신기하다 참 신기하다 감탄을 연거푸 했지만 그놈 청개구리를
제(題)하여 시조 한 수를 지어 볼려고 며칠을 끙끙거렸지만 끝내 짓지
못하였습니다 그놈 청개구리 한 마리의 삶을 이 세상 그 어떤 언어로도
몇 겁(劫)을 두고 찬미할지라도 다 찬미할 수 없음을 어렴풋이나마 느
꼈습니다.

　　　　　　　－「청개구리 － 절간이야기 29」 전문(『적멸을 위하여』 64쪽)

　　위 시는 "세수를 하다가 물을 버리기 위해 담장가"로 간 화자
가 우연히 "풀섶에 앉았던 청개구리 한 마리"를 보게 된다. 그 개
구리의 행동을 자세히 관찰한 화자는 "참 신기하다 참 신기하다"
를 연거푸 감탄하고 있다. 왜냐하면 그 한 마리의 삶 속에 모든
우주가 다 들어있음을 발견했기 때문이다. 그래서 화자는 "개구
리를 제하여 시조 한 수"를 짓기 위해 "며칠을 끙끙거렸지만 끝
내 짓지 못"한다. 마치 '도를 도라고 하면 이미 도'가 아닌 것처럼
말로 형상화 할 수 없는 그 너머의 무엇을 화자는 형언할 수 없
었던 것이다. 일상의 생활에서 흔히 볼 수 있는 한갓 미물인 개
구리가 온 우주를 다 담고 있음을 깨달은 화자는 결국 한수의 시
를 내놓는다. 화자가 형언할 수 없었던 그 무엇은 바로 화엄의
세계이다. 이것을 깨달은 화자는 잔잔한 일상어로 그 세계를 펼
쳐 보이고 있다.

화엄경 펼쳐놓고 산창을 열면

이름 모를 온갖 새들 이미 다 읽었다고

이 나무 저 나무 사이로 포롱포롱 날고……

풀잎은 풀잎으로 풀벌레는 풀벌레로

크고 작은 푸나무들 크고 작은 산들 짐승들

하늘 땅 이 모든 것들 이 모든 생명들이……

하나로 어우러지고 하나로 어우러져

몸을 다 드러내고 나타내 다 보이며

저마다 머금은 빛을 서로 비춰 주나니……

— 「산창을 열면」 전문(『적멸을 위하여』 180쪽)

위 시는 우주만물이 이 세계에 다 들어 있다는 화엄의 세계를 구현하고 있다. "풀잎은 풀잎으로", "풀벌레는 풀벌레로", "크고 작은 푸나무"는 또 그렇게 모두 다 어우러져서 저마다 서로에게 "비춰 주"면서 그렇게 상생하며 살아가고 있다. 그래서 우주는 한 개의 꽃씨 속에도 있고, 대우주의 방대한 스케일이 겨자씨 속에도 있다. 그래서 우주와 자연은 '일미진중함시방(一微塵中含十方), 일체진중역여시(一切塵中亦如是)'로 서로 합일을 이루어간다. 그야말로 "산색은 그대로가 법신/물소리는 그대로가 설법"[278]인 것이다. 그래서 자연의 모든 소리와 빛깔과 움직임은 화엄세계의 실상이다.

---

278) 이것은 조오현의 시 「이 소리는 몇 근이나 됩니까」(『적멸을 위하여』 45쪽)에 나오는 것으로 당송 2대 중 9대 문장가인 소동파와 승호스님과의 일화에서 나오는 구절이다.)

천년고찰 불국사가 흐르는 바다 속에는 떠 흐르는 불국사 그림자가 얼
비치고 있었는데, 얼비치는 불국사 그림자 속에는 마니보장전(摩尼寶
藏殿) 그림자가 얼비치고 얼비치는 마니 마니보장전 그림자 속에는 법
계(法界) 허공계(虛空界) 그림자가 얼비치고 얼비치는 법계 허공계 그
림자 속에는 축생계 광명(光明) 그림자가 얼비치고 얼비치는 축생계 광
명그림자 속에는 천상계(天上界) 암흑(暗黑) 그림자가 얼비치고 얼비치
는 천상계 암흑 그림자 속에는 욕계(欲界) 미진(微塵) 그림자가 얼비치
고 얼비치는 욕계 미진 그림자 속에는 염부단금(閻浮檀金) 연잎[279]이
얼비치고 얼비치는 염부단금 연잎 그림자 속에는 인다라망(因陀羅網)
이 얼비치고 얼비치는 인다라망 그림자 속에는 천 년 세월 그림자가 얼
비치고 얼비치는 천 년 세월 그림자 속에는 석가탑(釋迦塔)이 얼비치고
얼비치는 석가탑 그림자 속에는 비련(悲戀)의 연지(蓮枝)가 얼비치고
얼비치는 비련의 연지 그림자 속에는 아사달(阿斯達) 아사녀(阿斯女)
그림자가 얼비치고 얼비치는 아사달 아사녀 그림자 속에는 그림자마다
각각 다른 그림자의 그림자가 나타나 서로 비추고 있어 그것들은 아승
지겁(阿僧祇劫)을 두고 말할지라도 다 말할 수 없는 그 모든 그림자들
을 내 그림자가 다 거두어들이고 있었습니다.

　　　　　　　　　 ―「불국사 - 절간이야기 13」 부분(『적멸을 위하여』 35쪽)

위의 시에서 화자는 천년 고찰 불국사를 참배하고 동해안으
로 발길을 돌린다. 그런데 그 곳에 불국사가 따라와서 바다 위에
흐르고 있다. 화자는 불생불멸(不生不滅), 부증불감(不增不減)
인 바다 위에서 펼쳐지는 대장관(大壯觀)을 대서사로 펼쳐 보인
다. 이것은 먼저 "마니보장전"[280]에서 "법계"와 "허공계"로 이어

---

279) 연잎은 대승불교의 대표적 상징인 처염상정(處染常淨)을 의미한다.
280) 마니보장전은 타화자재천궁(他化自在天宮)에 있는 것으로 화엄경 십지품에는 이 속

지고, "축생계" =〉 "천상계" =〉 "욕계[281]"로 점차 넓어지는 점층
법으로 그 세계를 담고 있다. 여기는 불보살들이 사는 세계로
"염부단금(閻浮壇金)"의 연잎과 "인다라망(因陀羅網)"의 보주
(寶珠)들이 장식된 곳이다. 그리고 이어지는 "천년 세월"은 신라
시대의 "석가탑"에 얽힌 "비련의 연지"에서 "아사달, 아사녀"의
슬픈 전설이 동해 바다 위 스크린에 그려진다. 결국 오랜 시간의
"아승지겁(阿僧祇劫)[282]"을 지난 이 시점에서 화자는 "내 그림자
가 다 거두어들이고 있습니다."로 대장정의 매듭을 짓는다. 위
시는 모든 만물이 "하나로 어우러지고", "서로 비춰 주"며 "얼비
치고 얼비치" 는 연상기법으로 그려지고 있다. 그 곳엔 삼라만상
의 끝없는 자연 순환이 연기(緣起)로 움직이고 있다. 그래서 위
의 시는 우주와 자연은 한 체온, 한 몸, 한 생명으로 보는 화엄사
상이 한 폭의 그림처럼 감각적필체(筆體)로 휘날리고 있다.

하늘에는 손바닥 하나 손가락은 다 문드러지고
이목구비도 없는 얼굴을 가리고서
흘리는 웃음기마저 걷어지르고 있는 거다.
　　　—「뱃사람의 말 - 무자화(無字話) 1」 전문(『적멸을 위하여』 82쪽)

"하늘"은 진리의 세계를 상징한다. 그 곳에 "손바닥 하나"가
있다. 그런데 "손가락은 다 문드러"져 있다. 이것은 우주 질서와
일체가 되기 위한 화자의 치열한 구도행의 체험이 나타나고 있
음을 보여준다. 결국 화자는 "이목구비도 없는 얼굴"이 되고 그

에서 부처가 큰 보살들과 함께 계셨다.
281) 지옥, 아귀, 추생, 수라, 인간, 천상 등이 있다.
282) 아주 긴 시간을 상징적으로 말하는 것.

것은 일체가 된 희열로 "흘리는 웃음기"를 숨기지 못한다. 하지만 우주만물과 합일이 되기 위해서는 "웃음기마저 걷어"내야만 한다. 그래서 위 시는 우주만물과 하나가 되어 화엄의 세계를 구현하고자 하는 화자의 생생한 체험이 나타나고 있다.

위에서 살펴본 바와 같이 '화엄'은 '일즉다(一卽多)', 다즉일 (多卽一)로서 하나의 사물 안에 이미 우주가 다 들어 있고, 우주가 한 사물 안에 다 들어 있음을 의미한다. 이것은 표상 너머에서 존재하는 그 무엇의 본질인 상(相)을 바라봄으로써 인간을 포함하여 하찮은 사물에도 본성은 이미 내재해 있음을 뜻한다. 그래서 이것들은 서로 의존하고, 서로 상생하며 일체법의 원리에 도달해 있다.

3) 대중교화의 '무애(無碍)'

수행자들은 자신의 내면을 통찰하여 '참나'를 발견하고자 한다. 그것은 구도의 길이며 깨달음의 궁극지이다. 깨달음에 이른 수행자는 결국 차별적인 세계를 넘어 원융무애한 대자유의 세계에 진입한다. 그래서 우주가 홀로 존재하는 것이 아니고 중중무진연기적(重重無盡緣起的)인 세계이며, 진공묘유(眞空妙有)의 세계임을 자각한다. 그 후 각자(覺者)는 다시 화광동진으로 나아간다. 그 곳에서 중생과 같이 호흡하고 중생을 교화하는 것이다. 중생교화의 으뜸은 각자가 보살행을 실천하여 중생과 하나가 되는 범아일여(梵我一如)의 세계이며 무애인 것이다.

삶의 즐거움을 모르는 놈이

죽음의 즐거움을 알겠느냐

어차피 한 마리
기는 벌레가 아니더냐

이다음 숲에서 사는
새의 먹이로 가야겠다.

— 「적멸을 위하여」 전문(『적멸을 위하여』 171쪽)

'삶' 과 '죽음'의 화두에서 시작된 위 시조는 우주의 질서 속에서 화자 자신이 "벌레"임을 말하고 있다. 이것은 인간이 대우주의 순환 고리의 한 부분으로 "벌레"와 다르지 않음을 보여준다. 그것은 인간이 벌레보다 우월한 위치에 있는 것이 아니고 "벌레"와 같은 위치에 있음이다. 그래서 화자는 "이다음 숲에서 사는 새의 먹이"가 되려고 한다. 이것은 자비의 행위이고, 중생제도를 위한 보살의 행위이다. 단순히 알을 슬어 자신의 흔적을 남기는 것보다 더 적극적인 무애행인 것이다. 이것은 화자가 오랜 수행정진에서 깨달은 중생교화의 마지막 단계인 무애행의 극지임을 말하고 있다.

그렇게 살고 있다. 그렇게들 살아가고 있다.
산은 골을 만들어 물을 흐르게 하고
나무는 겉껍질 속에 벌레들을 기르며.

— 「숲」283) 전문(『적멸을 위하여』 217쪽)

---

283) 위의 시조는 「그곳에 가면」이라는 제목 안(가을 하늘, 내 오늘, 숲)에 소제목으로 들어 있다.

앞의 시조도 「적멸을 위하여」와 마찬가지로 자연의 모든 생물은 서로 공생하며 살아가고 있다. 이것은 인위가 아니고 무위의 세계이다. 그래서 내가 네가 되고, 네가 내가 되는 우주만물의 합일로서 "그렇게 살고 있다 그렇게들 살아가고" 있는 것이다. "산은 골을 만들어 물을 흐르게"하고, "나무는 겉껍질 속에 벌레들을 기르며" 무애행을 실천하고 있다. 이것은 자연이 우주의 세계에서 시간과 공간, 그리고 세상의 이름에 얽매이지 않는 모습을 보여주고 있다. 그래서 모든 우주의 흐름 속에서 서로가 존재하고, 서로에게 무애행을 묵묵히 실천하고 있는 것이다.

1
국어사전에도 없는
뚝 떨어진 과일의 언어

그 하나 남 먼저 주워
목숨 되게 다듬었다면

무명한 내 이름에도
무슨 인세(印稅) 붙었을까.

4
없다, 없다. 목숨의 채전도
국적조차 없다

오뉴월 염천 아래

소금절이까지 하여

몽달귀 제물이 되어도

굴비는 후회가 없다.

— 「일색과후 4」 부분(『적멸을 위하여』 133쪽)

　위의 시 「일색과후 4」의 첫 번째 1행 "국어사전에도 없다"는
것은 일상의 언어가 아닌 깨달음의 언어를 의미한다. 화자는 "뚝
떨어진" 것에서 알 수 있듯이 대승고덕의 깨달음을 스스로 익혔
음을 알 수 있다. 그래서 "과일의 언어"를 깨우친 것이다. 이것은
치열한 구도에서 얻어진 것이다. 화자는 그것을 "그 하나 남 먼
저 주"는 보살도를 행하고 중생들에게 "목숨 되게" 한다. 그래서
위의 1의 시는 깨달음을 얻은 후의 걸림 없는 경지에 선 화자의
보살행이 나타나 있다. 「일색과후 4」의 네 번째 시는 「일색과후
4」의 첫 번째 시와 다른 보살도를 보여준다. 조기가 인간의 손
에 잡혀서 "소금절이"가 되고, "몽달귀 제물"이 되어도 "굴비는
후회"가 없다. 이것은 「일색과후 4」의 네 번째 시가 범부에서 각
자가 되어 가는 과정을 조기에서 굴비가 된 것에 비유하고 있다.
처음 깨달음에 들 때의 범부와 깨달음을 얻은 후의 각자의 모습
은 다르다는 것을 나타낸다. 깨달음을 얻은 후에는 대중교화의
보살도를 행해야 한다. 이것이 대승불교의 교리이다. 「일색과후
4」의 네 번째 시에서 굴비는 소신공양으로 대중을 교화하고 있
다. 결국 "굴비"는 죽음으로 대중교화의 무애행을 실천한 것이
다.

사랑은 넝쿨손입니다

철골 철근 콘크리트 담벼락

그 밑으로 흐르는

오염의 띠 죽음의 띠

시뻘건 쇳물

녹물을

빨아먹고 세상을 한꺼번에 다

끌어안고 사는 푸른 이파리입니다

잎덩굴손입니다

사랑은 말이 아니라

생명의 뿌리입니다

이름 지을 수도 모양 그릴 수도 없는

마음의

잎넝쿨손입니다

떼찔레꽃 떡잎입니다

굴참나무 떡잎입니다

　　　　　　　　　　　—「늘 하는 말」 전문(『적멸을 위하여』 163쪽)

위의 시는 "사랑"이 "푸른 이파리"로 비유되어 있다. "푸른 이파리"는 아무리 열악한 환경에서도 자연의 섭리를 따르는 묵언 수행을 보여준다. "푸른 이파리"는 인간이 자신들의 편리를 위해서 자연을 파괴하고, 오염시켜도 세상의 공기를 정화시키고 있다. 그래서 "사랑"은 "잎넝쿨손"이 되어 "죽음의 띠"를 걷어내고, "떼찔레꽃"이 되어 중생에게 향기를 선사하고, "굴참나무"가

되어 그늘을 만들어 준다. 결국 "사랑"은 모든 것을 내어 주는 것
이다. 「일색과후 4」에 나타나는 "굴비"는 죽음으로 중생을 교화
하지만, 「늘 하는 말」에서 "사랑"은 푸른 생명으로 중생들을 교
화하고 있다.

> 새떼가 날아가도 손 흔들어주고
> 사람이 지나가도 손 흔들어주고
> 남의 논일을 하면서 웃고 있는 허수아비
>
> 풍년이 드는 해나 흉년이 드는 해나
>   - 논두렁 밟고 서면 -
> 내 것이나 남의 것이나
>   - 가을 들 바라보면 -
> 가진 것 하나 없어도 나도 웃는 허수아비
>
> 사람들은 날더러 허수아비라 말하지만
> 똑바로 서서[284] 두 팔 쫙 벌리면
> 모든 것 하늘까지도 한발 안에 다 들어오는 것을
>   —「허수아비」전문(『적멸을 위하여』148쪽)

위의 시조에서 "허수아비"는 삼독(三毒)과 삼착(三着)을 끊
은 각자로 비유되어 있다. 첫째 수 초장에서 "새떼가 날아가도"
손 흔들어 주고, "사람이 지나가도" 손 흔들어 주는 "허수아비"는
그 어떠한 법에도 집착하지 않는 무념·무상의 상태에 있다. 이

---

284) '맘 다 비우고'(조오현, 『아득한 성자』, 시학, 2007, 17쪽.)

것은 '반야'에 이른 것으로 그 어떠한 상황에서도 상대를 차별하지 않고 관조하며 실상을 바르게 보는 것이다. 그곳에 이르면 '진실한 지혜'와 '진실을 보는 지혜', 그리고 '일체존재를 전체적으로 파악하는 지혜'의 힘을 얻게 된다. 그것은 무념·무분·별지에서 이루어지는 평등과 절대성을 내포하고 있기 때문이다. 그래서 "허수아비"는 "남의 논일을 하면서"도 고단함보다는 중생에게 웃음을 보시하고 있다. 이것은 무재칠시(無財七施)의 실천행으로 '무개대비(無蓋大悲)'를 의미한다. 그래서 "허수아비"는 "풍년"이 들었다고 좋아하지도 않고, "흉년"이 들었다고 슬퍼하지도 않는 언제나 그 자리에서 평상심을 유지하며, 그렇게 "가진 것 하나 없"이 마음까지 다 비우는 초탈한 삶을 살고 있다. 이런 허수아비를 화자는 자신과 동일시하고 있다. 바로 화자가 "똑바로 서서 두 팔을 짝 벌"리면, "하늘까지도 한 발 안에 다" 품어낸다고 한다. 이것은 대우주적 삶의 다른 표현이다. 그래서 화자는 자신의 삶은 원융무애하며, 대자유인이라고 말하는 듯하다.

위에서 살펴본 바와 같이 「적멸을 위하여」, 「숲」, 「일색과후 4」, 「늘 하는 말」, 「허수아비」에서 나타나는 중생교화의 '무애'는 깨달음을 얻은 각자의 보살행과 자연의 섭리에서 나타나는 보살행이 다르지 않음을 나타내고 있다.

2. 선시의 양상과 주제

선시는 달마가 중국에 선을 전수한 이래로 선을 깨달은 선승이 자신의 깨달음의 내용을 저절로 읊거나, 일상에서의 도를 선시로 나타내는 경우가 많았다. 이것이 한국에 전해져서 현대까지 이어지고 있다. 그런데 한국에서는 아직도 선시에 대한 연구가 미흡한 실정이다. 그래서 그 유형적 분류는 대만의 두송백285)에 바탕을 두고 있다. 그는 선가의 시 가운데 선사상을 시에 도입한 송고시에 주목하였다. '어록' 또는 공안, 고칙을 시의 형식으로 도입한 송고시는 깨달음을 얻은 선사가 자신의 깨달음의 경지를 표현하고자 지은 게송으로써, 시의 형식을 빌려 선의 종지를 참선하는 사람에게 가르치려는데 목적이 있다. 두송백의 선시분류 체계는 두 가지가 있는데 아래와 같다.

---

285) 이 방법에 대해 이진오는 다음과 같은 문제점들을 제기하였다. 먼저 전체적인 대분류가 원초적으로 시와 선과의 관련을 맺으면서 어느 쪽이 중심인가 하는 기준문제와 더불어 하위분류의 항목이 과연 대분류의 기준과 일치하는가에 대한 의구심이 든다는 것이다. 근본적으로 '이시만선(以詩萬禪)'과 '이선입시(以禪入詩)'라는 대분류에서 이는 시를 짓는 과정에 따른 분류라고는 볼 수 있지만 작품 그 자체의 분류로 보기에는 무리가 있다는 것이다. 이른바 선과 시가 완전히 융합된 것을 가장 훌륭한 선시로 본다면, 이렇듯 각각 한쪽을 중심으로 하는 작품분류는 오히려 선시의 본령을 해치는 일이 될 수 있다는 것이다. 그런가 하면 하위분류의 기준 역시 주제나 소재 창작기준 등이 뒤섞여 일정치 못하다는 것이다. 이를테면 시법시, 오도시 등은 창작의 계기에 따른 분류이며, 선사시, 선전시는 소재에 따른 분류이며, 선기시, 선취시 등은 주제에 따른 분류여서, 분류체계의 일관성과 정연성이 부족하다는 지적이다. 이를테면 '선리시'의 경우에 있어 '시가 중심인가, 선이 중심인가'하는 것인데 이는 짓기에 따라 시가 주가 될 수도 있고 선이 주가 될 수도 있다는 것이다. 시를 짓는데 선리를 약간 원용했다면 시가 중심일 것이고, 선리를 나타내기 위해 시를 원용했다면 선이 중심이 된다는 것이다. 그 외에도 "시법시와 선기시는 왜 선시와 다른 계통이 되어야 하는지 등 여러 문제에 대해서도 이해하기 어렵다는 의문을 제기하였다."(이진오, 『한국불교문학의 연구』, 민족사, 1997, 46-47쪽.)

이시만선(以詩萬禪) : (1) 시법시[286] (2) 개오시[287] (3) 송고시[288]

(4) 선기시

이선입시(以禪入詩) : (1) 선리시 (2) 선전시 (3) 선적시 (4) 선취시

이것을 바탕으로 이종찬은 선시를 '선의 시적 원용과 '시의 선적 함축'의 두 가지로 그 유형을 나누고, 선의 시적 원용과 시의 선적 함축으로 이분하였다.

선의 시적 원용 : (1) 시법시 (2) 오도시 (3) 염송시 (4) 선기시
시의 선적 함축 : (1) 선리시 (2) 선사시 (3) 선취시

인권환은 "불교 시문학이란 '주로 고승이나 지식인들의 차원 높은 시문학을 지칭하는 것으로서 여기에는 선승 등의 오도시나 열반시 또는 자연시, 생활시 등과 일반 불교인들의 불교시가 모두 포함되는 작자가 분명한 창작시들'이며 선시는 '이상과 같은

---

286) 시법시:조사들이 대중을 제도함에 있어 말로 표현할 수 없고 또 표현되어서도 안 되는 선의 묘체를 , 부득불 시의 형식을 빌려 표현한 것을 말한다. 시법시는 시로서 구비되어야 할 예술적 미적 가치보다는 그 내용의 교의적인 깊이에만 충실하려는 경향이 짙다. (이종찬,『한국선시의 이론과 실제』, 이화문화출판사, 2001, 92~120쪽.)

287) 개오시:선승들은 오래도록 고심하면서 연구하다가 불시에 크게 깨달음을 얻어 해탈의 경지에 이르러 불성을 깨닫는 것이다. 개오시야말로 선시의 본질을 지니고 있다고 할 수 있다. (이종찬, 「고려선시연구」, 한양대학교 박사학위논문, 1984. 74쪽.),

288) 송고시:『벽암록』에서는 "대체로 송고는 우회적으로 선을 말하는 것이라고 하여 송고시의 핵심은 선을 설하는데 있다고 하였다. 송고시는 공안과 관련이 있는데 공안이란 역대 선조사들의 성불의 과정을 말하는 것으로, 선가에서는 선수행의 방편으로 공안을 사용한다. 주로 옛 선사들 간이나 또는 선사와 그 제자들 간에 오고 간 깨달음을 주기 위한 선문답을 말한다. 공안집에는 공안을 수록한 외에도 공안에 대한 평창·저어(著語)·송 등의 비판·견해·주석이 붙어 있다. 이 중에서 시적인 표현으로 되어 있는 것이 바로 송고시에 해당된다. 그러므로 이러한 공안집들은 그 자체가 선시의 보고라고 할 수 있다. 이와 같이 송고시는 공안이라고 하는 이미 상징화된 표현 자체를 다시 시의 형식을 빌어 함축적이며 상징적인 수법으로 상징화했다는 점에 특징이 있다.(석지현,『선으로 가는 길』, 일지사, 1988, 244~447쪽.)

불교시의 한 영역으로 선사 승려들의 선적인 자각을 바탕으로
한 시만의 명칭'이라 정의하였다.”[289]

　　선시는 내용면 : (1)오도시, (2)사세시, (3)선기시, (4)선취시, (5)선리시,
　　　　　　　 (6)염송시
　　혜심의 시 분석 : (1) 선리시, (2) 선취시, (3) 사회시, (4) 인정시

　　석지현은 형식과 내용에 따라 '성격별, 집단별, 내용별'의 세
부분으로 분류한 뒤, 성격적 분류로써 다음의 4가지를 제시하였다.

　　성격적 분류 : (1) 의선시, (2) 반선시, (3) 선시, (4) 격외선시[290]

　　이상은 현대 선시 양상의 선행연구들이다. 이 연구들은 두송
백의 선시분류법과 유사함을 알 수 있다.

---

289)『한국불교문학의 연구』에서 먼저 국문학에 있어 불교문학의 영역에 포함될 수 있는
　　것들을 13가지(1) 불전 번역문학. (2) 불전 주석 문학. (3) 불교수필문학(불교수필, 서
　　간문, 일기문, 불교명상록, 불교수상록). (4) 불교 비평문학. (5) 불교 소설문학(불전 설
　　화계 소설, 창작 불교소설). (6) 불교 시문학(선시, 찬신, 게송, 가송, 일반 불교시). (7)
　　불교 가요문학(가요, 가사, 화청). (8) 불교 전기문학(고승 전기, 불타 전기, 행장). (9)
　　불교 기행문학(국내 기행, 국외 기행), (10) 불교 민요. (11) 불교설화문학:불교 민담(불
　　교 소화, 불교 동화, 불교 야담), 불교전설(사찰ㆍ불상ㆍ불구의 연기설화, 불교사화, 불
　　교인물전설), 불교신화. (12) 불교 금석문학(비문, 종명, 기타 금석문). (13) 불교 희곡문
　　학.]로 분류한 후 선시를 불교시문학의 한 영역으로 구분하였다.「선사상의 시적 전개」
　　란 장에서 혜심의 시를 분석하며, 1. 선리시: 선사상의 원리나 이치를 시로써 나타낸 것,
　　또 선적 깨달음의 정신적 경지를 시를 통하여 표현한 시. 2. 선취시: 자연과 삶을 노래
　　함에 있어 그 바탕에 선적 자각이 투영되어 있는 시. 3. 사회시:선관을 통하여 현실인
　　식이 드러난 시. 4. 인정시: 만남과 헤어짐, 삶과 죽음, 기다림과 그리움 등의 정이 드러
　　난 시.
290) 석지현은『선시감상사전』에서 ①. 의선시: 선시를 모방하여 쓴 시로 현대 시인들이 쓰
　　고 있는 '모방선시' ②반선시: 불완전한 선시로서 고려와 조선시대의 시승들의 시. ③선
　　시: 당송의 선시시인과 선승들의 시. ④격외선시: 완벽한 깨달음을 얻은 각자들의 시.(석
　　지현,『선으로 가는 길』, 일지사, 1988, 244∼447쪽.),

그런데 조오현의 선시는 주제에 따른 분류로 위의 선행연구를 따르지 않고, 독특하고 간결한 방법으로 본인이 분류하였다. 그 근거가 되는 것이 『만악가타집』[291]에 나타난다. 이 시집에서 그는 본인의 선시를 선취조, 선기조, 우범조로 명명했다. 그리고 「절간이야기」의 산문형식[292]의 선시를 선화조라고 이름 붙였다. 이것은 우리나라에서 현대선시의 분류 체계가 아직 정립되어 있지 않은 상황에서 볼 때 그의 선시분류법은 현대선시연구의 또 다른 확장이라고 볼 수 있다. 그래서 이 절에서는 조오현의 선시의 양상과 주제를 바탕으로 그의 선시를 살펴보고자 한다.

1) '견성오도(見性悟道)'의 선기시(禪機調)

'선기'의 뜻은 선사로서 선수행을 통한 자성의 깨달음에 이르는 관문을 말한다. 선기시의 개념은 "선사들의 시가 종교적인 포교 목적을 떠나 순수한 시 자체로 존재하면서도 선적 함축성을 내포한 선시"[293]를 일컫는다. 이는 선사의 입장에서 바라보는 선적인 혜안을 시형식에 담고 있음을 의미한다.

> 입을 열면 다 죽는 것 열지 않아도 다 죽는 것
>
> 언제 어디로 가나 따라다니는 의단(疑端) 덩어리
>
> 이제는 깨뜨려버려라 말할 때가 되었다
>
> ─「만인고칙 1 ─ 보수개당(寶壽開堂)[294]」 전문(『적멸을 위하여』112쪽)

---

291) 시집의 목차에 제1장 선취조, 제2장 선기조 제3장 우범조로 정리되어 있다.
292) 이지엽은 사설시조, 이승훈은 실험시, 이문재는 산문시 등으로 명명하고 있다.
293) 이종찬, 『한국선시의 이론과 실제』, 이화문화출판사, 2001, 92~120쪽.

만인고칙은 모든 사람의 모범이 되고, 귀감이 되며, 전형으로서 불가에 전승되는 전통적인 공안이다. 이것은 참선을 하는 수행자에게 궤범이 되는 고인(古人) 불조(佛祖)들의 언행을 법칙에 비유한 것이다. 선수행자가 수행을 할 때는 화두를 들고 '이 무엇인고?'를 늘 마음에 담고 수행정진을 해야 한다. 그렇게 정신을 집중해야만 걸림 없는 정신의 자유를 얻게 된다. 그런데 수행을 하고 있는데 "의단 덩어리"가 마음속에 자리 잡고 있으면 번뇌와 망상이 마음을 어지럽힌다. 그래서 화자는 "이제는 깨뜨려 버려라"라고 말한다. 의단덩어리에서 벗어나게 되는 순간 "말할 때가 되"는 것이다. 그러면 초장에서 "입을 열면 다 죽는 것 열지 않아도 다 죽는 것"에서 벗어나는 것이다.

건져도 건져내어도 그물은 비어 있고

무수한 중생들이 빠져 죽은 장경(藏經) 바다

돛 내린 그 뱃머리에 졸고 앉은 사공이여

— 「만인고칙 3 — 암두도자(巖頭渡子)295)」 전문(『적멸을 위하여』 114쪽)

294) 『선문염송 1164』의 '보수개당'에 다음과 같은 기록이 있다. 법안문익(法眼文益)이 제자들에게 말하였다. 보수가 개당하는 날 삼성(三聖)이 스님 하나를 밀어내거늘 선사가 때렸다. 삼성이 말하기를 '그렇게 사람을 대해서야 그 스님만 눈멀게 할 뿐 아니라 진주성 사람을 온통 눈멀게 할 것이다.'라 하니, 선사가 자리에서 내려왔다. 범안이 말하기를 '어디가 남의 눈을 멀게 한 것인가?'하였다. 범안은 당나라 말년 선교불이(禪敎不二)의 입장을 주장한 법안종의 개조로 유명한 대선사다. (권영민 편, 앞의 책, 112쪽.)

295) 『선문염송 830』의 '암두도자(巖頭渡子)'에 다음과 같은 기록이 있다. 암두전활(巖頭全奯)이 한양에서 뱃사공 노릇을 할 때 양쪽에 목판 하나씩을 세워놓고, '강을 건너려는 이는 이 목판을 쳐라'고 써놓았다. 어느 날 한 노파가 아기를 안고 와서 강을 건너고자 목판을 치기에 선사가 초막에서 돛대로 춤을 추면서 나오자, 노파가 묻되, '노를 받치고 돛대로 춤추는 것은 그만두고 말해보시오. 이 노파의 손에 있는 아기는 어디서 왔는가?' 하니, 선사가 노로 때리니, 노파가 말하되, '내가 일곱 아이를 낳아 여섯은 소리 아는 이[知音]를 만나지 못했는데, 이것 하나도 얻지 못했구나.'하며 물에다 던져 버렸다. 암두전활은 당나라 때의 선승으로 유명하다. (권영민 편, 앞의 책, 114쪽.)

위 시조에서 그물을 던지는 행위는 깨달음을 얻고자하는 수행자의 바람을 비유한 것이다. 그런데 "건져도 건져내어도 그물은 비어있"는 것은 수행의 방법이 정법에 맞지 않음을 말하고 있다. 그래서 "무수한 중생들이 빠져 죽은 장경 바다"가 된다. 선가에서 바다는 깨달음의 세계를 말한다. 깨달음은 "장경"보다 '화두참구'를 통해서 '참나'를 찾는 것이다. 그래서 "장경바다"에서 벗어나야만 한다. 그러면 "돛 내린 그 뱃머리에 졸고 앉은 사공"이 된다. 여기서 사공은 깨달음을 얻은 자를 의미한다.

하늘에는 낙뢰소리 땅에는 낙반소리
한 장 거적때기로 덮어놓은 시방세계
그 소리 다 갖고 살아라 그냥 숨어 살아라.
　　—「만인고칙 6 — 북두장신(北斗藏身)296)」전문(『적멸을 위하여』117쪽)

위의 시조는 운문화상과 제자의 문답을 용사한 것이다. 제자가 운문화상에게 법신을 뚫는 언구(言句)에 대해서 물었다. 화상은 '북두 속에 몸을 감추었느니라'라고 대답한다. 초장 "하늘에는 낙뢰소리 땅에는 낙반소리"에서 알 수 있듯이 "하늘"은 성의 세계이고, "땅"은 속의 세계이다. 성의 세계에는 벼락이 떨어지고, 속의 세계에는 암석이 떨어졌다. 어지러운 "시방세계"이다. 이 세계를 화자는 "한 장 거적때기로 덮어놓"고, "그 소리 다 갖고 살아라"고 당부한다. 이것은 세상이 아무리 어지러워도 자

296) 『선문염송 1016』의 '북두장신'에 다음과 같은 기록이 있다. 어떤 스님이 운문문언(雲門文偃)에게 묻되, '어떤 것이 법신(法身)을 꿰뚫는 구절입니까?'하니, 운문선사가 대답하기를 '북두에 몸을 숨기느니라' 하였다. 운문문언은 당나라 말기의 5대 선사로 손꼽히는 명승으로 운문산에서 은거하여 수도하였다. (권영민 편, 앞의 책, 117쪽.)

신의 본분인 수행에 정진하라는 뜻이다. 화자는 다시 한 번 당부한다. "그냥 숨어 살아"라고. 그렇게 해야 깨달음을 얻게 되고, 법신의 언구를 얻게 된다는 것을 일깨워주고 있다.

> 다스리는 세상은 아무래도 멍에! 멍에!
> 노주 없는 소전거리 코를 꿰매놓고
> 다 같은 소의 몸으로 목숨에도 값을 매겼네
> ─「만인고칙 7─현사과환(玄沙過患)297)」전문(『적멸을 위하여』118쪽)

현사과환은 선종의 화두이다. 위 시조는 현사화상과 경청화상의 문답을 용사했다.

"다스리는 세상은 아무래도 멍에! 멍에!"는 화두를 들고 수행하는 수행자는 정법을 제대로 알지 못하면 깨달음에 들지 못하므로 모두 멍에를 짊어진 것과 같다. 그래서 화자는 "멍에! 멍에!"라고 반복해서 강조하고 있다. 중장에서 "노주 없는 소전거리 코를 꿰매놓고"는 "노주"가 없는데 어떻게 "코를 꿰매놓"을 수 있는지 알 수 없다. 이것은 초장에서 말하는 질문자와 중장에서 그것에 대해 답하는 자의 선문답이다. 그래서 질문자나 답하는 자가 "다 같은 소의 몸"이다. 소는 선가에서 '인간의 본래 마음자리'이다. 이 마음자리를 찾았다는 것은 목숨이 있는 것이고,

---

297) 『선문염송 982』의 '현사과환'에 다음과 같은 기록이 있다. 현사사비(玄沙師備)가 경청도부(鏡淸道怤)에게 물었다. '경(經)에 말씀하시기를 한 법도 보지 않는 것이 큰 허물이라 하니, 그대 말해보라. 어떤 법을 보지 않았는가? 경청이 이에 돌기둥을 가리키며 답하기를 '저것을 보지 않는 것이 아니겠습니까? 하니, 현사선사가 말하되, '절중(折中)에서 나는 맑은 물과 흰쌀은 그대 마음대로 먹을 수 있지만, 불법은 알지 못했도다. 하리라.'하였다. 현사사비와 경청도부는 모두 당나라 때의 선승으로 유명하다.(권영민 편, 앞의 책, 118쪽.)

이것을 찾지 못했다면 목숨이 다한 것이다. 그래서 "목숨에도 값을 매"기고 있다. 이것은 수행자의 수행정도를 구체적으로 말하고 있다.

오직 저 하늘의 새벽별만 아는 일이다
하룻밤에 만 번 죽고 만 번 사는 그 이치를
하룻밤 그 사이에 절여놓은 이 산천을
  ─「만인고칙 8─명성견성(明星見性)」전문(『적멸을 위하여』 119쪽)

명성은 태양이 뜨기 전에 어둠을 없애는 새벽별이다. 석가는 이 별을 보고 깨달음을 얻었다. 밝음으로 무명을 깨친 것이다. 무명은 밝지 못한 것이고, 어리석은 것이고, 분별심을 말하는 것이다. 이것을 명성으로 밝혔으니 견성하게 되는 것은 자명한 이치이다. 그것을 얻기 위해서 수행자는 "하룻밤에 만 번"이나 명성과 무명을 왔다갔다 한다. 치열한 구도의 길을 화자는 "하룻밤에 만 번 죽고 만 번 사는" 것이라 말한다. 이 치열한 구도의 시간에 산천도 저절로 "절여"질 수밖에 없다.

털갈이 길짐승 또는 날짐승이었다면
까마귀밥나무 또는 나무귀신 같은 부처여
그냥은 앉을 횃대도 죽을 목숨도 없구나
  ─「만인고칙 10─금우반통(金牛飯桶)」전문(『적멸을 위하여』 121쪽)

위의 시조는 금우화상의 행동에 대해서 장경화상과 수행자의 문답을 용사한 것이다. 금우화상은 식사시간만 되면 밥통을 들고 춤을 춘다. 그것을 어떤 수행자가 장경(長慶)화상에게 그 이유를 물었다. 장경화상은 금우화상이 춤을 추는 것은 식사 전에 예를 올리는 것이라고 대답한다. 이것은 음식에 대한 고마움과 소중함을 깨우쳐 주기 위한 것이다. 화자는 초장에서 "털갈이 길짐승"과 "날짐승"들은 먹이를 구하기 위해서 목숨을 거는 위험을 감수하는데 가만히 앉아서 공양을 받는 사람들을 "나무귀신 같은 부처"라고 말한다. 나무부처가 되면 "앉을 횟대도", "죽을 목숨도" 없다는 것이다. 그래서 음식을 대할 때는 수행을 하는 것과 똑같이 정정진하는 마음을 내어야 한다. 그래서 고승들은 음식을 대할 때 공양게298)를 읊었다. 이것은 불가에서 현재까지도 전해지고 있다.

철옹성의 빗장보다 굳게 닫힌

관문(關門)

관문

관문

무슨 포교처럼 지나가는 사람들을

그 모두 다 불러 놓고 점검하는 고함소리

— 「만인고칙 12—흠산삼관(欽山三關)」 전문(『적멸을 위하여』 113쪽)

위의 시조는 『벽암록』 제56칙 '흠산일촉파삼관(欽山一鏃破

---

298) 〈오관게〉 이 음식에 깃든 동덕을 생각하면// 덕행이 부족한 나는 받기가 송구하네// 욕심껏 맛있는 것만 먹으려 하지 않고// 오직 건강을 지키기 위한 약으로 알고// 마침내 도를 얻기 위해 음식을 먹노라//(신경림 · 조오현, 앞의 책, 116쪽.). *길상사 공양게(이 음식이 어디서 왔는고 내 덕행으로는 받기가 부끄럽네. 마음의 온갖 욕심 버리고 몸을 지탱하는 약으로 알아 도업을 이루고자 이 공양을 받습니다. 법정스님 번역), 정토회 공양게(이 음식이 내 앞에 이르기까지 수고하신 많은 분들과 뭇 생명의 은혜를 생각하며 감사히 먹겠습니다.). *불광사 공양게(한 방울의 풀에도 천지의 은혜가 스며 있고, 한 알의 곡식에도 만인의 노고가 담겨 있습니다. 이 음식으로 주림을 달래고 몸과 마음을 바로 하여 사부대중을 위하여 봉사하겠습니다. 광덕스님 번역) 등이 있다.

三關)²⁹⁹⁾'으로 '흠산(欽山)'화상과 거양이라는 선객의 문답에서 흠산이 거양의 수행방법을 바로 가르쳐 깨달음에 들게 하는 방편을 용사한 것이다. 초장 "철옹성의 빗장보다 굳게 닫힌" 것은 깨달음의 길이 "굳게 닫혀" 있어서 2행, 3행, 4행의 "관문"을 통과해야 한다. 이 "관문"은 수행의 통과의례로 조사의 관문을 의미한다. 조사의 관문은 험준하고 까다롭다. 그런데 5행 "무슨 포교처럼 지나가는 사람들"에서 수행자들의 치열하지 못한 태도에 조사는 "그 모두 다 불러 놓고 점검하는 고함소리"로 수행자들의 공부를 점검하고 있다. 결국 이 관문을 통과할 수 있는지 없는지를 결정하는 것이다.

이상에서 살펴 본 「만인고칙」 연작 17편 이외에도 조오현의 선기시는 「무산심우도 1~10」, 「달마 1~10」, 「무자화 1~6」, 「일색변 1~8」, 「해제초 1~3」, 「착어」, 「몰살량의 서설」, 「별경(別景)」 등의 작품이 있다. 이 중 「만인고칙」 연작이 수작으로 평가되고 있다. '만인고칙'은 제목에서 알 수 있듯이 시의 화자는 불법의 진리를 설하는 스님이고 청자는 법당의 제자와 대중들이다. 법당의 제자들은 스님의 설에서 견성하여 오도에 이르는 것이 목적이고, 대중들은 스님의 설에 삶의 지혜를 얻어 무명에서 벗어나는 것이 목적이다. 조오현의 선기시는 수행의 과정이 얼마나 삼엄한 지를 표현하고 있다.

---

299) 거양(巨良)이라는 선객이 흠산 화상에게 물었다. "화살 한 개로 세 개의 관문을 통과했을 때는 어떠합니까?" "그 관문 속의 주인을 꺼내와 보아라. 구경 좀 하자." "잘못을 알았으니 반드시 고치겠습니다." "어느 때를 기다려야 하는가?" "화살은 잘 쏘셨는데 맞추지 못했습니다." 선객은 이 말을 하고 나가려고 했다. 이에 흠산이 그를 불렀다. 그가 돌아보자 흠산은 그의 멱살을 움켜잡고 말했다. "한 개의 화살로 세 개의 관문을 통과하는 것은 그만 두고 흠산에게 화살을 쏘아 보라." 거양이 말을 할 듯 말 듯 망설이자 화상은 그에게 일곱 방망이를 치면서 말했다. "너는 한 삼십년쯤 공부해야 알 것이다.(조오현 역해, 『벽암록』, 불교시대사, 2005, 197쪽)

2) '자연경계(自然境界)'의 선취시(禪趣詩)

'자연경계(自然境界)'의 선취시(禪趣詩)는 선시에서 가장 시적인 승화가 우수한 시이다. 그래서 자연의 아름다움을 서정적으로 읊으면서 그 속에 선적인 깨달음이 잔잔하게 스며있다. 또한 "일상 논리를 초월하는 시어를 통해 선의 특징인 정려의 고요함을 방편적으로 구사한 시"[300]이기도 하다.

그래서 조오현의 선취시는 선승으로서 시를 썼다기 보다는 시인의 입장에서 바라본 혜안을 선적 분위기로 그려냈다고 볼 수 있다. 그의 선취시는 시적 공간에 따라 분류해 보면 다음과 같다. 먼저, 출세간에서 수행의 과정에서 일어나는 내면의 세계가 있는가 하면, 세간에서의 안타까움이 있고, 자연에서 얻어지는 진리의 세계가 있는가 하면, 산사에서의 적요함이 있다. 그리고 치열한 자기 성찰에서 나타나는 삶의 태도 등이 선취시의 중심 공간[301]이다. 그래서 이 절에서는 자연에서 얻어지는 선의 향취가 물씬 풍기는 시조를 중심으로 살펴보기로 하겠다.[302]

비슬산 굽잇길을 스님 돌아가는 걸까

나무들 세월 벗고 구름 비껴 섰는 골을

푸드득 하늘 가르며 까투리가 나는 걸까.

거문고 줄 아니어도 밟고 가면 운(韻) 들릴까

---

300) 이종찬, 『한국선시의 이론과 실제』, 이화문화출판사, 2001, 92-120쪽.

301) 이 분류는 부록 〈표1-1〉 ~ 〈표1-6〉 참조.

302) 왜냐하면 출세간에서 수행의 과정에서 일어나는 내면의 세계와 세간에서의 안타까움 등은 III장에서 이미 다루었기 때문에 여기서는 자연에서 얻어지는 선취시를 다루도록 하겠다.

끊일 듯 이어진 길 이어질 듯 끊인 연(緣)을
싸락눈 매운 향기가 옷자락에 지는 걸까.

절은 또 먹물 입고 눈을 감고 앉았을까
만첩첩(萬疊疊) 두루 적막(寂寞) 비워둬도 좋을 것을
지금쯤 멧새 한 마리 깃 떨구고 가는 걸까.
　　　　　　— 「비슬산(琵瑟山) 가는 길303)」 전문(『적멸을 위하여』 143쪽)

　　화자는 지금 "비슬산 굽잇길"을 돌아가고 있다. 비파소리 들
릴 듯 아름다운 산에는 "세월 벗고" 서 있는 오래된 고목도 있고,
구름도 흐르고 있다. 한 폭의 산수화가 그려지는 이 골짜기에서
화자는 정경에 빠져들고 있다. 시간을 초월한 자연의 세계는 화
자를 고요히 자신의 내면으로 여행시킨다. 그 때 "까투리"가 "푸
드득" 날아서 화자의 생각 고리를 잠시 끊어 놓는다. 자신도 자
연의 일부임을 화자에게 일깨우기라도 하듯이 날고 있다.

밤늦도록 불경을 보다가
밤하늘을 바라보다가

먼 바다 울음소리를
홀로 듣노라면

천경(千經) 그 만론(萬論)이 모두
바람에 이는 파도란다
　　　　　　　　　— 「파도」 전문(『적멸을 위하여』 183쪽)

---

303) 대구시 달성군 유가사 경내에 시비가 있다.

화자는 "밤늦도록 불경"을 보면서 공부를 하다가 우연히 "밤
하늘을 바라"본다. 그 때 "먼 바다 울음소리"를 "홀로 듣"는다.
그 소리는 "천경(千經)"과 "만론(萬論)"으로 "모두 바람에 이는
파도"이다. 파도가 이는 바다는 모든 것을 받아내는 '불증불감
(不增不減)'의 장소이다. 절대적 깨달음의 세계를 나타내는 '바
다'에서 들리는 소리에서 자연과 내가 하나가 된다.

　　뜨락도 자대인 양
　　꽃피워 환한 둘레

　　고여 넘치는
　　푸르름을 거느리고

　　하늘 끝 치솟아 올라
　　날라갈 듯한 대웅전.

　　가시덤불 헤치고서
　　산문 밖 길 트일 때

　　서역도 부연 끝이라
　　말로선 다 못하여

　　다락엔 범종을 달고
　　새겨놓은 그 주련.

손 모아 쌓아 올린
둥글한 불탑 위로

타오른 향연 줄기
번뇌를 사루나니

그 발원 도량을 넘어
일깨우는 큰 목탁!

— 「범어사 정경」전문(『적멸을 위하여』212~213쪽)

화자는 "뜨락"→"대웅전"→"산문 밖" 으로 발길을 옮기며 범
어사의 정경을 묘사하고 있다. 뜨락에는 부처를 앉히는 자대마
냥 꽃들이 만발하고, 부처님이 모셔진 대웅전은 하늘 끝에 치솟
아 있다. 그 곳은 고요한 선정에 들어 있고 화자는 산문 밖을 나
오며 달마가 서쪽에서 온 선가의 '화두'가 대웅전의 서까래 끝에
달려있음을 깨닫는다. 이것은 "말로 선 다 못"하는 범어사 정경
이다. 밖에서 보는 범어사의 정경은 안에서 보는 것과 또 다른
세계이다. "다락엔 범종"이 달려 있고, 기둥에 새겨진 "주련"을
자연이 읽고 있다. 그 글귀로 화자는 "타오른 향연 줄기 번뇌를
사루"는 순간 "큰 목탁!"소리에 화들짝 깨어난다. 그 목탁소리는
자연과 화자를 동시에 일깨우고 있다. 범어사 "뜨락"에서 시작
된 화자의 성찰은 결국 격외의 세계에서 화자와 자연을 하나로
연결하고 있다.

하늘빛 들이비치는 고향당 누마루에

대오리로 엮어 만든 발을 드리우니

오늘 이 하루도 그냥 어른어른거린다.

비스듬히 걸린 벽화, 신선도 한 폭

늙은 사공은 노도(櫓棹)를 놓고 어주(魚舟)와 같이 흐르고

나는 또 어느 사이에 낙조가 되었다.

— 「고향당 하루」 전문(『적멸을 위하여』 173쪽)

화자는 "고향당 누마루"에 "발을 드리우"고 앉았다. 그런데
언제부터인가 "어른어른거리"는 증상이 "오늘 이 하루도" 계속
된다. 그 상황에서 본 "신선도 한 폭"은 비스듬하게 보인다. 그
그림 속 "늙은 사공"도 화자처럼 어른거려서 인지 "노도(櫓棹)를
놓고 어주(魚舟)와 같이 흐르고"있다. 화자 또한 어른거리는 삶
속에 "어느 사이에 낙조"가 되어 그림 속의 "늙은 사공"과 마찬가
지로 바다 위를 붉게 물들이며 삶을 관조하고 있다.

해장사 해장스님께

산일 안부 물었더니

어제는 서별당 연못에

들오리가 놀다 가고

오늘은 산수유 그림자만

잠겨 있다. 하십니다.

— 「산일(山日) 2」 전문(『적멸을 위하여』 175쪽)

화자가 "해장스님께 산일 안부"를 묻는다. 이 물음의 속뜻은 '스님! 요즘 수행 하시는데 어느 정도 진전이 있으십니까?'이다. 이 물음에 "해장스님"은 화자에게 "어제는 서별당 연못에 물오리304)가 놀다 가고 / 오늘은 산수유 그림자만 잠겨 있다." 고 동문서답을 한다. "물오리"는『벽암록』에 나오는 마조(馬祖)선사의 화두 '백장야압자(百丈野鴨子)'에 등장하는 것으로 덧없는 현상계의 실체를 상징하고 있다. 그래서 "물오리가 놀다 가고"에서 "해장스님"은 미혹의 집착에서 오는 망상을 모두 끊어버리는 화두를 들고 수행하고 있음을 알 수 있다. 그리고 "산수유 그림자"가 잠긴 것에서 알 수 있듯이 이것은 일상생활의 한 단면이다. 그래서 화자와 "해장스님"의 선문답은 화두를 들고 수행을 하는 것이나 일상에서 일어나는 밥 먹고, 일 하고, 자고, 일어나는 일련의 모든 것들이 수행의 한 과정임을 말하고 있다. "해장스님"은 수행의 정도는 특별한 것이 없는 것으로 화두를 들고 깨달음에 드는 것과 일상에서 일어나는 모든 일들 또한 깨달음에 드는 것임을 화자와의 선문답을 통해서 서로 공감하고 있다.

    나이는 열두 살
    이름은 행자

    한나절은 디딜방아 찧고

---

304) 마조 화상이 어느 날 백장과 길을 가다가 들오리가 날아오르는 것을 보았다. 화상이 백장에게 물었다. "저것이 무엇이냐?", "들오리입니다.", "어디로 갔느냐?", "저쪽으로 갔습니다."그 순간 마조 화상은 백장의 코를 비틀었다. 백장은 아픔을 참지 못하고 비명을 질렀다. 이때 마조하상이 백장에게 말했다. "가긴 어디로 날아갔단 말이냐!"(조오현 역해, 『벽암록』, 불교시대사, 1997, 186~187쪽.)

반나절은 장작 패고……

때때로 숲에 숨었을
새 울음소리 듣는 일이었다

그로부터 10년 20년
40년이 지난 오늘

산에 살면서
산도 못 보고

새 울음소리는커녕
내 울음도 못 듣는다.

— 「일색과후」305) 전문(『적멸을 위하여』 166쪽)

화자는 "열두 살"에 "행자"가 되어서 절간 일을 시작한다. 그
때는 "숲"에 사는 "새 울음소리"도 들어야 하고 자신의 깊은 내면
의 소리도 들어야 하는 시기이다. "그로부터 10년 20년 40년이
지난 오늘"은 "산"에 살면서 "산"도 못 보고 "새 울음소리는커녕
내 울음도 못 듣"는 경지에 이른다. 이것은 화자가 이미 오랜 산
속 생활에서 얻은 초월의 세계를 말하고 있다. 그것은 모든 것의
분별지를 없애는 것이다. 그래서 화자는 "새 울음소리"와 "내 울
음"를 못 듣고, 그 너머의 세계에서 하나가 된다.

305) 모든 대립을 초월하고 차별을 떠난 일체 평등의 궁극의 세계. 한 뿌리는 풀. 한 송이의
꽃 등 무엇을 보아도 중도(중도)의 이치를 나타내지 않은 것이 없으며 무엇을 보아도 부
처가 아닌 것이 없다. 여기서 깨달음까지도 버린 세계를 말한다.(권영민 편, 앞의 책,
130쪽) (이 시는 조오현의 생애와 관련된 시이다. 그래서 III장에서도 다루어져 있다.)

나이는 뉘엿뉘엿한 해가 되었고

생각도 구부러진 등골뼈로 다 드러났으니

오늘은 젖비듬히 선 등걸을 짚어본다.

그제는 한천사 한천스님을 찾아가서

무슨 재미로 사느냐고 물어보았다

말로는 말 다할 수 없으니 운판306) 한 판 쳐보라, 했다.

이제는 정말이지 산에 사는 날에

하루는 풀벌레로 울고 하루는 풀꽃으로 웃고

그리고 흐름을 다한 흐름이나 볼 일이다.

　　　　　　　　—「산에 사는 날에」 전문(『적멸을 위하여』 178쪽)

　　위의 시는 화자가 산에 사는 날을 잔잔하게 묘사하고 있다.
첫 수의 초장 "나이는 뉘엿뉘엿한 해가 되었"음에 화자가 산에서
산 세월이 많이 흘렀음을 암시하고 있다. 그래서 "생각도 구부러
진 등골뼈로 다 드러"날 정도가 되었다. 그래서 "오늘"은 뒤로 자
빠질 듯 비스듬하게 선 "등걸"을 짚어 본다. 화자는 그 "등걸"에
서 치열한 구도의 삶보다 자신의 내면을 성찰하는 시간과 연결
하고 있다. "그제는 한천사 한천스님을 찾아가서 무슨 재미로 사
느냐고 물"어 본다. 그러자 한천스님은 불교의식에 사용되는 불
구(佛具)의 하나인 "운판 한 판 쳐보라"고 한다. 화자와 한천스
님은 선문답을 하고 있다. 한천스님은 화자에게 자신의 생활을

---

306) 불전사물(佛殿四物)에는 범종·법고·목어·운판 등이 있다. 이것은 불음(不音)을
　　전하는 데에 사용된다. 운판은 대판(大版)이라고도 한다.

한 번 되돌아보라는 의미로 "운판"을 "쳐보라"고 했을 것이다. 그래서 화자는 "하루는 풀벌레로 울고 하루는 풀꽃으로 웃"는 자연과 하나 되는 그런 삶에 방점을 찍고 있다.

위에서 살펴본 바와 같이 조오현의 선취시에는 서정시의 장르적 특성이 나타나고 있다. 먼저 자연과 자신이 하나가 되는 동일화의 원리가 나타나고, 선문답으로 순간과 압축성이 나타나고 있다.

3) '중생구제(衆生救濟)'의 우범시(又凡詩)

우범시(又凡詩)는 선의 깨달음을 원용한 일종의 현실참여시라고 볼 수 있다. 그것은 시 속에 숨 쉬는 중생의 삶과 역사의 현장에 있기 때문이다. 이것은 깨달음을 얻은 후에 다시 '화광동진(和光同塵)'으로 나아가는 것과 크게 다르지 않다. 그래서 '중생구제(衆生救濟)'의 실천의 장이 되고 있다. 제목에서 드러나는 '방문(榜文)'은 조오현의 제도적 의식이 드러나고 있다. 이 절에서는 「1970년 방문」 연작과 「1980년 방문」 연작 등에 나타나는 시편 중에서 우범시에 속하는 시편들과 「오늘」, 「타향」, 「망월동에 갔다와서」, 「숨돌리기 위하여」 등에서 나타나는 중생들의 삶에서 펼쳐지는 현실적 공간에 대해서 살펴보고자 한다.

대 내린다 대 내린다
신통(神通) 대내린다

바늘 끝으로 찔러도 아프지 않던

양심의 살은 떨리고

이제사 내 무딘 손끝의
육감에 대내린다.

피 받아라 피 받아라
공수 받듯 피 받아라
침담그듯 침담그듯이
떫은 생각은 다 우려내는

이 치하(治下) 살아갈 길의
대내리는 피 받아라!

대내리는 내 육감에
나는 오래 못 살 것 같은데

나와 같이 죽을
사람 없는 이 나라다

그러나 해돋이 마을
내가 묻힐 나라란다.
　　　─ 「1970년 방문 1 ─ 전갈(傳喝)」 전문(『적멸을 위하여』 231쪽)

　　위의 시는 1970년대의 반독재 · 유신 지배 하의 정치 상황을
선명하게 표출하고 있다. 단호한 어조로 방문을 붙여야만 했던
시대적 상황을 상징적으로 보여주고 있다. 2행의 "신통"이란 불

교에서 선정과 지혜를 통해 얻게 되는 불가사의한 초능력을 말한다. 화자는 정치적 억압 속에서 살아가는 중생들에게 신통이 내려서 모두 편안해 지기를 기원하고 있다. 그래서 1연에서 "대 내린다 대내린다"와 4연에서 "피 받아라 피 받아라"의 어휘 반복을 통해서 절박한 사회의 상황을 강조 하고 있다. 결국 화자는 "이 치하 살아갈 길의 대 내리는 피 받아라!"라고 위정자들에게 다시 한 번 외치고 있다. 아무리 화자가 온힘을 다해서 외쳐도 "나와 같이 죽을 사람"이 없는 이 냉엄한 나라에서 말이다. 하지만 화자는 이런 치하에서도 "해돋이 마을 내가 묻힐 나라"라고 이 나라의 미래에 희망을 부여하고 있다.

> 지금껏 씨떠버린 말 그 모두 허튼소리.
> 비로소 입 여는 거다, 흙도 돌도 밟지 말게.
> 이 몸은 놋쇠를 먹고 화탕(火湯) 속에 있도다.
> ─「시자(侍子)에게307) ─ 1970년 방문 5」전문(『적멸을 위하여』237쪽)

1970년대는 반독재의 시대였으므로 입이 있어도 말을 할 수 없는 상황이었다. 그래서 화자는 "지금껏 씨떠버린 말"을 "허튼소리"라고 단정한다. 그리고 생각해 보니 할 말은 해야겠다는 생각에서 다시 "비로소 입"을 연다. 화자는 주나라의 곡식을 먹기를 거부한 청절지사(清節之士) 백이(伯夷)·숙제(叔齊)처럼 "흙도 돌도 밟지" 말라고 당부한다. 그 당부의 말로 인해 화자는 "이 몸은 놋쇠를 먹고 / 화탕(火湯) 속에 있"는 것이다. 이 시대는 바

---

307) 「등걸불」이라는 제목으로 시집 『아득한 성자』의 '책 끝에' 다시 수록한 작품. (조오현, 『아득한 성자』, 시학, 2007, 157쪽)

른 말을 하면 현정권에서 핍박을 받았을 것이고, 입을 다물면 비겁한 것 같아서 고통스러운 시대였다.

> 경책도 못 깨운 천근 졸음 속에
> 몇 생을 대토(代土)해도 매지 못한 내 목숨 들머리
> 그 누가 지방(紙榜)도 없는 무슨 혼백 묻고 갔나.
>
> 무꾸라 시식을 내놓아도 나가잖는 그 채귀(債鬼)
> 오늘의 경도 속에 홀레질을 하고 있네
> 대상(大喪)을 입지 않아도 세상은 지금 기중(忌中)인데.
>
> 눈 뜨고 앞 못 보는 미운 맹장(盲杖)질 속에
> 얼갈이 섬지기의 한 춤 묘맥(苗脈)을 잃고
> 다시금 반전(反田)을 하는 저 만구(萬口)의 욕지거리.
> ―「파환향곡(破還鄉曲)308) ― 1970년 방문 7」 전문(『적멸을 위하여』 239쪽)

'파환향곡'은 고향소식도 지워버렸다는 뜻이다. 고향은 본디 중생의 근원인 불성, 깨달음의 세계, 진여의 세계를 말한다.309) 그런데 위의 시조는 그것을 용사하여 1970년대의 암울한 시대 상황을 거칠고 힘이 있게 말하고 있다. "천근 졸음 속에" 있는 화자는 "몇 생을 대토(代土)해도 매지 못한 내 목숨 들머리"에서 보여 지듯이 구도의 과정에서 깨달음을 얻지 못하고 있음을 알

---

308) 파환향곡(破還鄉曲)은 조동종의 실천적인 측면 열 가지 ①조인(心印), ②조의(祖意), ③현기(玄機), ④진이(塵異), ⑤불교(佛教), ⑥환향곡(還鄉曲), ⑦파환향곡(破還鄉曲), ⑧회기(廻機), ⑨전위귀(轉位歸), ⑩일색과후(一色過後) 중하나이다.
309) 인권환, 앞의 논문, 137쪽.

수 있다. 그 이유는 첫째 수 종장 "그 누가 지방(紙榜)도 없는 무슨 혼백 묻고 갔나."에서 알 수 있다. 그것은 누군가의 방해로 깨달음의 경지에 이르지 못하고 있는 것이다. 결국 화자는 둘째 수 초장에서 방해꾼이 "채귀"임을 안다. 그래서 "무꾸라 시식"을 내놓고 "채귀(債鬼)"에게 보시를 하지만 그 "채귀"는 나가지를 않는다. 1972년 10월 유신은 개인의 자유와 민주주의의 정치활동을 제약한 독재체제의 서막을 알렸다. 이런 상황을 화자는 "오늘의 경도 속에 홀레질을 하고 있"다고 생각한다. 그래서 화자는 자신이 수행자이며 깨달음의 경지에 도달해야 함에도 불구하고 짐승들만이 하는 "경도 속에 홀레질"을 하고 있는 정치상황과 대면한다. 이 상황은 "대상(大喪)"을 입지 않아도 세상은 지금 기중(忌中)"이다. 그것에 동조하는 멀쩡한 눈을 가진 자들이 "맹장(盲杖)질"을 하고 있다. "얼갈이 섬지기의 한 춤 묘맥(苗脈)"은 그래서 리더로서 길을 잃고, 긴급조치권을 발동하여 학생과 시민들을 탄압한다. 그 "묘맥"으로 "다시금 반전(反田)을 하는 저 만구(萬口)의 욕지거리"를 보는 화자는 화두참선을 절간에서 하지 못하고 현실의 세계에서 중생과 같이 하고 있는 것이다.

간혹 대낮에 몸이 흔들릴 때가 있다
땅을 짚어 봐도 그 진도는 알 수 없고
그럴 땐 눈앞의 돌도 그냥 헛보인다.

언젠가 무슨 일로 홍릉 가던 길목이었다.
산사람 큰 비석을 푸석돌로 잘못 보고
발길로 걷어차다가 다칠 뻔한 일도 있었다.

또 한번은 종로 종각 그 밑바닥에서였다
누군가 내버린 품처 없는 한 장 통문
그 막상 다 읽고 나니 내가 대역죄인 같았다.

그 후론 정말이지 몸조심한다마는
진도가 심할 때는 어쩔 수 없이 또 흔들리고
따라서 내 삶도 헛걸음 헛보고 헛딛는다.
　　　　　－「내 삶은 헛걸음 － 1980년 방문 1」 전문(『적멸을 위하여』 242쪽)

　　위의 시조는 1980년대의 신군부 독재를 관통하는 화자의 일
상이 나타나고 있다. 그 일상에서 일어나는 일은 "대낮에 몸이
흔들"리고, 때론 "눈앞에" 있는 것도 헛보일 때가 있음을 말하고
있다. 암울하고 억압받던 시대적 상황은 진도가 심할 때 지신의
의지와 상관없이 흔들리는 시적 화자가 그래서 "헛걸음"을 놓고
있다. "땅을 짚어 봐도 그 진도는 알 수 없고"에서 화자는 그 헛
걸음의 강도를 짐작하면서 "알 수 없"다고 역설적으로 표현하고
있다. 이 시조의 공간적 배경은 "홍릉310) 가던 길목" → "종로 종
각 그 밑바닥"으로 장소가 옮겨진다. 화자는 망국의 한을 품고
묻혀 있는 홍릉에서 "산사람 큰 비석을 푸석돌로 잘못 보고 발길
로 걷어차다가 다칠 뻔한 일도 있었"고, 우리나라 정치일번지인
종로에서는 "품처 없는 한 장의 통문을 다 읽고 나니 자신이 대
역죄인 같았"다고 술회한다. 여기에서 화자는 "홍릉"과 "종로"에

---

310) 경기도 남양주시에 있는 조선 제 26대 왕 고종과 명성황후 민비의 묘가 모셔져 있는
　　능이다.

서 공통적으로 한(恨)을 읽어낸다. 그 한은 중생들의 몸부림이다. 그래서 화자는 중생과 함께하는 삶이 헛보이고, 헛딛게 한다고 이 시대를 표현하고 있다.

아무리 어두운 세상을 만나 억눌려 산다 해도
쓸모없을 때는 버림을 받을지라도
나 또한 긴 역사의 궤도를 바친311)
한 토막 침목인 것을. 연대인 것을

영원한 고향으로 끝내 남아 있어야 할
태백산 기슭에서 썩어가는 그루터기여
사는 날 지축이 흔들이는 진동도 있는 것을

보아라, 살기 위하여 다만 살기 위하여
얼마만큼 진실했던 뼈들이 부러졌는가를
얼마나 많은 사람들이 파묻혀 사는가를

비록 그게 군림에 의한 노역일지라도
자칫 붕괴할 것만 같은 내려앉은 이 지반을
끝끝내 받쳐온 이 있어
하늘이 있는 것을, 역사가 있는 것을
　　　　　—「침목 - 1980년 방문 2」 전문(『아득한 성자』 68쪽)

위의 시는 독재치하의 시대적 상황에서 중생과 함께 노래해

---

311) 『적멸을 위하여』 243쪽에는 "비친"으로 나와 있다.

야만 하는 구도자의 마음이 나타나 있다. 그래서 범속한 중생들의 일상적 삶도 선적 깨달음의 공간이 될 수 있음을 보여준다. 일찍이 '유마거사'는 세간에서 법을 찾고, 중생 구제를 위해 헌신적으로 보살도를 행했다. 이러한 유마의 선적 세계관은 '출세간'과 '출출세간'이 내포한 '신성성'과 '일상성'을 성과 속의 위계와 경계에서 허물어 버린다. 그래서 세간을 벗어난 깨달음의 신성한 공간인 '출세간'은 깨달음 이후에는 다시 이것에서 벗어나 일상적 공간인 '세간' 즉, '출출세간'으로 돌아가는 것이다. '출출세간'으로서의 '세간'은 그 본질은 다르겠지만, 중생이 고통으로 신음하는 '세간'임에는 틀림이 없다. 그래서 부처가 있는 곳은 성의 거룩한 곳일 수도 있고, 중생의 눈물과 땀이 고인 일상적인 삶의 현장에 있을 수도 있다. 그리고 '마조선사'도 '평상심이 도'라고 했으며, 세간의 번뇌가 곧 부처의 법이라고 했다. 부처의 지극한 법의 세계를 '성'의 세계에서 찾지 않고, '속'의 일상성에서 찾은 것이다. 그래서 위의 시는 "아무리 어두운 세상을 만나 억눌려 산다 해도" 중생들은 살아내야 하고, "쓸모없을 때는 버림을 받을 지라도" 자신이 짊어진 책임과 의무는 지켜야 한다. 그래서 구도자의 길을 걷는 화자도 "역사의 궤도"를 바치고 있는 "한 토막 침목"이 되는 것이다. 자기가 태어난 고향에서 그냥 "고향으로 끝내 남아" 있어야 함에도 불구하고 자신의 의도와는 다른 시대적 상황을 맞아서 흔들리는 지반을 받쳐야 한다. 그것이 중생과 함께하는 중생구제의 보살행인 것이다. 그래서 "뼈들이 부러"지는 고통을 감내하며 동시대를 함께 공유하고 있는 것이다. 이것은 "하늘이 있는" 성의 세계와 "역사가 있"는 속의 세계에서 화자는 중생과 함께 있음을 말하고 있다.

잉어도 피라미도 다 살았던 봇도랑

맑은 물 흘러들지 않고 더러운 물만 흘러들어

기세를 잡은 미꾸라지놈들

용트림할 만한 오늘

　　　　　　　　　—「오늘」 전문(『적멸을 위하여』 151쪽)

　위 시는 중생들이 살고 있는 현실에서 일어나는 위정자들의 행동을 비유적으로 표현하고 있다. "잉어도 피라미도 다 살았던 봇도랑"의 평화스러운 공간에 지금은 "맑은 물 흘러들지 않고 / 더러운 물만 흘러들어" 혼탁해진 공간이 되었음을 말하고 있다. 그 곳에는 진정한 지도자인 용이 나오지 못하고 "미꾸자지놈들"이 기세를 잡고 "용트림"을 하고 있다. 이런 상황에서 '오늘'을 살아내야 하는 중생들의 삶이 얼마나 팍팍한지를 실감나게 묘사하고 있다.

　지난달 무슨 일로 광주까지 갔다가
　돌아오는 길에 망월동에 처음 가보았다
　그 정말 하늘도 땅도 바라볼 수 없었다

　망월동에서는 아무것도 보이지 않아
　망월동에서는 묵념도 안 했는데

그 진작 망월동에서는 못 본 것이 보여

죽을 일이 있을 때는 죽은 듯이 살아온 놈
목숨이 남았다 해서 살았다고 할 수 있나
내 지금 살아 있음이 욕으로만 보여
　　―「망월동에 갔다 와서 - 달을 그리다」 전문(『적멸을 위하여』218쪽)

　"지난달" 화자는 "광주"에 갔다가 "돌아오는 길에 망월동"에
가 본다. 그런데 "하늘도 땅도 바라볼 수 없었다"고 한다. "망월
동"은 1980년 5 · 18 광주민중항쟁 당시 산화한 영령들이 잠들어
있는 곳이다. 그 곳에서 화자는 "아무 것도 보이지 않았고", "묵
념"도 하지 않았는데 "못 본 것이 보"였다. 그것은 1980년대를
살아내 자신을 되돌아보는 시간이다. "죽을 일이 있을 때는 죽은
듯이 살아"서 그렇게 살아온 "목숨"이 이제는 "남았다"해도 "지
금 살아있는" 것은 "욕"으로 보인다고 회한의 심정을 토로하고
있다.

땅이 걸어서 무엇을 심어도 좋은 밭
쟁기로 갈아엎고 고랑을 만들고 있다
나처럼 한물간 넝쿨은 걷어내고 ·

이제는 정치판도
갈아엎어야
숨 돌리기 위하여
　　―「숨 돌리기 위하여」 전문(『적멸을 위하여』224쪽)

위의 시는 1970년대의 경제성장의 소용돌이를 지나서 1980년대말 정치적 민주화를 이룩한 "땅"에 대한 이야기를 화자는 담담하게 말 하고 있다. 이 "땅"은 이제는 비옥해져서 "무엇을 심어도 좋은 밭"이 되었다. 그래서 우리의 정신적 가치인 "쟁기로 갈아엎고" 더 나은 나라를 만들기 위해 "고랑을 만들고 있다." 그런데 화자는 "나처럼 한물간 넝쿨은 걷어내"고 "정치판"도 "갈아엎어"야 한단다. 이것은 더 "걸어서" 더 "좋은 밭"을 꿈꾸는 화자가 이곳에서 "숨"을 돌리고 쉬고 싶기 때문이다. 중생과 함께한 힘겨운 시간들을 이제는 여유로 바라보고자 하는 화자의 염원이 담겨있다.

위에서 살펴 본 바와 같이 조오현의 우범시는 1970년대의 시대상황을 「1970년 방문 1~16」 연작에 나타내고 있다. 그리고 1980년대의 억압된 상황을 「1980년 방문 1~4」에서 보여주고 있다. 그리고 「오늘」에서는 우리 사회의 지도자는 어떤 모습이어야 하는지 일깨워 주는 듯하다. 「망월동에 갔다 와서」에서 나타나는 시인의 먹먹한 마음이 담담한 자기반성과 함께 드러나고 있다. 마지막 「숨 돌리기 위하여」에 나타나는 시적의미는 더 나은 세상의 도래를 꿈꾸는 시인의 바람이 나타나 있다. 이로써 조오현의 우범시는 중생들의 삶이 현장에서 얼마나 치열한지를 보여주고 있다. 그리고 시대를 외면하지 않고, 중생과 동행한 조오현 자신의 모습도 나타나고 있다.

4) '승속일여(僧俗一如)'의 선화시(禪話詩)

『절간이야기』에 수록되어 있는 「절간이야기」[312]는 연작으로 구성되어 있다. 주제 면에서 살펴보면 크게 세 가지로 나누어 볼 수 있다. 첫째는 고승대덕의 일화에서 얻어지는 깨달음의 세계이다. 둘째는 자연을 주제로 한 두두물물(頭頭物物)의 세계이다. 셋째는 삶의 현장에서 자신의 직업을 천직으로 여기며 살아가는 중생들의 진솔한 이야기 등이다. 이 절에서는 위의 세 가지 중에서 세 번째를 다루고자 한다. 이유는 중생들이 삶의 현장에서 그것을 대하는 태도가 구도자 못지않게 치열하고 진지하기[313] 때문이다. 이 시편들은 조오현의 구수한 입담과 선적 향취가 물씬 풍긴다. 그래서 여기에는 세간의 중생과 출세간의 승려가 둘이 아니고 하나임을 따뜻한 눈길로 그려진다.

그러니까 한 20년 전 금릉 계림사 가는 길목에서 어떤 석수를 만난 일이 있었지요. 쉰 줄은 실히 들어 보이는 그 석수는 길가의 큰 바위에 먹줄을 놓고 징을 먹이고 있었는데 사람이 곁에 서서 "무엇을 만드십니까?" 하고 물어도 들은 척 만 척 대답이 없었지요. 그 후 몇 해가 지나 무슨 일로 그 곳을 가다가 보니 그 바위덩어리가 방금이라도 금구(金口)를 열 것 같은 미륵불과 세상을 환히 밝혀 들 사자석등으로 변해 있었는데 그 놀라움에 한동안 그곳을 떠나지 못했지요. 그로부터 십수 년이 지난 어느 날 내설악 백담계곡에서 우연히 그 석수를 만났는데 "요즘도 돌일을 하십니까?" 하고 물어도 그 늙은 석수는 희넓직한 반석 위에 쭈그려 앉아 가만히 혼자 한숨을 삼키며 말이 없더니 "시님, 사람 한 평생 행보가 다 헛걸음 같네요. 이날평생 돌에다 생애를 걸었지만 일흔이 되어 돌아보니 내가 깨뜨린 돌이 일흔 개도 넘는데 그 모두가 파불

---

312) 산문시 또는 묻고 답하는 '문화시(問話詩)' 혹은 '이야기 시'라고도 한다.
313) "제가 우리 절에서 가장 존경하는 사람은 밥 짓는 공양주보살과 허드렛일 돌보는 부목처사입니다."(신경림·조오현, 앞의 책, 245쪽.)

(破佛)이 되고 말았거든요. 일찍이 돌에다 먹물과 징을 먹이지 않고 진불(眞佛)을 보아내는 안목이 있었다면 내 진작 망치를 들지 않았을 텐데….” 이렇게 말끝을 흐려트리고는 한동안 허공을 바라보더니 “시님, 우리가 시방 깔고 앉은 이 반석과 저 맑은 물속에 잠겨 있는 반석들을 눈을 감고 가만히 들여다보시지요. 이 반석들 속에 천진한 동불(童佛)들이 놀고 있는 모습이 나타날 것입니다. 저쪽 암벽에는 마애불이, 그 옆 바위에는 연등불이, 그 앞 반석에는 삼존불이, 좌편 바위에는 문수보살님이…. 헌데 시님 젊었을 때는 눈을 뜨고 봐도 나타나지 않아 먹줄을 놓아야 했던데…. 이제 눈이 멀어 왔던 길도 잘 잊어버리는데…. 눈을 감아야 얼비치나…. 눈만 감으면 바위 속에 정좌해 계시는 부처님이 보이시니…. 징만 먹이면 징만 먹이면 이제는 정말이지 징만 먹이며….” 무슨 통곡처럼 말하고 무슨 발작처럼 실소하더니 더는 말이 없었지요.

　　—「절간 이야기 8 - 눈을 감아야 얼비치니」 전문(『절간이야기』 26~27쪽)

　　이 시는 솜씨 좋은 석수장이의 진지한 삶의 자세가 나타나 있다. 그는 젊은 날 화자를 감탄하게 하는 “미륵불”과 “사자석등”을 만든 장본인이다. 그런데 십 수 년이 지난 후에 “내설악 백담 계곡에서” 화자는 그 석수를 다시 만났다. 그는 지금까지 만든 것이 “파불”이었다고 말한다. 그래서 “일흔이 되어 돌아보니” 한 평생 헛것을 했다고 한다. 그것은 젊은 날에 자신은 진불을 보는 안목이 없어서 바위에 징을 대서 만들기만 했던 결과라고 회한의 마음을 숨기지 않는다. 하지만 눈이 멀어 오던 길도 잊어버리는 지금의 나이에는 먹줄을 놓고 징만 먹이면 진불을 만들 수 있다고 “통곡처럼 말”한다. 하지만 화자는 이 석수장이의 이런 회

한은 깨달음에 이른 각자만이 느낄 수 있는 것이라 짐작한다.

> 하루는 천은사 가옹스님이 우거(寓居)에 들러
> 내가 젊었을 때 전라도 땅 고창읍내 쇠전거리에서 탁발을 하다가 세월
> 을 담금질하는 한 늙은 대장장이를 만난 일이 있었어. 그때 '돈벌이가
> 좀 되십니까?' 하고 물었는데 그 늙은 대장장이는 사람을 한 번 치어다
> 보지도 않고 '어제는 모인(某人)이 와서 연장을 벼리어 갔고 오늘은 대
> 정(大釘)을 몇 개 팔고 보시다시피 가마를 때우고 있네요.' 한다 말이야.
> 그래서 더 묻지를 못하고 떠났다가 그 며칠 후 찾아가서 또다시 '돈벌이
> 가 좀 되십니까?' 하고 물었지. 그러자 그 늙은 대장장이는 '3대째 전승
> 해온 가업(家業)이라…' 하더니 '젠장할! 망처기일(亡妻忌日)을 잊다니'
> 이렇게 퉁명스레 내뱉고 그만 불덩어리를 들입다 두들겨 패는 거야.
> 하고는 밖으로 나가 망망연히 먼 산을 바라보고 서 있기에
> "어디로 가실 생각입니까?"
> 하고 물었더니 가옹스님은
> "그 늙은 대장장이가 보고 싶단 말이다."
> 하는 것이었습니다.
> ─ 「절간 이야기 12 - 스님과 대장장이」 전문(『절간이야기』 34~35쪽)

이 시에는 가옹스님과 대장장이 그리고 화자가 등장한다. 가
옹스님은 젊은 날에 한 대장장이를 만났던 이야기를 화자에게
들려주고 있다. 그 대장장이는 세상과 소통하지도 않고 오로지
자신의 일만 일편단심으로 하고 있었다. 그래서 가옹스님이 "돈
벌이가 좀 되십니까?"라고 물으니까 그의 대답은 신통치가 않
다. 그래도 그는 이 일은 "3대 째 전승해온 가업"이라 하면서 갑

자기 생각이 났는지 "망처기일도 잊"어버렸다고 불평을 하면서
도 그 일을 계속한다. 이야기를 마친 가옹스님에게 화자는 "어디
로 가실 생각입니까?"라고 물으니 "그 늙은 대장장이가 보고 싶
단 말이다."라고 대답한다. 가옹스님이 그 석수장이가 보고 싶
은 것은 자신이 수행을 하던 과정과 석수장이의 일상이 다르지
않음을 비유하고 있다.

> 우리절 종두(鐘頭)는 매일같이 새벽 3시만 되면 천근이나 되는 대종을
> 울리는데 한번은 "새벽 찬바람이 건강에 해롭다하니 다른 소임을 맡는
> 것이 어떻겠느냐?"고 물어보니 "안됩니다. 노덕(老德)스님 열반종(涅槃
> 鐘)도 저가 칠 것입니다. 20여 년 전 조실(祖室)스님 종성도 저가 했는
> 데 그 종소리 흐름이 얼마나 맑고 크고 길었는지…. 그 종성 듣고 울지
> 않는 사람이 없었습니다. 한데 그날 이후 이날까지 그 소리 한 번도 못
> 들었습니다. 그날보다 더 조심을 해도 그 소리가 나오지 않는 것을 보
> 니 종도 뭘 아는가 모르지만 노덕스님 열반에 드시면 그 소리 나올 것
> 같습니다." 하고는, "좌우지간 그 소리 한 번 더 듣고 그만 둬도 그만 둘
> 것입니다." 하고 그 누구도 맡기 싫어하는 종두를 계속하겠다는 것이었
> 습니다.
>
> ─「절간 이야기 20 ─ 종」 전문(『절간이야기』 57쪽)

위의 시는 질문과 대답으로 이루어진 대화체 형식이다. 절에
서 종을 치는 "종두"와 "노덕스님"의 대화에서 인간의 기본적인
심성이 나타나 있다. "노덕스님"은 나이든 "종두"가 아침바람에
건강을 해칠까 걱정이 되어서 다른 일을 하는 것이 어떠냐고 묻
는다. 종두는 싫다고 대답하면서 그 일을 한사코 자신이 해야만

하는 사명감을 얘기한다. 20년 전 "조실스님" 열반 때 자신이 종을 쳤는데 그 소리가 얼마나 "맑고 길었던지" 모든 신도들이 눈시울을 적셨다고 한다. 그 후 한 번도 그 때의 소리를 듣지 못했는데 "노덕스님"이 열반하시면 그 소리가 날 것이라고 한다. 이 말은 자신을 마음으로 대해준 스님에게 마음으로 보답하고자 하는 종두의 보은의 마음이 담겨져 있다.

어느 신도님 부음을 받고 문상을 가니 때마침 늙은 염장이가 염습(殮襲)을 하고 있었는데 그 염습하는 모양이 얼마나 지극한 지 마치 어진 의원이 환자를 진맥하듯 시신(屍身) 어느 한 부분도 소홀함이 없었고, 염을 다 마치고는 마지막 포옹이라도 하고 싶다는 눈길을 주고도 모자라 시취(屍臭)까지 맡아 보고서야 관 뚜껑을 닫는 것이었습니다.

사실 오늘 아침 한솥밥을 먹은 가족이라도 죽으면 시체라 하고 시체라는 말만 들어도 섬찍지근 소름이 끼쳐 곁에 가기를 싫어하는데 생전에 일면식도 없는 생면부지의 타인, 그것도 다 늙고 병들어 죽어 시충(屍蟲)까지 나오는 시신을 그렇게 정성을 다하는 염장이는 처음 보았기에 이제 상제와 복인들에게 인사를 하고 돌아가는 염장이에게 한마디 말을 건네 보았습니다.

"처사님은 염을 하신 지 몇 해나 되셨는지요?"

"서른 둘에 시작했으니 한 40년 되어 갑니더."

"그러시면 많은 사람의 염을 하신 것 같으신데 다른 사람의 염도 오늘처럼 정성을 다 하십니까?"

"별 말씀을 다 하시니…. 산 사람은 구별이 있지만서도 시신은 남녀노소 쇠붙이 다를 것이 없니더. 내 소시에는 돈 땜에 이 짓을 했지만서도 이 짓도 한 해에 몇 백 명 하다 보니 남모를 정이 들었다 할까유. 정이……. 사람들은 시신을 무섭다고 하지만 나는 외려 산사람이 무섭지 시신을 대하면 내 가족 같기도 하고 어떤 때는 내 자신의 시신을 보는 듯해서……."

이쯤에서 실없는 소리 그만하고 갈 길을 그만 가야겠다는 표정이더니, 대뜸

"내 기왕 말씀이 나온 김이니 시님에게 한 말씀 물어봅시더, 이 짓도 하다보니 시님들도 많이 만나게 되는데, 어떤 시님은 사람 육신을 피고름을 담은 가죽푸대니, 가죽 주머니니, 욕망 덩어리라 이것을 버렸으니 물에 잠긴 달그림자처럼 영가(靈駕)는 걸림이 없어 좋겠다고 하시기도 하고, 어떤 시님은 허깨비 같은 빈 몸이 곧 법신(法身)이라 했던가유? 그렇게 하고, 또 어떤 시님은 왕생극락을 기원하며 염불만 하시는 시님도 있고…. 아무튼 시님들 법문도 각각인데 그것은 그만두시고요. 참말로 사람이 죽으면 극락지옥이 있습니꺼?"

흔히 듣는 질문이요 신도들 앞에서도 곧잘 해왔던 질문을 받았지만 이 무구한 염장이 물음 앞에는 그만 은산철벽을 만난 듯 동서불명(東西不明)이 되고 말았는데, 염장이는 오히려 공연한 말을 했다는 듯

"염을 하다보면 말씀인데유. 이 시신의 혼백은 극락 갔겠다 저 혼백은 지옥에 갔겠다 이런 느낌이 들 때도 더러 있어 그냥 해본 소리니더. 이것도 넋 빠진 소리입니더만 분명한 것은 처음 보는 시신이지만 그 시신을 대하면 이 사람은 청검하게 살다가 마 살았겠다 이 노인은 후덕하게 또는 남 못할 짓만 골라서 하다가 이 시신은 고생만 하다가 또는 누명 같은 것을 못 벗고… 그 뭐라하지유? 느낌이랄까유? 그, 그 사람이 살아온 흔적 같은 것이 시신에 남아 있거든요?"

하고는 더 말을 하지 않을 듯 딸막딸막하더니, 당신의 그 노기(老氣)로 상대가 더 듣고 싶어 하는 마음을 읽었음인지.

"극락을 갔겠다는 느낌이 드는 시신은 대강대강 해도 맘에 걸리지 않지만 그렇지 않은 죄가 많아 보이는 시신을 대하면 자신도 죄를 지은 것처

럼 눈시울이 뜨뜻해지니더. 정이니더, 옛사람 말씀에 사람은 죽을 때는
그 말이 선해지고 새도 죽을 때는 그 울음이 애처롭다 했다니더. 죽을
때는 누구나 다 선해지니더……. 이렇게 갈 것을 그렇게 살았나? 하고
한번 불어보면 영감님 억 천년이나 살 것 같아서, 가족들 기쁘게 해주고
싶어서 한번 잘 살아 보고 싶어서 그랬니더. 너무 사람 울리시면 내 화
를 내고 울화통 터져 눈 못 감고 갑니더. 이런 대답을 들으니 아무리 인
정머리 없는 염쟁이지만 정이 안 들겠니꺼? 그 돌쟁이도 먹놓고 징 먹
일 때는 자신의 혼을 넣고……. 땜쟁이도 그렇다 하는데 오늘 아침 숨
을 같이 쉬고 했던 사람이 마지막 가는데유……. 아무런들 이 짓도 정
이 없으면 못해 먹을 것인데 그렇듯 시신과 정을 나누다가 보면 어느 사
이 그 시신 언저리에 남아 있던 삶의 때라 할까유? 뭐 그런 것이 걷히고
비로소 내 마음도 편안해지거든요. 결국은 내 마음 편안하려고 하는 짓
이면서도 남 눈에는 시신을 위하는 것이 풍기니 나도 아직……."
하고는 잠시 나를 이윽히 바라보더니.
"시님도 다 아는 일을 말했니더. 나도 어릴 때 뒷 절 노시님이 중될 팔
자라 했는데 시님들 말씀과 같이 업(業)이라는 것이 남아 있어서… 이
제 나도 갈 일만 남은 시신입니더."
이렇게 말문을 흐리는 것이었습니다.
　　　　　　— 「절간 이야기 22 — 염장이와 선사」 전문(『절간이야기』 62~67쪽)

　　위의 작품은 화자가 승려라는 신분임에도 불구하고 염장이
라는 한 세속인으로부터 깨달음을 얻고 있다. 그래서 화자는 지
극히 낮고 구석진 세간의 공간에서 부처를 만나고 있다. 그리하
여 승려의 위엄 대신 중생에게 따뜻한 온기를 나누어 주며 서로
교감하고 있다. 조오현의 시에는 위의 시와 비슷한 주제로 「이
세상에서 제일 환한 웃음」의 촌노인, 「축음기」의 무명가수, 「어

간대청의 문답」의 환경 미화원, 「산사와 갈매기」의 초로의 신사, 「인천만 낙조」의 어부, 「무설설」의 옹장이, 「스님과 대장장이」의 대장장이, 「자갈치 아즈매와 갈매기」 등이 있다. 이것을 통해서 그의 승속일여의 경지를 엿볼 수 있다.

덕사(德寺)로 올라가는 한 골짜구니에 속은 썩고 곧은 가지들은 다 부러진 돌배나무 한 그루가 큰 바위를 의지하여 젖버듬히 서 있는데 옹달진 곳이라 꽃이 좀 늦게 피지만 꽃이 환하게 다 피면 골짜구니가 얼마나 환한지 처음 찾는 사람들 중에는 그 곳에 절이 있는 줄 알고 그곳으로 가는 것을 많이도 보아온 덕사의 산지기 젊었을 때 일화입니다.

유난히 그 돌배나무와 그 꽃을 좋아했던 젊은 산지기는 그토록 환했던 꽃이 다 지고 나면 가지에서 떨어진 꽃잎은 분명히 바람에 날리기도 하고 땅바닥에 떨어져 밟히기도 하지만 꽃은 어디론가 가는 곳이 있을 것 같아서 좀 알 만한 사람을 보면 물어보고 물어보았지만 신통한 대답은 한 번도 못 들었다는 것입니다.

그런 어느 해 또 길을 잘못 들어온 오종종한 한 늙은이가 그 돌배나무 꽃그늘에 오종종 앉아서 '피면 지고 지면 피고 오면 가고 가면 오고…….' 이렇게 혼자 기뻐하고 혼자 슬퍼하는 모양이 조금은 우스워 그 모양을 멀찌가니 서서 구경하고 있었던 산지기는 그만 장난기가 발동하여 늙은이 코앞에 가서 아주 큰 소리로 "영감님! 영감님! 꽃이 어디로 가는지 아시고 하는 소립니까? 모르고 하는 소립니까?" 장난삼아 물어보는 부지불식 그 찰나에 그 오종종한 늙은이 몸 어느 구석에 그런 힘이 남아 있었는지 집고 있던 개물푸레나무 작대기로 들입다 산지기의 어깻죽지를 후려쳤는데 그게 또 어떻게나 아픈지 저만큼 후닥닥 도망을 치니 그 늙은이 왈

꽃은 네놈이 도망가는 그곳으로…… 그만큼…… 네놈이 작대기에 맞아

아팠던 그만큼…… 그곳 그곳으로 갔다! 가서!"

하고는 또 혼자 기뻐하고 혼자 슬퍼했다는데……

그다음 해부터 그 돌배나무꽃이 다 피었다 다 지고 나면 덕사의 일백여 대중들은 돌배나무 그 꽃이 간 곳을 아는 사람을 일백여 대중 중에 오직 그 산기지 한 사람뿐이라고 일백여 대중들이 한마디씩 하다 보면 덕사에는 봄 여름 가을 겨울 없이 일 년 내내 돌배나무꽃이 환하게 피어 사람들의 마음도 좀 환하게 했다는 그런 이야기입니다.

— 「절간 이야기 27314) - 돌배나무꽃」 전문(『절간이야기』 76~77쪽)

위의 시는 "덕사" 가는 길에 있는 "돌배나무꽃"에 대한 이야기이다. 꽃을 유난히 좋아하던 산지기가 젊은 날 우연히 만난 늙은 영감님과의 대화를 담고 있다. 이들은 만나서 선문답을 펼친다. 그것을 알아들었는지 돌배나무꽃은 그 절에 오는 "일백여 대중들에게" 소신공양을 한다. 그것을 "일백여 대중들"이 또 일 년 내내 "돌배나무꽃"에 대한 이야기를 한다. 그래서 이 절에는 봄이면 "돌배나무꽃"이 피고, 지고나면 중생들의 입으로 "돌배나무꽃"은 다시 피어난다. 그래서 이 절에서는 "돌배나무꽃"이 일 년 내내 피어서 사람들의 마음을 환하게 하고 있다.

위에서 살펴 본 바와 같이 「절간이야기 1~32」에서 조오현의 선화시에 나타나는 대상들은 대장장이, 석수장이, 염장이, 산지기 등이다. 이들은 자신의 삶을 진지하고 진술하게 꾸려나가고 있다. 그래서 이들의 삶 또한 수행자인 선승과 다르지 않음을 위의 시편 등에서 보여주고 있다.

---

314) 『적멸을 위하여』에는 「절간 이야기 26」로 수록되어 있음.

제5부

결론

결론

본고는 조오현의 시를 형성하는 불교적 사유를 통해 그의 문학적 세계관을 규명해 보았다. 연구 대상과 방법으로써 조오현 시 전집에 나타난 그의 선시를 검토하였고, 선행적으로 선시(禪詩)의 형성과정과 전승을 선(禪)의 세계와 선과 시의 결합으로 살펴보았다. 그리고 선시의 기원과 한국 선시가 어떻게 전승되어 왔는지 살펴보았다. 그리고 본격적으로 조오현 선시의 형성 배경과 창작 과정을 알기 위해서 조오현 생애와 문학적 세계관을 그의 생애와 시대적 배경을 중심으로 검토하였다. 시조의 형식과 선시의 구현방법으로는 평시조, 연시조, 사설시조를 통해서 그의 시조와 선시의 연관관계를 분석하였다.

조오현 선시의 표현 기교와 창작방법에 대한 연구로서 첫째 출세간의 이미지와 상상력, 둘째 구도행의 비유와 상징, 셋째 진여법계(眞如法界)의 반어와 역설, 넷째 우주합일(宇宙合一)의 인유와 패러디를 통해 그가 보여주는 선시의 표현기법과 창작 방법에 대하여 서술하였다. 조오현의 불교적 세계관과 선시에 있어서는 불교적 세계관을 중심으로 탐구하였다 첫째 성속불이(聖俗不二)의 '공(空)', 둘째 우주만물의 '화엄(華嚴)', 셋째 대중 교화의 '무애(無碍)'를 통해 불교적 관점에서 그의 시가 창작되고 있음을 밝혔다. 그리고 현대 선시의 양상과 주제를 첫째 '조사활구(祖師活口)'의 고칙시(高則詩), 둘째 '자연경계(自然境界)'의 선취시(禪趣詩), 셋째 '중생구제(衆生救濟)'의 우범시(又凡詩), 넷째 '승속일여(僧俗一如)'의 선화시(禪話詩)를 통해 교외별

전, 불립문자, 직지인심, 견성성불로 요약되는 선의 본체에 다가
선 것을 알 수 있었다.

그의 50년의 선시에 대한 이력이 보여주듯 그의 시는 일종의
돈오, 자성에 대한 직관적 지각을 특징하는 바, 우선 선에서는
이성에 의한 추상화와 개념화에 반대하고 구체적인 체험에 의한
'깨달음'에 이르고자 한다. 교외별전이란 정전화의 거부를 의미
한다. 불립문자와 직결되는 이 사상은 경전 혹은 문자를 정전으
로 인정하고 거기 얽매이면 죽은 교리만을 배우고 참된 깨우침
에 닿을 수 없음을 경계한 것이다. 우주는 텅 비어 있다는 공사
상의 입장에서 볼 때, 사물의 시니피에는 존재할 수가 없는 것이
다. 직지인심이란 직관과 통찰에 의한 본성이 앎을 의미하고, 견
성성불이란 남의 힘에 의함이 아닌 자신의 본성을 봄으로써 깨
달음에 이르는 것을 말하는데 이것은 앞의 열거했던 현전 또는
재현 불가능성과 밀접하다. 선의 근본이념이 실재를 꿰뚫어 거
기에 몰입함으로써 우리 존재 내부의 움직임에 접근하는 것이라
면 가장 직접적인 방법으로 살아 있는 그대로의 삶의 근본사실
을 깨닫는 일이야말로 자신만이 할 수 있는 것이다.

조오현의 선시는 선과 시가 균형을 이루는 것인데, 이를테면
종교시라면 시에 무게를 두지만 조오현의 선시는 시인이면서 선
승이므로 종교와 문학이 분리되지 않고 평등하게 용해되어 있
다. 그의 "선시는 '고집멸도'를 벗어난 '해탈의 언어'로서 '절간'과
'세계'에 대한 '초월적 경계'를 넘어서는 시인 내면의 정신작용인
명상 체험을 통해 불교적 사유를 보여준다. 그것은 초자연적이
고 초월적 공간을 통해 세간을 들여다보는 구도자적 입장에서
'시'라는 '언어'와 '선'이라는 '명상'과 일원화된 것인 바, 그의 선

시는 언어의 탁마(琢磨) 과정으로서 '언어의 명상' 또는 '명상의 언어'[315]라고 할 것이다.

마지막으로 본고는 조오현 시세계를 선시라고 규정하고 탐구하였는바, 불교적 사상을 기반으로 작품을 분석할 수밖에 없었다. 본 연구의 한계를 극복하기 위해서는 앞으로 다음과 같은 세 가지 방향에서 조오현 연구가 이루어져야 할 것을 제안한다.

첫째, 전집에 실린 작품을 연구 대상으로 한 총체적인 연구가 되어야 한다. 그동안 연구들은 그의 작품 일부만을 대상으로 삼고 있다. 그렇기 때문에 조오현의 문학세계를 연구하기 위해서는 모든 작품이 연구 대상이 되어야 한다.

둘째, 내용적인 측면의 연구다. 조오현이 선승이라는 점 때문에 불교적 측면만 강조되고 있는데 시인으로서 보다 다각적인 관점의 연구가 진행되어야 한다. 이것은 시 창작 및 연구의 활성화 등을 위해서도 중요하다.

셋째, 다양한 연구 방법을 수용한 다각적인 연구가 이루어져야 한다. 선행 연구는 수사미학과 형식미학 그리고 불교 사상과 구도자의 면만 부각시켰는데 앞으로 더욱 다양한 관점으로 연구가 진행되어야 한다. 조오현의 전기적 사실과 작품과의 관련성, 그리고 시치유적 관계 등 새로운 분야로의 확대는 현대시조의 저변확대로 이어질 것으로 사료된다.

위에서 살펴본바 고려시대 교화를 목적으로 한 지눌 선사상을 불교와 문학의 결합으로 승화시킨 혜심의 선시를 작금에 이르러 조오현이 현대 선시로 구현하고 있다. 본고는 조오현 선시

---

315) 권성훈, 「현대 선시조에 나타난 치유적 성격 연구」, 『시조학논총』제 30집, 2013. 69 쪽.

의 외연을 확대하기 위해 불교와 문학, 문학과 불교를 다각적인 측면에서 살펴보았다. 예컨대 불교를 통해 문학을 파악하고, 문학을 통해 불교를 탐구하기도 하면서 종교와 문학에 대한 유비적 상관관계를 분석하였다. 이렇게 조오현 선시와 세계관의 총체성을 연구하는데 주력하였다. 또한 그의 선시의 창작 시기를 주제별로 나누어 면밀히 검토하는 작업의 필요성을 인지하고 부록을 첨부하였다. 이것은 앞으로 조오현 및 선시 연구자들이 조오현 시를 이해하고 한국선시를 연구하는데, 도움을 주고자 하였다.

참고문헌

/

1. 기본자료

조오현, 『尋牛圖』, 한국문학사, 1978.

_____, 『산에 사는 날에』, 태학사, 2000.

_____, 『萬嶽伽陀集』, 만악문도회, 2002.

_____, 『절간이야기』, 고요아침, 2003.

_____, 『아득한 성자』, 시학, 2007.

_____, 『비슬산 가는 길』, 고요아침, 2008.

_____, 『마음 하나』, 시인생각, 2013.

_____ 편저, 『죽는 법을 모르는데 사는 법을 어찌 알랴·백유경』, 장승, 2005.

_____ 편저, 『禪問禪答』, 장승, 2005.

_____ 역해, 『碧巖錄』, 불교시대사, 1997.

_____ 역해, 『문무관』, 불교시대사, 2007.

_____ 조오현·신경림 공저, 『열흘간의 만남』, 아름다운 인연, 2004.

권영민 편, 『적멸을 위하여』, 문학사상, 2012.

2. 학위 논문

강금자, 「융의 집합 무의식에서의 개성의 해방과 아뢰야식의 정화」, 동국대 석
　　　사학위논문, 1993.

강문선, 「북종신수의 선사상연구」, 동국대 박사학위논문, 1994.

강우식, 「한국현대시의 상징성 연구」, 성균관대 박사학위논문, 1987.

강예자, 「만해 한용운 시연구-시에 나타난 역설적 표현을 중심으로」, 동국대 박
　　　사학위논문, 1994.

고재석, 「한국 근대문학의 불교지성적 배경연구」, 동국대 박사학위논문, 1990.

권기호, 「선시 연구」, 부산대 박사학위논문, 1991.

권성훈, 「한국 현대시에 나타난 치유성 연구」, 경기대 박사학위논문, 2009.

기우조, 「한용운 시의 수사적 특징 고찰」, 조선대 석사학위논문, 1991.

김광엽, 「한국시의 공간 연구」, 서강대박사학위논문, 1986.

김광원, 「한용운의 선시 연구」, 원광대 석사학위논문, 1992.

김락번, 「선의 심리학적 치료방법에 관한 연구」, 동국대 석사학위논문, 1996.

김용식, 「김현승 시의 '고독' 이미지 연구」, 동국대 석사학위논문, 2000.

김윤환, 「한국 현대시의 종교적 상상력 연구」, 단국대 박사학위논문, 2009.

김인섭, 「김현승 시의 상징체계 연구」, 숭실대 박사학위논문, 1994.

김종균, 「한국근대시인의식 연구」, 고려대 박사학위논문, 1980.

김창근, 「한국현대시의 원형적 상상력에 관한 연구」, 부산대 박사학위논문, 1992.

김형필, 「한국시의 상징체계에 관한 시론」, 단국대 석사학위논문, 1997.

마광수, 「윤동주 연구-그의 시에 나타난 상징적 표현을 중심으로」, 연세대 박사학위논문, 1983.

박규리, 「경허선시 연구」, 동국대박사학위논문, 2013.

박노균, 「1930년대 한국시에 있어서의 서구 상징주의 수용 연구」, 서울대 박사학위논문, 1992.

박정례, 「한국 현대시의 종교성에 대하여」, 충북대 석사학위논문, 1982.

박지숙, 「불교 사상의 카운슬링 활용방안 연구」, 동국대 석사학위논문, 1999.

방정숙, 『유마경』에 나타난 선사상에 관한 연구」 원광대 석사학위논문, 2002.

송재갑, 「만해의 불교사상과 시세계」, 동국대 석사학위논문, 1977.

서덕주, 「현대 선시 텍스트의 생성과 해체성 연구」, 서강대 박사학위논문, 2004.

서춘자, 「김달진 시의 불교 문학적 특성 연구」, 아주대 석사학위논문, 2000.

서형범, 「한국 개화기 개신유학자의 자기인식과 서사 양식의 관련 양상 연구」, 서울대 박사학위논문, 2007.

석성환, 「무산 조오현 시조시 연구」, 창원대 석사학위논문, 2006.

성범중, 「한국한시의 의경설정방법과 양상에 대한 연구」, 서울대 박사학위논문, 1993.

신 진, 「정지용시의 상징성 연구」, 성균관대 박사학위논문, 1991.

안세희, 「김현승 시의 전개 양상에 따른 상상력 연구」, 경기대 석사학위논문, 2004.

원 법, 「조선조 18세기 선시 연구」, 성균관대 박사학위논문, 2010.

유성호, 「김현승 시의 분석적 연구」, 연세대 박사학위논문, 1996.

육근웅, 「만해시에 나타난 선시적 전통」, 한양대 석사학위논문, 1983.

윤향기, 「한국 여성시의 에로티시즘 연구」, 경기대 박사학위논문, 2008.

이강하, 「만해 한용운 시의 은유구조 연구」, 전북대 석사학위논문, 2005.

이경교, 「님의 침묵의 이미지 분석」, 동국대 석사학위논문, 1984.

이귀영, 「한국 현대시의 아이러니 연구」, 숙명여자대 석사학위논문, 1986.

이대성, 「유마경 연구」, 동국대 박사학위논문, 1999.

이민호, 「현대시의 담화론적 연구」, 서강대 박사학위논문, 2000.

이상미, 「무의자 혜심의 선시 연구」, 성신여대 박사학위논문, 2002.

이상호, 「한국 현대시에 나타난 자아의식에 관한 연구」, 동국대 박사학위논문, 1988.

이영희, 「한국 현대시에 나타난 삶의 인식방법 연구」, 경희대 박사학위논문, 1987.

이종욱, 「박남수 시에 나타난 불교적 상상력 연구」, 영남대 박사학위논문, 2008.

이종찬, 「고려선시연구」, 고려대 박사학위논문, 1984.

이진정, 「만해한용운시연구」, 경원대 석사학위논문, 2010.

인권환, 「고려시대 불교시의 연구」, 고려대 박사학위논문, 1982.

임소영, 「소식의 선시 연구」, 중앙대 석사학위논문, 2009.

임정빈, 「한용운 시의 상징성」, 전남대 석사학위논문, 1990.

장수현, 「김달진 시 연구-불교적 상상력과 노장적 세계를 중심으로」, 광주대 석사학위논문, 2003.

정민영, 「김현승 시의 상징과 기독교 사상 연구」, 부산외국어대 석사학위논문, 2002.

정복선, 「만해 한용운의 님의 침묵에 나타난 순환구조」, 성신여자대 석사학위논문, 1986.

정수자, 「한국 현대시의 고전적 미의식 연구」, 아주대 박사학위논문, 2005.

정영수, 「불교 선문답의 의미 공유와 기능에 관한 연구」, 연세대 석사학위논문, 1998.

정학심, 「한용운 시에 나타난 전통과 선사상에 관한 연구」, 한국교원대 석사학위논문, 1992.

조병기, 「한국 현대시에 나타난 비극적 서정성 연구」, 성균관대 박사학위논문, 1989.

조연화, 「조운 시조 연구」, 경기대 석사학위논문, 2003.

조정환, 「한용운 시의 역설 연구」, 서울대 석사학위논문, 1982.

주영숙, 「사설시조의 변용양상 연구」, 경기대 박사학위논문, 2008.

최동호, 「한국 현대시에 나탄 심상과 의식 연구」, 고려대 박사학위논문, 1981.

황인원, 「개화기시조의 변이양상 연구」, 성균관대 석사학위논문, 1991.

현광석, 「한국 현대 선시 연구」, 경희대 석사학위논문, 2000.

황경숙, 「김달진 시 연구-무아 사상의 성숙 과정을 중심으로」, 경남대 석사학위논문, 1992.

3. 소논문

고명수, 「한국 현대시에 나타난 선취의 양상」, 『한국 불교문학 연구』하, 동국대 출판부, 1988.

고익진, 「신라하대의 선 전래」, 『한국선종사상사』동국대 불교문학연구원, 1997.

권성훈, 「조오현 선시「일색변」에 나타난 무아론」, 『한국문예창작』제13호, 2008.

_____, 「한국불교시에 나타난 치유성 연구」, 『종교연구』제 70집, 2013.

_____, 「현대 선시조에 나타난 치유적 성격 연구」, 『시조학논총』제 30집, 2013.

김민서, 「조오현 선시에 대한 연구 동향」, 『한국시조시학회』제2호, 2014.

김학성, 「시조의 전통미학과 현대시조 비평의 실제」, 『한국고전시가의 전통과 계승』, 성균관대학교 출판부, 2009.

나종순, 「선시의 수사학」, 『구조와 분석 I 』창, 1998.

문홍술, 「현대 시조가 도달한 미학적 감응력의 최대치」, 『시와 세계』겨울호, 2011.

박찬두, 「시어와 선어에 있어서 비유 · 상징 · 역설」, 『현대문학과 선시』, 2002.

박찬일, 「불이사상의 구체화 · 불이사상의 변주」, 『근대 이항대립체계의 실제』, 열락2001.

박철희, 「현대시조의 특성과 장르의 다양성」, 『시조의 형식미학과 현대적 계승』, 학술세미나 자료집, 열린시조학회, 2010.

석성환, 「무산 조오현의 시조 연구」, 『사림어문연구』17권, 2007.

신진숙, 「'허기'의 시학」, 『시와 시학』여름호, 2007.

오세영, 「인생과 문학과 선의 향취」, 『20세기시인론』, 월인, 2005.

오종문, 「세상 밖으로 걸어 나온 선시조」, 『열린시학』겨울호. 2011.

유성호, 「죽음과 삶의 깊이를 응시하는 '아득한 성자'」, 『시와시학』여름호, 2007.

이숭원, 「시조 미학의 불교적 회통」, 『현대시학』7월호, 2011.

이법산, 「간화선 수용과 한국 간화선의 특징」, 『반조사상』23집, 보조사상연구원, 2005.

이재훈, 「조오현 시에 나타나는 적기어법의 발현 양상」, 『시와세계』봄호, 2012.

이정환, 「일체지향과 사람의 시학」, 『서정시학』 여름호, 2007.

이지엽, 「조오현 시조의 창작 방법 고찰」, 『시조학논총』제 33집, 2010.

_____, 「21세기 시조 창작의 일 방향 고찰」, 『만해축전 · 중권』, 2010.

이지엽 · 유순덕, 「무산 조오현 시조에 나타난 융의 4가지 심리 유형 연구」, 원광대학교 인문학연구소, 『열린정신 인문학 연구』제 5집 1호, 2014.

장경렬, 「'시인'이 아닌 '시'가 쓴 시 앞에서」, 『응시와 성찰』, 문학과 지성사, 2008.

장성진, 「시조의 서술단위와 그 성격」, 『문학과 언어』제3집, 1982.

인권환, 「한국 선시의 형성과 전개」, 『동악어문논집』33집, 동악어문학회, 1998.

임준성, 「현대 시조의 불교적 특성 : 무산 조오현의 시조를 중심으로」『한국시조
       시학』통권 제1호, 2006.

장영우, 「줄 없는 거문고의 음률」, 『거울과 벽』, 천년의 시작, 2007.

최동호, 「심우도와 한국 현대 선시 - 경허, 만해, 오현의 「심우도」를 중심으로」,
       『만해학 연구』, 만해학술원, 2005. 8.

홍기삼, 「불교적 세계관과 정신주의 시」, 『한국 불교문학 연구』하, 동국대 출판
       부, 1988.

홍용희, 「마음, 그 깨달음의 바다 」, 『시와시학』여름호, 2007.

조지훈, 「선의 예비지식」, 법 홍 편, 『선의 세계』, 호영출판사, 1992.

4. 단행본 및 저서

교양교재편찬위원회, 『불교학 개론』, 동국대학교 출판부, 1988.

권영민, 『적멸을 위하여』, 문학사상, 2012.

권혁웅, 『시론』, 문학동네, 2011.

김대행, 『시조 유형론』, 이화여자대학교출판부, 1989.

김덕근, 『한국 현대선시의 맥락과 지평』, 박이정, 2005.

김동화, 『선종사상사』, 보연각, 1985.

_____, 『불교학 개론』, 백영사, 1967.

김묘주, 『유식사상』, 경서원, 1997.

김운학, 『불교문학의 이론』, 일지사, 1981.

김제현, 『사설시조 전집』, 영언문화사, 1985.

_____, 『시조문학론』, 예전사, 1992.

_____, 『사설시조 문학론』, 새문사, 1997.

_____, 『현대시조작법』, 새문사, 2003.

_____, 이지엽 외『한국현대시조 작가론』, 태학사, 2002.

김종해, 『선의 정신의학』, 한강수, 1996.

김준오, 『시론』, 문장, 1987.

김혜법, 『불교의 바른 이해』, 우리출판사, 1988.

박경훈, 『부처님의 생애』, 불광출판부, 1990.

박 석, 『인문학, 동서양을 꿰뚫다』, 들녘, 2013.

박영주, 『판소리 사설의 특성과 미학』, 보고사, 2000.

박이문, 『노장사상』, 문학과 지성사, 1990.

박재금, 『한국선시연구』, 국학자료원, 1998.

박희선, 『생활참선』, 정신세계사, 1986.

백련선서간행회 역, 『백암록』, 장경각, 1993.

_____, 『마조록』, 장경각, 1993.

_____, 『임제록』, 장경각, 1993.

_____, 『종용록』, 장경각, 1993.

석지현, 『선으로 가는 길』, 일지사, 1975.

성 열, 『신대중 불교의 철학적 시초』, 법등, 1994.

송방송, 『한겨레 음악인 대사전』, 보고사 2012.

송석구, 『한국의 유불사상』, 사사연신서, 1985.

송준영, 『禪, 언어로 읽다』, 소명 출판, 2010.

송준영 역, 『'빈 거울'을 절간과 세간(世間) 사이에 놓기』, 시와세계, 2013.

신은경, 『사설시조의 시학적 연구』, 개문사, 1992.

신현락, 『한국 현대시와 동양의 자연관』, 한국문화사, 1998.

오세영, 『현대시와 불교』, 살림, 2006.

_____, 『시쓰기의 발견』, 서정시학, 2013.

오태석, 『문학비평용어사전』, 한국문학평론가협회, 국학자료원, 2006.

오형근, 『인도불교의 선사상』, 한성, 1992.

유성호, 『한국 현대시의 형상과 논리』, 국학자료원, 1997.

윤금초, 『한국시조쓰기』, 새문사, 2004.

이도업, 『화엄사상연구』, 민족사, 1998.

이동호 · 한기창 · 김홍경 · 김경복 · 김영대 · 권영두, 『이것이 선이다』, 대성문화사, 1988.

이병한 편저, 『중국고전시학의 이해』, 문학과 지성, 1992.

이승하,『한국의 현대시와 풍자의 미학』, 문학사상, 2004.

이승훈,『시론』, 고려원, 1992.

이원섭,『현대 문학과 선시』, 불지사, 1992.

월　호,『세어본 소만 존재한다』, 운주사, 2000.

이재인,『김남천 문학』, 문학아카데미, 1996.

이종찬,『한국의 선시』, 이우출판사, 1985.

이지엽,『한국현대문학의 사적 이해』, 시와 사람, 1996.

_____,『21세기 한국의 시락』, 책만드는 집, 2002.

_____,『현대시창작강의』, 고요아침, 2005.

_____,『북으로 가는 길』, 고요아침, 2006.

_____,『한국 현대시조 작가론 II · III』, 태학사, 2007.

_____,『현대시조 100년』, 고요아침, 2007.

_____,『현대시조쓰기』, 랜덤하우스, 2007.

이태극,『時調의 史的 硏究』, 선명문화사, 1974.

인권환,『고려시대불교시의 연구』, 고대민족문화연구소, 1983.

임종찬,『현대시조탐색』, 국학자료원, 2004.

전해주,『의상의 화엄사상사』, 민족사, 1990.

정끝별,『패러디의 시학』, 문학세계사, 1997.

정병조,『정병조의 불교강좌』, 민족사, 1997.

정성본,『선의 역사와 선사상』, 삼원사, 1994.

조동일,『한국문학통사』 5권, 지식산업사, 1985.

조명제,『고혀 후기의 간화선 연구』, 혜안, 2004.

조지훈,『시와 인생』, 박영사, 1959.

종　호,『임제선 연구』, 경서원, 1996.

차주환,『중국시론』, 서울대학교출판부, 1989.

천이두,『전통의 계승과 그 극복』, 한국현대작가작품론, 일지사, 1974.

최승호,『서정시와 미메시스』, 역락, 2006.

한국시인협회 편,『한국현대시사』, 민음사, 2007.

홍기삼,『불교문학연구』, 집문당, 1997.

5. 평론 및 해설

권성훈, 「히에로파니hierophany에 도달한 비극적 존재—조오현 문학전집」, 『적멸을 위하여』, 『시조시학』 2013.

권영민, 「시조의 형식 혹은 운명의 형식을 넘어서기」, 『시와 세계』가을호, 2008.

김미정, 「현대 선시의 문학적 사유와 수사의 미학- 조오현 시집 『아득한 성자』 중심으로」, 『시와 세계』여름호, 2009.

김옥성, 「윤리와 사유의 마루」, 『시인세계』겨울. 2007.

김용희, 「여보게, 저기 저 낙조를 보게」, 『열린시학』여름호, 2004.

김재홍, 「구도의 시 · 깨침의 시, 조오현」, 새국어생활 8권. 2008.

김형중, 「한국 선시의 현대적 활용」, 『순수문학』여름호, 통권 210호, 2011.

맹문재, 「염장이의 시학」, 『시평』가을호, 2009.

박시교, 「산 속에서 들려주는 파도소리」, 『현대시조』제77호, 2003.

방민호, 「마음의 거처 · 조오현론」, 『감각과 언어의 크레파스』, 서정시학, 2007.

이문재, 「마음과 싸우기의 어려움의 아름다움」, 『한국현대시조작가론』, 태학사, 2002.

이지엽, 「번뇌와 적멸의 아름다운 설법」, 『한국 현대시조 작가론II』, 태학사, 2007.

임금복, 「우주적 부처를 발견하는 미의 마술사」, 『창작21』신년호, 2006.

임수만, 「근원에서 들려오는 노래」, 『우주의 역사와 접점찾기』, 역락, 2006.

오세영, 「무영수에 깃든 산새들」, 『시와시학』여름, 2007.

유성호, 「타아(他我)가 발화하는 심연의 언어」, 『시조월드』하반기, 2005,

이병용, 「산일의 참빛깔소리 : 조오현론」, 『시조문학』여름, 2007.

이상옥, 「승속을 초탈한 불이(不二)의 세계」, 『시조월드』10호, 2005.

이선이, 「선(禪) 혹은 열림의 언어-조오현의 시세계」, 『열린시학』33호, 2004.

이승훈, 「조오현 시조의 실험성」, 『시와세계』가을호, 2008.

이 호, 「道에 이르는(到) 道를 이르는(云) 詩」, 『열린시학』33호, 2004.

하 린, 「조오현 선시조를 읽는 몇 가지 방식」, 『열린시학』2013..

한용운, 「내가 믿는 불교」, 『한용운 전집』신구문화사, 1973.

6. 외국 논저

두송백, 박원식 · 손대각 역, 『선과 시』, 민족사, 2000.

모로하시 데쓰지, 심우성 역, 『공자 노자 석가』, 동아시아, 2001.

방립천, 류영희 역, 『불교철학개론』, 민족사, 1989.

西谷啓治, 김호귀 역, 『현대와 선』, 불교시대사, 1994.

엄 우, 김해명 · 이우정 역, 『창랑시화』, 소명출판, 2001.

오경태, 오태 역, 『禪學的黃金時代』臺灣常務印書館, 1986.

_____, 류시화 역, 『禪의 黃金時代』, 경서원, 1986.

요코하마 고이츠, 장순용 역, 『십우도 · 마침내 나를 얻다』, 들녘, 2001.

柳田聖山, 안영길 · 추만호 역, 『선의 사상과 역사』, 민족사, 1989.

中村元, 김지견 역, 『중국인의 사유방식』, 동서문화사, 1971.

陳允吉, 일지 역, 『중국문학과 선』, 민족사, 1992.

아리스토텔레스, 천병희 역, 『시학』, 문예출판사, 2003.

_____, 김재홍 역, 『시학』, 고려대학교출판부, 1998.

아브람스, 최상규 역, 『문학용어 사전』, 대방, 1985.

베리, 한민수 외 공역, 『현대문학이론 입문』, 시유시, 2001.

엘리아드, 이동하 역, 『성과 속』, 학민사, 1983.

_____, 이재실 역, 『이미지와 상징』, 까치, 2000.

엘리어트, 최종수 역, 『문예비평론』, 박영사, 1974.

휠라이트, 김태옥 역, 『은유와 실재』, 한국문화사, 2000.

캔필드, 김종욱 역, 『서양철학과 선』, 민족사, 1993.

이글턴, 홍준기 외 공역, 『문학이론 입문』, 창작과 비평사, 1996.

스크트릭, 장영수 역, 『문학의 상징 주제 사전』, 청하, 1989.

바슐라르, 김현 역, 『몽상의 시학』, 민음사, 1998.

바하, 장영태 역, 『문학연구의 방법론』, 홍성사, 1982.

얌폴스키, 연암종서 역, 『육조단경연구』, 경서원, 1992.

부록

/

NO	제목	단(평)시조	연시조	사설시조 (자유시, 산문시 포함)	주요소재	시점	시 공간
1	계림사 (鷄林寺) 가는 길		12연 24행		계림사, 먹뻐꾸기, 땀방울, 물, 산, 산꽃, 바람	1인칭	자연
2	관음기 (觀音記)		6연 12행		연꽃, 연대, 보살, 백팔염주, 상념, 달, 뜨락	3인칭	출세간
3	내가 쓴 서체 (書體)를 보니		2연 7행		서체, 죄적, 붓대, 잠, 피, 먹물	1인칭	내면세계
4	내 몸에 뇌신 (雷神)이 와서		3연 9행		번개, 죽살이, 슬픔	1인칭	내면세계
5	네 (一句)를		9연 18행		미행, 그물, 물밥, 사자짚신, 감각, 이승	1인칭	내면세계
6	달마 (達磨)의 십면목 (十面目)		10연 30행		1)화적질, 독살림, 물건	3인칭	출세간
					2)세간, 물주		
					3)제석거리, 입덧		
					4)목숨, 바람,		

					행인		
					5)수염, 하늘, 달빛, 손발톱		
					6)기별, 목숨		
					7)토질, 물결		
					8)머리, 손톱, 부스럼		
					9)도신, 상문풀이		
					10)강진, 화재뢰, 상가지구		
7	몽상 (夢想)		4연 12행		고향, 우물, 마을, 정화수, 외할머니, 왕자	1인칭	자연
8	범어사 정경 (梵魚寺 情景)		9연 18행		푸르름, 대웅전, 범종, 주련, 불탑, 번뇌, 목탁	3인칭	산사
9	봄			2연 6행	비, 물쑥, 진달래, 꽃, 울엄마, 상처 뻐꾸기	3인칭	자연
10	비슬산 (琵瑟山) 가는 길			3연 9행	비슬산, 스님, 까투리, 연, 절, 멧새	1인칭	자연
11	산거일기 (山居日記)	3연 6행			태산, 일월등, 만상, 달, 솔바락, 소쩍새	3인칭	자연
12	산조 (散調)1	3연 6행			개살구나무, 봄, 피	3인칭	자연

13	산조 (散調)2	3연 6행			겨울, 산속, 멧새알, 달빛	3인칭	자연
14	산조 (散調)3	3연 6행			하늘, 바다, 꽃구름, 천문, 달	3인칭	자연
15	산조 (散調)4	3연 6행			구름, 천둥, 기러기, 마음	3인칭	자연
16	산조 (散調)5	1연 3행			봄, 심상, 낙숫물	3인칭	자연
17	산조 (散調)6	1연 3행			노여움, 풍설, 항거	다층적	자연
18	산중문답 (山中間答)		9연 18행		신통, 양심, 피, 해돋이 마을	1인칭	내면세계
19	살갗만 살았더라		6연 12행		살갗, 삶, 울음, 먹피, 세포, 곤장	1인칭	내면세계
20	석굴암 대불 (石窟庵 大佛)		3연 9행		청산, 바다, 염원, 해, 달, 사모, 파도	3인칭	출세간
21	설산(雪山)에 와서		5연 15행		밤, 짐승, 눈보라, 열망, 한, 적요	1인칭	출세간
22	세월 밖에서		9연 18행		하늘, 말씀, 여로, 장등, 세월	3인칭	내면세계
23	시자(侍者)에게	1연 3행			말, 입, 녹쇠, 화탕(火湯)	3인칭	내면세계
24	심우도		1)2연 6행 2)2연 6행 3)2연 6행 4)2연 6행		1)이마, 수배, 행방, 화살, 도둑 2)도심(盜心), 음담, 엄적, 그물, 고기 3)그림자, 초범, 빛, 상여,	다층적	출세간

					어머니, 아들		
			5)2연 6행 6)2연 6행 7)2연 6행 8)2연 6행 9)2연 6행 10)1연 6행		4)코뚜레, 형법, 강도, 명적, 운명 5)원야, 형벌, 이름, 바다, 육신 6)징소리, 매혼, 음양각 7)과태로, 이·저승 8)버짐, 전생, 삼천대계 9)백정, 간통, 동진, 발등, 삶 10)저자, 소실, 나막신, 문둥이		
25	염원(念願)		3연 9행		냉이, 상념, 업, 우화(羽化)	3인칭	내면세계
26	오후의 심경(心經)		6연 11행		천계, 산맥, 가을, 인생, 심상, 적공	3인칭	내면세계
27	일색과후 (一色過後)1		6연 12행		돌, 둑, 분노, 부표	1인칭	출세간
28	일색과후 (一色過後)2		2연 6행		눈, 개, 유령	1인칭	출세간
29	일색과후 (一色過後)3		2연 6행		대감, 띠, 골고래, 빼도리, 버릇물	3인칭	출세간
30	일색과후 (一色過後)4		12연 24행		언어, 이름, 오월, 목숨, 꿈, 신문, 굴비	3인칭	출세간
31	일색과후 (一色過後)5		6연 12행		도한, 병, 기침, 토사, 피, 환부	1인칭	출세간
32	전야월 (戰夜月)		6연 12행		가난, 진달래, 눈물, 임진강, 달, 강산	3인칭	자연

33	정(靜)		3연 9행		여일(餘日), 그늘, 땅, 일월, 노을, 저승, 달빛, 그림자	3인칭	내면세계
34	종연사(終緣詞)		9연 18행		산, 어머니, 눈물, 천금(天衾), 목숨, 설움, 정	3인칭	내면세계
35	죽은 남자		3연 9행		죽은 남자, 죽은 여자, 빛깔, 유령	1인칭	내면세계
36	직지사 기행초(直旨寺 紀行抄)	3연 6행			물, 길, 흰 구름, 뻐꾸기	3인칭	자연
37	진이(塵異)		6연 12행		잡동사니, 디딜방아, 지푸라기, 쭉정이	3인칭	내면세계
38	창녕(昌寧)에 가서	3연 6행			성터, 고을, 세월, 돌	3인칭	내면세계
39	파환향곡(破還 鄕曲)		3연 9행		졸음, 목숨, 기중(忌中)	3인칭	출세간
40	할미꽃		3연 12행		어머니, 서러움, 기다림, 가난, 꽃	3인칭	내면세계
41	해제초1		9연 18행		주장자, 졸음, 불빛, 바다, 나무, 전심, 감촉, 궁궐, 여운, 양귀비	3인칭	출세간
42	해제초2		9연 18행		어둠, 수면, 삶, 죽음, 용서, 광장, 비수, 생사	3인칭	출세간
43	해제초3		6연 12행		까마귀 피, 불조, 갈대, 집념	3인칭	출세간

〈표 2〉 『산에 사는 날에』(태학사, 2000)(69세)

순서	제목	단(평)시조	연시조	사설시조 (자유시, 산문시 포함)	주요소재	시점	시공간
1	가을사경		1연 7행		가을 하늘, 바다, 햇볕, 새	3인칭	자연
2	겨울 산짐승	2연 4행			동지 팥죽, 조주대사, 설해목	1인칭	내면세계
3	견춘 3제 (見春三題)		3연 9행		발진, 어금니, 육탈, 설도, 독버섯, 봄날, 내분비, 목숨	1인칭	자연
4	결구8	3연 6행			천하, 겨자씨, 마음	3인칭	내면세계
5	고향당 하루		2연 6행		누마루, 발, 하루, 벽화, 신선도, 낙조	1인칭	산사
6	관등사		6연 18행		등불, 유정무정, 축복, 법열, 꽃공양, 연등	3인칭	산사
7	근음		1연 6행		초의선사, 인생, 녹차, 어촌주막, 종놈,	3인칭	출세간
8	내가 나를 바라보니	3연 7행			무금선원, 벌레, 배설, 알	1인칭	내면세계
9	내가 쓴 서체를 보니		2연 6행		서체, 죄적, 붓대, 잠, 피, 먹물	1인칭	내면세계
10	내 삶은 헛걸음		4연 12행		몸, 비석, 푸석돌, 대역죄인, 헛걸음	1인칭	내면세계
11	달마 (達磨)의 십면목 (十面目)		10연 30행		1)화적질, 독살림, 물건 2)세간, 물주 3)제석거리, 입덧 4)목숨, 바람, 행인 5)수염, 하늘, 달빛, 손발톱 6)기별, 목숨	3인칭	출세간

				7)토질, 물결		
				8)머리, 손톱, 부스럼		
				9)도신, 상문풀이		
				10)강진, 화재뢰, 상가지구		
12	만인고칙 (萬人古則)1		10연 30행	1)입, 의단 2)칠보, 살림살이, 풀 3)그물, 장경바다, 사공 4)살인도, 활인검, 사람 5)일사천하, 은산철벽 6)낙뢰소리, 낙반소리, 거적대기 7)멍에, 목숨, 값 8)별, 하룻밤, 이치, 산천 9)울음, 웃음, 허물 10)스님, 천하태평, 부처, 방망이	3인칭	출세간
13	만인고칙 (萬人古則)2		8연 28행	1)날짐승, 나무귀신, 부처 2)곡비, 삶, 죽음, 생이별 3)관문(關門), 포교, 고함소리 4)파가, 舌刀 5)화형, 검부러기 6)눈, 천야만야, 손 7)두메, 줄기, 잎, 톱니 8)대처, 장문, 벼슬자리	3인칭	출세간
14	무산 심우도		1)2연 6행 2)2연	1)이마, 수배, 행방, 화살, 도둑 2)도심(盜心),	다층적	출세간

번호	제목				내용	인칭	분류
		6행 3)2연 6행 4)2연 6행 5)2연 6행 6)2연 6행 7)2연 6행 8)2연 6행 9)2연 6행 10) 1연 6행			음담, 엄적, 그물, 고기 3)그림자, 초법, 빛, 상여, 어머니, 아들 4)코뚜레, 형법, 강도, 명적, 운명 5)원야, 형벌, 이름, 바다, 육신 6)징소리, 매혼, 음양각 7)과태로, 이·저승 8)버짐, 전생, 삼천대계 9)백정, 간통, 동진, 발등, 삶 10)저자, 소실, 나막신, 문둥이		
15	무설설 (無說說)1			3연	장롓날, 부인, 옹기, 상두꾼	3인칭	세간
16	무설설 (無說說)2	3연 6행			어부, 바다, 절, 삶, 파도	3인칭	세간
17	무설설 (無說說)3	3연 6행			계곡, 하늘, 물소리	3인칭	자연
18	무설설 (無說說)4	3연 6행			벽화, 황새, 잉어, 화공	3인칭	자연
19	무설설 (無說說)5	1연 3행			수좌, 달마, 반석	1인칭	내면세계
20	무자화 (無字話)1	1연 3행			손가락, 얼굴, 웃음기	3인칭	출세간
21	무자화 (無字話)2	1연 3행			적조, 포말, 겨울 밤, 마적	3인칭	출세간
22	무자화 (無字話)3	1연 3행			침묵, 마른 하늘, 오수	1인칭	출세간
23	무자화 (無字話)4	3연 6행			개살구 나무, 신물, 좀다래끼	3인칭	출세간
24	무자화 (無字話)5	3연 6행			무영수, 밤하늘, 땅,	3인칭	출세간

215 부록

번호	제목	형식1	형식2	키워드	인칭	분류
				떡잎, 우주		
25	무자화(無字話)6	1연 3행		강물, 뗏목다리	3인칭	출세간
26	미천골 이야기로		3연 9행	선림원지, 탑, 돌덩이, 미천골	3인칭	자연
27	보리타작 마당에서		3연 18행	타작마당, 보릿고개, 죄, 빚더미, 불	다층적	내면세계
28	산에 사는 날에		3연 10행	둥글뼈, 등걸, 한전스님, 운판, 풀벌레, 풀꽃	1인칭	내면세계
29	산일(山日)1	3연 6행		대추나무, 벼락, 죄	1인칭	내면세계
30	산일(山日)2	3연 6행		안부, 들오리, 산수유	다층적	내면세계
31	산일(山日)3	3연 6행		새 울음, 해조음	1인칭	내면세계
32	산창을 열면		3연 9행	화엄경, 새, 나무, 풀벌레, 짐승, 생명	3인칭	내면세계
33	실일(失日)		2연 6행	팽이채, 죄인, 홍심, 빙판	다층적	내면세계
34	인천만 낙조	1연 3행		밀물, 썰물, 파도, 늙은 어부	3인칭	내면세계
35	일색과후(一色過後)		6연 12행	나이, 이름, 디딜방아, 장작, 숯, 새 울음소리	1인칭	출세간
36	일색변(一色邊)1	3연 6행		바위, 검버섯	3인칭	출세간
37	일색변(一色邊)2	3연 6행		나무, 가지, 장독	3인칭	출세간
38	일색변(一色邊)3	3연 6행		사내, 장부, 물현금	3인칭	출세간
39	일색변(一色邊)4	3연 6행		여자, 거문고, 사람	3인칭	출세간
40	일색변(一色邊)5	3연 6행		사랑, 돌다리, 이승, 저승	3인칭	출세간
41	일색변(一色邊)6	3연 6행		중놈, 취모검, 손발톱, 눈썹	3인칭	출세간
42	일색변(一色邊)7	3연 6행		부황, 들기름, 담장	3인칭	출세간
43	재 한 줌		3연 9행	도반, 울음, 검버섯, 뻐꾸기, 재	1인칭	내면세계
44	출정	3연 7행		개구리, 푸나무, 어혈	다층적	내면세계

45	치악(雉岳) 일경(一景)	3연 7행			대장장이, 쇳물, 종, 빗물이	3인층	자연
46	침목		4연 14행		침목, 연대, 그루터기, 뼈, 지반, 역사	1인칭	세간
47	타향		3연 18행		성곽, 대궐, 이불, 객침, 어촌주, 해조움, 타향살이, 날품팔이	3인칭	세간
48	파도	3연 6행			불경, 하늘, 울음, 파도	3인칭	내면세계
49	파지	1연 7행			법고, 아이, 귀, 천둥소리	다층적	출세간
50	화두		3연 9행		죽은 남자, 죽은 여자, 빛깔, 유령	1인칭	내면세계

〈표 3〉 조오현 선시조 『萬嶽伽陀集』(자가본, 2002, 만악문도회편)(71세)

순서	제목	단(평)시조	연시조	사설시조 (자유시, 산문시 포함)	주요소재	시점	시공간
1	1950년 봄		2연 6행		비, 물쑥, 진달래, 꽃, 울엄마, 상처 뻐꾸기	3인칭	자연
2	1950년 염원(念願)		3연 9행		냉이, 상념, 업, 우화(羽化)	3인칭	자연
3	1970년 방문(1)		9연 18행		신통, 양심, 피, 해돋이 마을	1인칭	내면세계
4	1970년 방문(2)		6연 12행		살갗, 삶, 울음, 먹피, 세포, 곤장	1인칭	내면세계
5	1970년 방문(3)		2연 7행		서체, 죄적, 붓대, 잠, 피, 먹물	1인칭	내면세계
6	1970년 방문(4)		9연 18행		미행, 그물, 물밥, 사자짚신, 갑각, 이승	1인칭	내면세계
7	1970년 방문(5)	1연 3행			말, 입, 녹쇠, 화탕(火湯)	3인칭	내면세계
8	1970년 방문(6)		3연 9행		번개, 죽살이, 슬픔	1인칭	내면세계
9	1970년 방문(7)		2연 6행		졸음, 목숨, 기중(忌中)	3인칭	내면세계
10	1970년 방문(8)		2연 6행		눈, 개, 유령	1인칭	내면세계
11	1970년 방문(9)		2연 6행		눈, 개, 유령	1인칭	내면세계
12	1970년 방문(10)		2연 6행		대감, 띠, 골고래, 빼도리, 버릇물	3인칭	세간
13	1970년 방문(11)	3연 6행			국어사전, 과일, 목숨, 이름, 인세	다층적	내면세계
14	1970년 방문(12)	3연 6행			오월, 목숨, 정신, 꿈	다층적	세간
15	1970년 방문(13)	3연 6행			산중, 채식,	다층적	세간

					신문, 두드러기		
16	1970년 방문(14)	3연 6행			국적, 염천, 소금절이, 제물, 굴비	3인칭	출세간
17	1970년 방문(15)		6연 12행		도한, 병, 기침, 토사, 피, 환부	1인칭	세간
18	1970년 방문(16)	-	-	-	-	-	-
19	1980년 방문(1)			4연	몸, 비석, 푸석돌, 대역죄인, 헛걸음	1인칭	세간
20	1980년 방문(2)		4연 14행		침목, 연대, 그루터기, 뼈, 지반, 역사	1인칭	세간
21	1980년 방문(3)		3연 18행		타작마당, 보릿고개, 죄, 빚더미, 불	다층적	내면세계
22	겨울 산짐승	2연 4행			동지팥죽, 조주대사, 설해목	1인칭	내면세계
23	겨울 산사(山寺)	3연 6행			산승, 절, 심상, 인경	3인칭	산사
24	견춘3제 (見春三題)		3연 9행		발진, 어금니, 육탈, 설도, 독버섯, 봄날, 내분비, 목숨	1인칭	자연
25	고향당 하루		2연 6행		루마루, 발, 하루, 벽화, 신선도, 낙조	1인칭	자연
26	관음기(觀音記)		6연 12행		연꽃, 연대, 보살, 백팔염주, 상념, 달, 뜨락	3인칭	절간
27	근음(近吟)		1연 6행		초의선사, 인생, 녹차, 어촌주막, 종놈	3인칭	출세간
28	남산 골 아이들	3연 6행			겨울, 산속, 멧새알, 달빛	3인칭	자연
29	내가 나를 바라보니	3연 7행			무금선원, 벌레, 배설, 알	1인칭	내면세계
30	달마(達磨)1	1연 3행			화적질, 독살림, 물건	3인칭	출세간
31	달마(達磨)2	1연 3행			세간, 물주	3인칭	출세간
32	달마(達磨)3	1연 3행			제석거리, 입딧	3인칭	출세간
33	달마(達磨)4	1연 3행			목숨, 바람,	3인칭	출세간

					행인		
34	달마(達磨)5	1연 3행			수염, 하늘, 달빛, 손발톱	3인칭	출세간
35	달마(達磨)6	1연 3행			기별, 목숨	3인칭	출세간
36	달마(達磨)7	1연 3행			토질, 물결	3인칭	출세간
37	달마(達磨)8	1연 3행			머리, 손톱, 부스럼	3인칭	출세간
38	달마(達磨)9	1연 3행			도신, 상문풀이	3인칭	출세간
39	달마(達磨)10	1연 3행			강진, 화재뢰, 상가지구	3인칭	출세간
40	대령(對嶺)	1연 3행			노여움, 풍설, 항거	다층적	내면세계
41	만인고칙 (萬人古則)1	10연 30행			1)입, 의단 2)칠보, 살림살이, 풀 3)그물, 장경바다, 사공 4)살인도, 활인검, 사람 5)일사천하, 은산철벽 6)낙뢰소리, 낙반소리, 거적대기 7)멍에, 목숨, 값 8)별, 하룻밤, 이치, 산천 9)울음, 웃음, 허물 10)스님, 천하태평, 부처, 방망이	3인칭	출세간
42	만인고칙 (萬人古則)2	8연 28행			1)날짐승, 나무귀신, 부처 2)곡비, 삶, 죽음, 생이별 3)관문(關門),	3인칭	출세간

					포교, 고함소리		
					4)파가, 舌刀		
					5)화형, 검부러기		
					6)눈, 천야만야, 손		
					7)두메, 줄기, 잎, 톱니		
					8)대처, 장문, 벼슬자리		
43	명일(明日)의 염(念)		3연 9행		여일(餘日), 그늘, 땅, 일월, 노을, 저승, 달빛, 그림자	3인칭	내면세계
44	몰살량의 서설(序說)		3연 9행		죽은 남자, 죽은 여자, 빛깔, 유령	1인칭	출세간
45	몽상		4연 12행		고향, 우물, 마을, 정화수, 외할머니, 왕자	1인칭	내면세계
46	무산 심우도		1)2연 6행 2)2연 6행 3)2연 6행 4)2연 6행 5)2연 6행 6)2연 6행 7)2연 6행 8)2연 6행 9)2연 6행 10) 1연 6행		1)이마, 수배, 행방, 화살, 도둑 2)도심(盜心), 음담, 엄적, 그물, 고기 3)그림자, 초범, 빛, 상여, 어머니, 아들 4)코뚜레, 형법, 강도, 명적, 운명 5)원야, 형벌, 이름, 바다, 육신 6)징소리, 매혼, 음양각 7)과태로, 이·저승 8)버짐, 전생, 삼천대계 9)백정, 간통,	다층적	출세간

					동진, 발등, 삶 10)저자, 소실, 나막신, 문둥이		
47	무설설 (無說說)1			3연	장롓날, 부인, 옹기, 상두꾼	3인칭	세간
48	무설설 (無說說)2	3연 6행			어부, 바다, 절, 삶, 파도	3인칭	세간
49	무설설 (無說說)3	3연 6행			계곡, 하늘, 물소리	3인칭	자연
50	무설설(無說說)4	3연 6행			벽화, 황새, 잉어, 화공	3인칭	자연
51	무설설(無說說)5	1연 3행			수좌, 달마, 반석	1인칭	내면세계
52	무설설(無說說)6	3연 7행			상머슴, 도랑물, 얼레미, 목마름	3인칭	내면세계
53	무자화(無字話)1	1연 3행			손가락, 얼굴, 웃음기	3인칭	출세간
54	무자화(無字話)2	1연 3행			적조, 포말, 겨울 밤, 마적	3인칭	출세간
55	무자화(無字話)3	1연 3행			침묵, 마른 하늘, 오수	1인칭	출세간
56	무자화(無字話)4	3연 6행			개살구 나무, 신물, 좀다래끼	3인칭	출세간
57	무자화(無字話)5	3연 6행			무영수, 밤하늘, 땅, 떡잎, 우주	3인칭	출세간
58	무자화(無字話)6	1연 3행			강물, 뗏목다리	3인칭	출세간
59	미천골 이야기로		3연 9행		선림원지, 탑, 돌덩이, 미천골	3인칭	자연
60	바다	3연 6행			구름, 천둥, 기러기, 마음	3인칭	내면세계
61	범어사 정경		9연 18행		푸르름, 대웅전, 범종, 주련, 불탑, 번뇌, 목탁	3인칭	산사
62	별경(別境)		1연 6행		가을 하늘, 금린, 새	3인칭	내면세계
63	비슬산(琵瑟山) 가는 길		3연 9행		비슬산, 스님, 까투리, 연, 절, 멧새	1인칭	자연
64	산목단(山牧丹)	3연 6행			산목단, 사모, 잎	3인칭	내면세계
65	산승(山僧)1	3연 6행			산창, 마음, 생애	3인칭	내면세계
66	산승(山僧)2	3연 6행			철새, 산, 창해, 하늘	1인칭	내면세계

67	산승(山僧)3	3연 6행			학인, 현관, 붓	3인칭	내면세계
68	산에 사는 날에		3연 10행		등골뼈, 등걸, 한전스님, 운판, 풀벌레, 풀꽃	1인칭	내면세계
69	산일(山日)1	3연 6행			대추나무, 벼락	1인칭	내면세계
70	산일(山日)2	3연 6행			안부, 들오리, 산수유	다층적	내면세계
71	산일(山日)3	3연 6행			새 울음, 해조음	1인칭	내면세계
72	산창을 열면		3연 9행		화엄경, 새, 나무, 풀벌레, 짐승, 생명	3인칭	내면세계
73	새싹	1연 3행			눈빛, 불똥, 오월	3인칭	자연
74	석굴암 대불		3연 9행		청산, 바다, 염원, 해, 달 , 사모, 파도	3인칭	출세간
75	설산(雪山)에 와서		5연 15행		밤, 짐승, 눈보라, 열망, 한, 적요	1인칭	내면세계
76	앵화	3연 6행			개살구나무, 봄, 피	3인칭	자연
77	연거(燕居)	3연 6행			일월등, 달, 솔바람, 소쩍새	3인칭	자연
78	오후의 심경(心經)		6연 11행		천계, 산맥, 가울, 인생, 심상, 적공	3인칭	내면세계
79	완월(玩月)	3연 6행			솔밭, 바람, 대숲, 달	3인칭	자연
80	인천만 낙조	1연 3행			밀물, 썰물, 파도, 늙은 어부	3인칭	내면세계
81	일색과후 (一色過後)		6연 12행		나이, 이름, 디딜방아, 장작, 숲, 새 울음소리	1인칭	출세간
82	일색변 (一色邊)1	3연 6행			바위, 검버섯	3인칭	출세간
83	일색변 (一色邊)2	3연 6행			나무, 가지, 장독	3인칭	출세간
84	일색변 (一色邊)3	3연 6행			사내, 장부, 물현금	3인칭	출세간
85	일색변 (一色邊)4	3연 6행			여자, 거문고, 사람	3인칭	출세간
86	일색변	3연 6행			사랑, 돌다리,	3인칭	출세간

					이승, 저승		
87	일색변 (一色邊)6	3연 6행			중놈, 취모검, 손발톱, 눈썹	3인칭	출세간
88	일색변 (一色邊)7	3연 6행			부황, 들기름, 담장	3인칭	출세간
89	일색변 (一色邊)8	3연 6행			천하, 겨자씨, 마음	3인칭	출세간
90	일월(日月)	3연 6행			하늘, 바다, 꽃구름, 천문, 달	3인칭	자연
91	재 한 줌		3연 9행		도반, 울음, 검버섯, 뻐꾸기, 재	1인칭	내면세계
92	적멸을 위하여	3연 6행			삶, 죽음, 벌레, 먹이	1인칭	내면세계
93	전야월 (戰夜月)		6연 12행		가난, 진달래, 눈물, 임진강, 달, 강산	3인칭	자연
94	조춘(早春)	1연 3행			봄, 심상, 낙숫물	3인칭	자연
95	종연사 (終緣詞)		9연 18행		산, 어머니, 눈물, 천금(千金), 목숨, 설움, 정	3인칭	내면세계
96	직지사 기행초	3연 6행			물, 길, 흰 구름, 뻐꾸기	3인칭	자연
97	진이(塵異)		6연 12행		맥망(麥芒), 디딜방아, 지푸라기, 쭉정이	3인칭	내면세계
98	출정(出定)	3연 7행			개구리, 푸나무, 어혈	다층적	내면세계
99	타향		3연 18행		성곽, 대궐, 이불, 객침, 어촌주, 해조음, 타향살이, 날품팔이	3인칭	세간
100	파도	3연 6행			불경, 하늘, 울음, 파도	3인칭	내면세계

101	파지(把指)	1연 7행			법고, 아이, 귀, 천둥소리	다층적	출세간
102	할미꽃		3연 12행		어머니, 서러움, 기다림, 가난, 꽃	3인칭	내면세계
103	해제초 (解制抄)1		9연 18행		주장자, 졸음, 불빛, 바다, 나무, 전심, 감촉, 궁궐, 여운, 양귀비	3인칭	출세간
104	해제초 (解制抄)2		9연 18행		어둠, 수면, 삶, 죽음, 용서, 광장, 비수, 생사	3인칭	출세간
105	해제초 (解制抄)3		6연 18행		까마귀 피, 불조, 갈대, 집념	3인칭	출세간

<표 4> 『절간 이야기』(고요아침, 2003)(72세)

순서	제목	단(평) 시조	연 시조	사설시조 (자유시, 산문시 포함)	주요소재	시점	시 공간
1	겨울 산짐승	2연 4행			동지 팥죽, 조주대사, 설해목	1인칭	내면세계
2	겨울 산사(山寺)	3연 6행			산승, 절, 심상, 인경	3인칭	산사
3	결구8	3연 6행			천하, 겨자씨, 마음	3인칭	내면세계
4	고향당 하루		2연 6행		누마루, 발, 하루, 벽화, 신선도, 낙조	1인칭	산사
5	근음		1연 6행		초의선사, 인생, 녹차, 어촌주막, 종놈,	3인칭	출세간
6	남산 골 아이들	3연 6행			겨울, 산속, 멧새알, 달빛	3인칭	자연
7	내 삶은 헛걸음		4연 12행		몸, 비석, 푸석돌, 대역죄인, 헛걸음	1인칭	내면세계
8	내가 나를 바라보니	3연 7행			무금선원, 벌레, 배설, 알	1인칭	내면세계
9	내가 쓴 서체를 보니		2연 6행		서체, 죄적, 붓대, 잠, 피, 먹물	1인칭	내면세계
10	達磨(달마)의 十面目 (십면목)		10연 30행		1)화적질, 독살림, 물건 2)세간, 물주 3)제석거리, 입덧 4)목숨, 바람, 행인 5)수염, 하늘, 달빛, 손발톱 6)기별, 목숨 7)토질, 물결 8)머리, 손톱, 부스럼 9)도신, 상문풀이 10)강진, 화재뢰,	3인칭	출세간

				상가지구		
11	夢想(몽상)		4연12행	고향, 우물, 마을, 정화수, 외할머니, 왕자	1인칭	자연
12	무산 심우도		1)2연6행 2)2연6행 3)2연6행 4)2연6행 5)2연6행 6)2연6행 7)2연6행 8)2연6행 9)2연6행 10)1연 6행	1)이마, 수배, 행방, 화살, 도둑 2)도심(盜心), 음담, 엄적, 그물, 고기 3)그림자, 초범, 빚, 상여, 어머니, 아들 4)코뚜레, 형법, 강도, 명적, 운명 5)원야, 형벌, 이름, 바다, 육신 6)징소리, 매혼, 음양각 7)파태로, 이·저승 8)버짐, 전생, 삼천대계 9)백정, 간통, 동진, 발등, 삶 10)저자, 소실, 나막신, 문둥이	다층적	출세간
13	무설설 (無說說)	1연 3행		수좌, 달마, 반석	1인칭	내면세계
14	무자화 (無字話)	1연 3행		강물, 뗏목다리	3인칭	출세간
15	미천골 이야기로		3연 9행	선림원지, 탑, 돌덩이, 미천골	3인칭	자연
16	불이문 (不二門)	3연 6행		저녁, 소망, 바람, 가슴	다층적	출세간

17	산승(山僧)1	3연 6행			산창, 마음, 생애	3인칭	내면세계
18	산승(山僧)2	3연 6행			철새, 산, 창해, 하늘	1인칭	내면세계
19	산승(山僧)3	3연 6행			학인, 현판, 붓	3인칭	내면세계
20	산에 사는 날에		3연 10행		등골뼈, 등걸, 한전스님, 운판, 풀벌레, 풀꽃	1인칭	내면세계
21	산창을 열면		3연 9행		화엄경, 새, 나무, 풀벌레, 짐승, 생명	3인칭	내면세계
22	선화(禪話)	1연 3행			오누이, 오솔길, 꽃, 이슬, 아침	3인칭	내면세계
23	앵화	3연 6행			개살구나무, 봄, 피	3인칭	자연
24	인천만 낙조	1연 3행			밀물, 썰물, 파도, 늙은 어부	3인칭	내면세계
25	一色過後 (일색과후)		6연 12행		나이, 이름, 디딜방아, 장작, 숲, 새 울음소리	1인칭	출세간
26	一色邊 (일색변)1	3연 6행			바위, 검버섯	3인칭	출세간
27	一色邊 (일색변)2	3연 6행			나무, 가지, 장독	3인칭	출세간
28	一色邊 (일색변)3	3연 6행			사내, 장부, 물현금	3인칭	출세간
29	一色邊 (일색변)4	3연 6행			여자, 거문고, 사람	3인칭	출세간
30	一色邊 (일색변)5	3연 6행			사랑, 돌다리, 이승, 저승	3인칭	출세간
31	一色邊 (일색변)6	3연 6행			중놈, 쥐모검, 손발톱, 눈썹	3인칭	출세간
32	一色邊 (일색변)7	3연 6행			부황, 들기름, 담장	3인칭	출세간
33	일월(日月)	3연 6행			하늘, 바다, 꽃구름, 천문, 달	3인칭	자연
34	재 한 줌		3연 9행		도반, 울음, 검버섯, 뻐꾸기, 재	1인칭	내면세계
35	적멸을 위하여	3연 6행			삶, 죽음, 벌레, 먹이	1인칭	내면세계
36	절간 이야기1			○	부목처사,	3인칭	산사

						자문자답, 아부지, 주지스님		
37	절간 이야기2				○	신사, 갈매기, 바다	3인칭	세간
38	절간 이야기3				○	암자, 석불, 노비구니스님, 다람쥐, 도토리, 흰 고무신	3인칭	산사
39	절간 이야기4				○	논, 주지스님, 산	다층적	세간
40	절간 이야기5				○	보화스님, 옷, 관(棺)	3인칭	출세간
41	절간 이야기6				○	나뭇가지, 사내, 달그림자	3인칭	내면세계
42	절간 이야기7				○	임종, 뺑드렁니	3인칭	출세간
43	절간 이야기8				○	먹줄, 바위, 사자석등, 등불, 징	3인칭	세간
44	절간 이야기9				○	결혼, 범계(犯戒), 사자, 그림자	3인칭	세간
45	절간 이야기10				○	백련, 늦진달래	3인칭	자연
46	절간 이야기11				○	시외전화, 어머니, 값, 수화기	3인칭	세간
47	절간 이야기12				○	대장장이, 불덩이, 산	3인칭	세간
48	절간 이야기13				○	불국사, 바다, 그림자, 세월	다층적	출세간
49	절간 이야기14				○	마조선사, 매실	3인칭	출세간
50	절간 이야기15				○	노인, 술, 욕지거리, 개살구나무, 웃음	3인칭	산사
51	절간 이야기16				○	들오리, 울음소리, 강물	3인칭	출세간
52	절간 이야기17				○	회, 소주, 개구리 울음, 어부, 적조	다층적	세간
53	절간 이야기18				○	변장, 무게, 저울, 소리	3인칭	출세간
54	절간 이야기19				○	아즈매, 곡차, 흰 봉투, 갈매기	3인칭	세간
55	절간 이야기20				○	종두, 종, 종성	다층적	산사

56	절간 이야기21			○	건망증, 몸	3인칭	산사
57	절간 이야기22			○	문상, 시체, 염장이, 염, 정, 가죽, 극락, 업	다층적	세간
58	절간 이야기23			○	선시, 책, 소, 스승	3인칭	산사
59	절간 이야기24			○	산일, 안부, 연못, 들오리, 산수유	다층적	출세간
60	절간 이야기25			○	창녀, 나체화, 부처, 몸, 꽃, 그림자	3인칭	출세간
61	절간 이야기26			○	사냥꾼, 수달피, 새끼, 에미, 절간, 화로	3인칭	출세간
62	절간 이야기27			○	돌배나무, 꽃, 늙은이, 산지기	3인칭	자연
63	절간 이야기28			○	탱자, 귤, 꽃, 산, 집, 문, 낙화, 춘의	3인칭	산사
64	절간 이야기29			○	새 울음소리, 해조음, 시조, 장구(章句)	다층적	출세간
65	절간 이야기30	3연 6행			대추나무, 벼락	1인칭	내면세계
66	절간 이야기31			○	청개구리, 시조	다층적	출세간
67	절간 이야기32			○	절, 노승, 도둑, 알몸, 달	3인칭	산사
68	출정	3연 7행			개구리, 푸나무, 어헐	다층적	내면세계
69	치악(雉岳) 일경(一景)	3연 7행			대장장이, 쇳물, 종, 빗물이	3인칭	자연
70	침목		4연 14행		침목, 연대, 그루터기, 뼈, 지반, 역사	1인칭	세간
71	파도	3연 6행			불경, 하늘, 울음, 파도	3인칭	내면세계
72	파지	1연 7행			법고, 아이, 귀, 천둥소리	다층적	출세간
73	할미꽃		3연 12행		어머니, 서러움, 기다림, 가난, 꽃	3인칭	내면세계

〈표 5〉『아득한 성자』(시학, 2007)(76세)

순서	제목	단(평)시조	연시조	사설시조 (자유시, 산문시 포함)	주요소재	시점	시공간
1	2007·서울의 대낮	2연 4행			담벼락, 나체 사진, 지구, 갈리레오	3인칭	세간
2	2007·서울의 밤	3연 5행			나무, 새, 그림, 밤섬, 제채기	3인칭	내면세계
3	고목 소리	3연 6행			나무, 가지, 장독	3인칭	출세간
4	고향당 하루		2연 6행		누마루, 발, 하루, 벽화, 신선도, 낙조	1인칭	산사
5	궁궐의 바깥 뜰	1연 5행			언덕, 길, 막대기, 가게	3인칭	내면세계
6	나는 부처를 팔고 그대는 몸을 팔고			○	창녀, 나체화, 부처, 몸, 꽃, 그림자	3인칭	출세간
7	내 몸에 뇌신이 와서		3연 9행		번개, 죽살이, 슬픔	1인칭	내면세계
8	내 삶은 헛걸음			4연	몸, 비석, 푸석돌, 대역죄인, 헛걸음	1인칭	내면세계
9	내 울음소리	3연 6행			새 울음, 해조음	1인칭	내면세계
10	내가 나를 바라보니	3연 7행			무금선원, 벌레, 배설, 알	1인칭	내면세계
11	내가 쓴 서체를 보니		2연 6행		서체, 죄적, 붓대, 잠, 피, 먹물	1인칭	내면세계
12	내가 죽어보는 날	1연 5행			부음, 화장장, 연기, 뼛가루	1인칭	내면세계
13	너와 나의 애도	1연 4행			고향, 돌담불, 당산나무, 하늘, 어무이, 아부지	3인칭	내면세계
14	너와 나의 절규	1연 3행			발걸음, 헛기침, 피라미, 게	다층적	내면세계
15	노승과 도둑			○	절, 노승, 도둑, 알몸, 담	3인칭	산사
16	눈을 감아야 세상이 보이니			○	먹줄, 바위, 사자석등,	3인칭	세간

번호	제목	형식	○	소재어	인칭	세계
				등불, 징		
17	늘 하는 말	1연 16행		사랑, 넝쿨손, 띠, 쇳물, 녹물, 이파리, 생명, 뿌리, 떡잎	3인칭	내면세계
18	다람쥐와 흰 고무신		○	암자, 석불, 노비구니스님, 다람쥐, 도토리, 흰 고무신	3인칭	산사
19	달마	10연 30행		1)화적질, 독살림, 물건 2)세간, 물주 3)제석거리, 입덧 4)목숨, 바람, 행인 5)수염, 하늘, 달빛, 손발톱 6)기별, 목숨 7)토질, 물결 8)머리, 손톱, 부스럼 9)도신, 상문풀이 10)강진, 화재뢰, 상가지구	3인칭	출세간
20	된마파람의 말	1연 3행		침묵, 마른 하늘, 오수	1인칭	출세간
21	된바람의 말	3연 6행		무영수, 밤하늘, 땅, 떡잎, 우주	3인칭	출세간
22	된새바람의 말	1연 3행		적조, 포말, 겨울 밤, 마적	3인칭	출세간
23	들여우	1연 3행		무자화, 들여우	3인칭	내면세계
24	들오리와 그림자	3연 6행		안부, 들오리, 산수유	다층적	출세간
25	떠오르는 수람(收攬)	1연 4행		소나기, 정원, 열매, 모과	3인칭	내면세계
26	떡느릅나무의 달	2연 6행		잠자리 날개, 실크 치마, 사마귀	다층적	내면세계
27	마음하나	3연 6행		천하, 겨자씨, 마음	3인칭	출세간
28	마지막 옷 한 벌		○	보화스님, 옷, 관(棺)	3인칭	출세간

29	말	3연 6행			부황, 들기름, 담장	3인칭	내면세계
30	망월동에 갔다 와서		3연 9행		망월동, 목숨, 욕	1인칭	세간
31	머물고 싶었던 순간들	1연 3행			산, 바다, 돛, 바람, 물마루, 님, 산속	3인칭	자연
32	몰현금(沒弦琴) 한 줄	3연 6행			사내, 장부, 몰현금	3인칭	출세간
33	무설설(無說說)	1연 3행			수좌, 달마, 반석	1인칭	내면세계
34	물속에 잠긴 달 바라 볼 수는 있어도			○	나뭇가지, 사내, 달그림자	3인칭	산사
35	바위 소리	3연 6행			바위, 검버섯	3인칭	출세간
36	백장과 들오리			○	들오리, 울음소리, 강물	3인칭	출세간
37	뱃사람의 뗏말	3연 6행			개살구 나무, 신물, 좀다래끼	3인칭	출세간
38	뱃사람의 말	1연 3행			손가락, 얼굴, 웃음기	3인칭	출세간
39	별경(別境)		1연 6행		가을 하늘, 금린, 새	3인칭	내면세계
40	봄의 불식(不識)	1연 3행			샤타구니, 발진, 어금니, 하늘, 육탈	1인칭	내면세계
41	봄의 소요	1연 3행			꽃, 봄, 조고(凋枯)	1인칭	내면세계
42	봄의 역사	1연 3행			설도, 참마검, 독버섯, 밤, 꽃망울	1인칭	내면세계
43	부처	1연 3행			강물, 뗏목다리	3인칭	출세간
44	불국사가 나를 따라와서			○	불국사, 바다, 그림자, 세월	다층적	출세간
45	비슬산 가는 길		3연 9행		비슬산, 스님, 까투리, 연, 절, 멧새	1인칭	자연
46	빛의 파문		3연 9행		죽은 남자, 죽은 여자, 빛깔, 유령	1인칭	내면세계
47	사랑의 거리	3연 6행			사랑, 돌다리, 이승, 저승	3인칭	출세간
48	사랑의 물마	1연 5해			잎바늘, 잎덩쿨손,	3인칭	출세간

번호	제목	연/행	○	소재	인칭	세계
				원금, 금리		
49	산에 사는 날에	3연 10행		등골뼈, 등걸, 한전스님, 운판, 풀벌레, 풀꽃	1인칭	내면세계
50	산창을 열면	3연 9행		화엄경, 새, 나무, 풀벌레, 짐승, 생명	3인칭	내면세계
51	살갗만 살았더라	6연 12행		살갗, 삶, 울음, 먹피, 세포, 곳장	1인칭	내면세계
52	삶에는 해갈(解渴)이 없습니다	3연 9행		논, 물갈이, 덩굴, 쟁기날, 상처	1인칭	세간
53	새벽 종치기		○	종두, 종, 종성	다층적	산사
54	새싹	1연 3행		눈빛, 불똥, 오월	3인칭	자연
55	석굴암 대불	3연 9행		청산, 바다, 염원, 해, 달, 사모, 파도	3인칭	출세간
56	성(聖), 토요일의 밤과 낮	3연 9행		주가, 산그늘, 빙경, 달포, 나무, 눈사태, 토요일	다층적	세간
57	쇠뿔에 걸린 어스름 달빛	1연 3행		달밤, 음식, 고두밥	3인칭	산사
58	수달과 사냥꾼		○	사냥꾼, 수달피, 새끼, 에미, 절간, 화로	3인칭	출세간
59	숨 돌리기 위하여	2연 6행		밭, 쟁기, 고랑, 넝쿨, 정치판	1인칭	세간
60	숲	1연 3행		산, 골, 물, 나무, 벌레	3인칭	내면세계
61	스님과 대장장이		○	대장장이, 불덩이, 산	3인칭	세간
62	시간론	3연 6행		여자, 거문고, 사람	3인칭	출세간
63	신사와 갈매기		○	신사, 갈매기, 바다	3인칭	세간
64	아득한 성자	5연 12행		하루, 해, 하루살이, 성자	다층적	내면세계
65	아지랑이	2연 8행		낭떠러지, 절벽, 삶, 죽음,	1인칭	내면세계

					아지랑이		
66	앵화	3연 6행			개살구나무, 봄, 피	3인칭	자연
67	어간대청의 문답	2연 6행			미화원, 쇠똥구리, 지구, 나뭇잎	다층적	세간
68	어미			○	어미, 젖퉁, 혀, 코뚜레, 멍에, 걸채, 채찍, 할멈, 울음소리	3인칭	세간
69	어스름이 내릴 때	1연 3행			할아버지, 손주, 사랑, 탱자, 할머니, 고추장, 아침뜸	다층적	세간
70	업아, 네 집에 불났다			○	부목처사, 자문자답, 아부지, 주지스님	3인칭	산사
71	염장이와 신사			○	문상, 시체, 염장이, 염, 정, 가죽, 극락, 업	다층적	세간
72	오누이	1연 3행			오누이, 오솔길, 꽃, 이슬, 아침	3인칭	자연
73	오늘	4연 4행			잉어, 피라미, 봇도랑, 더러운 물, 미꾸라지, 용트림	3인칭	세간
74	오늘의 낙죽(烙竹)	1연 3행			추석달, 조개, 입, 달빛, 속살	3인칭	내면세계
75	이 내 몸	3연 3행			남산, 해, 늪, 개구리밥	다층적	내면세계
76	이 세상에서 제일로 환한 웃음			○	노인, 술, 욕지거리, 개살구나무, 웃음	3인칭	산사
77	이 소리는 몇 근이나 됩니까			○	변장, 무게, 저울, 소리	3인칭	출세간
78	인천만 낙조	1연 3행			밀물, 썰물, 파도, 늙은 어부	3인칭	내면세계
79	一色過後 (일색과후)	6연 12행			나이, 이름, 디딜방아, 장작, 숲, 새	1인칭	출세간

No.	제목	연/행	연/행	○	단어	인칭	세계
					울음소리		
80	자갈치 아즈매와 갈매기			○	아즈매, 곡차, 흰 봉투, 갈매기	3인칭	세간
81	재 한 줌	3연 9행			도반, 울음, 검버섯, 뻐꾸기, 재	1인칭	내면세계
82	저물어가는 풍경	1연 3행			기러기, 하늘, 강물	3인칭	자연
83	적멸을 위하여	3연 6행			삶, 죽음, 벌레, 먹이	1인칭	내면세계
84	절간 청개구리			○	청개구리, 시조	다층적	출세간
85	죄와 벌	3연 6행			대추나무, 벼락, 죄	1인칭	내면세계
86	주말의 낙필(落筆)	2연 7행			노인, 곤충의 날개, 경혈, 배꼽	3인칭	내면세계
87	죽음기		3연 13행		죽음기, 산, 들, 소리, 바다, 나뭇가지	1인칭	세간
88	춤 그리고 법뢰(法雷)	1연 3행			죽음, 늦가을, 이마, 어머니, 다듬잇소리	1인칭	내면세계
89	취모검(吹毛劍) 날 끝에서	3연 6행			중놈, 취모검, 손발톱, 눈썹	3인칭	출세간
90	침목		4연 14행		침목, 연대, 그루터기, 뼈, 지반, 역사	1인칭	세간
91	탄생 그리고 환희		4연 12행		동해, 불덩이, 생명, 물기둥, 고깃배, 뱃사람, 뗏말, 물방울	3인칭	세간
92	파도	3연 6행			불경, 하늘, 울음, 파도	3인칭	내면세계
93	한등(寒燈)	3연 6행			하늘, 들녘, 갈대바람, 밤, 한등	3인칭	세간
94	할미꽃		3연 12행		어머니, 서러움, 기다림, 가난, 꽃	3인칭	내면세계
95	허수아비		3연 11행		새떼, 손, 사람, 허수아비, 논두렁, 가을, 하늘	3인칭	내면세계

〈표 6〉『비슬산 가는 길』(시와 사람, 2008)(77세)

순서	제목	단(평)시조	연시조	사설시조 (자유시, 산문시 포함)	주요소재	시점	시 공간
1	고목 소리	3연 6행			나무, 가지, 장독	3인칭	내면세계
2	고향당 하루		2연 6행		누마루, 발, 하루, 벽화, 신선도, 낙조	1인칭	산사
3	궁궐의 바깥 뜰	1연 5행			언덕, 길, 막대기, 가게	3인칭	내면세계
4	남산 골 아이들	3연 6행			겨울, 산속, 멧새알, 달빛	3인칭	자연
5	나는 부처를 팔고 그대는 몸을 팔고			○	창녀, 나체화, 부처, 몸, 꽃, 그림자	3인칭	출세간
6	내 삶은 헛걸음		4연 12행		몸, 비석, 푸석돌, 대역죄인, 헛걸음	1인칭	세간
7	내 울음소리	3연 6행			새 울음, 해조음	1인칭	내면세계
8	내가 나를 바라보니	3연 7행			무금선원, 벌레, 배설, 알	1인칭	내면세계
9	내가 쓴 書體(서체)를 보니		2연 7행		서체, 죄적, 붓대, 잠, 피, 먹물	1인칭	내면세계
10	노승과 도둑			○	절, 노승, 도둑, 알몸, 달	3인칭	산사
11	눈을 감아야 세상이 보이니			○	먹줄, 바위, 사자석등, 등불, 징	3인칭	세간
12	늘 하는 말		1연 16행		사랑, 넝쿨손, 띠, 쇳물, 녹물, 이파리, 생명, 뿌리, 떡잎	3인칭	내면세계
13	다람쥐와 흰 고무신			○	암자, 석불, 노비구니스님, 다람쥐, 도토리, 흰 고무신	3인칭	산사
14	달마(達磨)	1연 3행			화적질, 독살림, 물건	3인칭	출세간

15	된마파람의 말	1연 3행			침묵, 마른 하늘, 오수	1인칭	출세간
16	된바람의 말	3연 6행			무영수, 밤하늘, 땅, 떡잎, 우주	3인칭	출세간
17	된새바람의 말	1연 3행			적조, 포말, 겨울 밤, 마적	3인칭	출세간
18	들오리와 그림자	3연 6행			안부, 들오리, 산수유	다층적	출세간
19	떡느릅나무의 달	2연 6행			잠자리 날개, 실크 치마, 사마귀	다층적	자연
20	마음 하나	3연 6행			천하, 겨자씨, 마음	3인칭	출세간
21	마지막 옷 한 벌			○	보화스님, 옷, 관(棺)	3인칭	출세간
22	말	3연 6행			부황, 들기름, 담장	3인칭	내면세계
23	망월동에 갔다 와서		3연 9행		망월동, 목숨, 욕	1인칭	세간
24	몰현금(沒弦琴) 한 줄	3연 6행			사내, 장부, 몰현금	3인칭	출세간
25	무산 심우도		1)2연 6행 2)2연 6행 3)2연 6행 4)2연 6행 5)2연 6행 6)2연 6행 7)2연 6행 8)2연 6행 9)2연 6행 10) 1연 6행		1)이마, 수배, 행방, 화살, 도둑 2)도심(盜心), 음담, 엄적, 그물, 고기 3)그림자, 초범, 빚, 상여, 어머니, 아들 4)코뚜레, 형법, 강도, 명적, 운명 5)원야, 형벌, 이름, 바다, 육신 6)징소리, 매혼, 음양각 7)파태로, 이·저승 8)버짐, 전생, 삼천대계 9)백정, 간통, 동진, 발등, 삶 10)저자, 소실, 나막신,	다층적	출세간

26	무설설(無說說)		3연		문둥이 장렛날, 부인, 옹기, 상두꾼	3인칭	세속
27	물속에 잠긴 달 바라 볼 수는 있어도			○	나뭇가지, 사내, 달그림자	3인칭	산사
28	바위 소리	3연 6행			바위, 검버섯	3인칭	출세간
29	백장과 들오리			○	들오리, 울음소리, 강물	3인칭	출세간
30	뱃사람의 뗏말	3연 6행			개살구 나무, 신물, 좀다래끼	3인칭	출세간
31	뱃사람의 말	1연 3행			손가락, 얼굴, 웃음기	3인칭	출세간
32	별경(別境)		1연 6행		가을 하늘, 금린, 새	3인칭	내면세계
33	봄의 불식(不識)	1연 3행			사타구니, 발진, 어금니, 하늘, 육탈	1인칭	내면세계
34	봄의 소요	1연 3행			꽃, 봄, 조고(凋枯)	1인칭	내면세계
35	봄의 역사	1연 3행			설도, 참마검, 독버섯, 밤, 꽃망울	1인칭	내면세계
36	부처	1연 3행			강물, 뗏목다리	3인칭	출세간
37	불국사가 나를 따라와서			○	불국사, 바다, 그림자, 세월	다층적	출세간
38	비슬산 가는 길		3연 9행		비슬산, 스님, 까투리, 연, 절, 멧새	1인칭	자연
39	빛의 파문		3연 9행		죽은 남자, 죽은 여자, 빛깔, 유령	1인칭	내면세계
40	사랑의 거리	3연 6행			사랑, 돌다리, 이승, 저승	3인칭	출세간
41	산에 사는 날에		3연 10행		등골뼈, 등걸, 한전스님, 운판, 풀벌레, 풀꽃	1인칭	내면세계
42	산창을 열면		3연 9행		화엄경, 새, 나무, 풀벌레, 짐승, 생명	3인칭	내면세계
43	삶에는 해갈(解渴)이 없습니다		3연 9행		논, 물갈이, 덩굴, 쟁기날, 상처	1인칭	세간

44	새싹	1연 3행			눈빛, 불똥, 오월	3인칭	자연
45	석굴암 대불		3연 9행		청산, 바다, 염원, 해, 달, 사모, 파도	3인칭	출세간
46	성(聖), 토요일의 밤과 낮		3연 9행		주가, 산그늘, 빙경, 달포, 나무, 눈사태, 토요일	다층적	세간
47	쇠뿔에 걸린 어스름 달빛	1연 3행			달밤, 음식, 고두밥	3인칭	산사
48	수달과 사냥꾼			○	사냥꾼, 수달피, 새끼, 에미, 절간, 화로	3인칭	출세간
49	숲	1연 3행			산, 골, 물, 나무, 벌레	3인칭	내면세계
50	스님과 대장장이			○	대장장이, 불덩이, 산	3인칭	세간
51	시간론	3연 6행			여자, 거문고, 사람	3인칭	출세간
52	신사와 갈매기			○	신사, 갈매기, 바다	3인칭	세간
53	아득한 성자		5연 12행		하루, 해, 하루살이, 성자	다층적	내면세계
54	아지랑이		2연 8행		낭떠러지, 절벽, 삶, 죽음, 아지랑이	1인칭	내면세계
55	앵화	3연 6행			개살구나무, 봄, 피	3인칭	자연
56	어간대청의 문답	2연 6행			미화원, 쇠똥구리, 지구, 나뭇잎	다층적	세간
57	어미			○	어미, 젖통, 혀, 코뚜레, 멍에, 걸채, 채찍, 할멈, 울음소리	3인칭	세간
58	어스름이 내릴 때	1연 3행			할아버지, 손주, 사랑, 탱자, 할머니, 고추장, 아침뜸	다층적	세간

59	업아, 네 집에 불났다			○	부목처사, 자문자답, 아부지, 주지스님	3인칭	산사
60	염장이와 신사			○	문상, 시체, 염장이, 염, 정, 가죽, 극락, 업	다층적	세간
61	오누이	1연 3행			오누이, 오솔길, 꽃, 이슬, 아침	3인칭	자연
62	오늘	4연 4행			잉어, 피라미, 봇도랑, 더러운 물, 미꾸라지, 용트림	3인칭	세간
63	오늘의 낙죽(烙竹)	1연 3행			추석달, 조개, 입, 달빛, 속살	3인칭	자연
64	이 세상에서 제일로 환한 웃음			○	노인, 술, 욕지거리, 개살구나무, 웃음	3인칭	산사
65	이 소리는 몇 근이나 됩니까			○	변장, 무게, 저울, 소리	3인칭	출세간
66	인천만 낙조	1연 3행			밀물, 썰물, 파도, 늙은 어부	3인칭	내면세계
67	一色過後(일색과후)		6연 12행		나이, 이름, 디딜방아, 장작, 숲, 새 울음소리	1인칭	출세간
68	일월(日月)	3연 6행			하늘, 바다, 꽃구름, 천문, 달	3인칭	자연
69	자갈치 아즈매와 갈매기			○	아즈매, 곡차, 흰 봉투, 갈매기	3인칭	세간
70	재 한 줌		3연 9행		도반, 울음, 검버섯, 뻐꾸기, 재	1인칭	내면세계
71	저물어가는 풍경	1연 3행			기러기, 하늘, 강물	3인칭	자연
72	적멸을 위하여	3연 6행			삶, 죽음, 벌레, 먹이	1인칭	내면세계
73	절간 청개구리			○	청개구리, 시조	다층적	출세간

74	죄와 벌	3연 6행			대추나무, 벼락, 죄	1인칭	내면세계
75	주말의 낙필(落筆)	2연 7행			노인, 곤충의 날개, 경혈, 배꼽	3인칭	내면세계
76	축음기		3연 13행		축음기, 산, 들, 소리, 바다, 나뭇가지	1인칭	세간
77	춤 그리고 법뢰(法雷)	1연 3행			죽음, 늦가을, 이마, 어머니, 다듬잇소리	1인칭	내면세계
78	침목		4연 14행		침목, 연대, 그루터기, 뼈, 지반, 역사	1인칭	세간
79	탄생 그리고 환희		4연 12행		동해, 불덩이, 생명, 물기둥, 고깃배, 뱃사람, 뗏말, 물방울	3인칭	세간
80	파도	3연 6행			불경, 하늘, 울음, 파도	3인칭	내면세계
81	한등(寒燈)	3연 6행			하늘, 들녘, 갈대바람, 밤, 한등	3인칭	세간
82	할미꽃		3연 12행		어머니, 서러움, 기다림, 가난, 꽃	3인칭	내면세계
83	허수아비		3연 11행		새떼, 손, 사람, 허수아비, 논두렁, 가을, 하늘	3인칭	내면세계

〈표 7〉 시조 종류의 분포

시집 \ 종류	단시조	연시조	사설시조 (자유시, 산문시 포함)
『尋牛圖』	10편	33편	-
	「山居日記」, 「散調1」, 「散調2」, 「散調3」, 「散調4」, 「散調5」, 「散調6」, 「侍者에게」, 「直旨寺 紀行抄」, 「昌寧에 가서」	「鷄林寺 가는길」, 「觀音記」, 「내가 쓴 書體를 보니」, 「내 몸에 雷神이 와서」, 「네 一句를」, 「達磨의 十面目」, 「夢想」, 「梵魚寺 情景」, 「봄」, 「琵瑟山 가는 길」, 「山中問答」, 「살갗만 살았더라」, 「石窟庵 大佛」, 「雪山에 와서」, 「세월 밖에서」, 「심우도」, 「念願」, 「오후의 心經」, 「一色過後1」, 「一色過後2」, 「一色過後3」, 「一色過後4」, 「一色過後5」, 「戰夜月」, 「靜」, 「終緣詞」, 「죽은 남자」, 「진이(塵異)」, 「破還鄕曲」, 「할미꽃」, 「해제초1」, 「해제초2」, 「해제초3」	-
『산에 사는 날에』	28편	21편	1편

	「겨울 산짐승」, 「결구8」, 「내가 나를 바라보니」, 「무설설(無說說)2」, 「무설설(無說說)3」, 「무설설(無說說)4」, 「무설설(無說說)5」, 「무자화(無字話)1」, 「무자화(無字話)2」, 「무자화(無字話)3」, 「무자화(無字話)4」, 「무자화(無字話)5」, 「무자화(無字話)6」, 「산일(山日)1」, 「산일(山日)2」, 「산일(山日)3」, 「인천만낙조」, 「一色邊1」, 「一色邊2」, 「一色邊(일색변)3」, 「一色邊(일색변)4」, 「一色邊(일색변)5」, 「一色邊(일색변)6」, 「一色邊(일색변)7」, 「출정」, 「치악(雉岳)일경(一景)」, 「파도」, 「파지」	「가을사경」, 「견춘3제(見春三題)」, 「고향당 하루」, 「관등사」, 「근음」, 「내가 쓴 서체를 보니」, 「내 삶은 헛걸음」, 「達磨의十面目」, 「만인고칙(萬人古則)1」, 「만인고칙(萬人古則)2」, 「무산심우도(霧山尋牛圖)」, 「미천골 이야기로」, 「보리타작 마당에서」, 「산에 사는 날에」, 「산창을 열면」, 「실일(失日)」, 「一色過後)」, 「재 한 줌」, 「침목」, 「타향」, 「화두」	「무설설(無說說)1」
	59편	43편	2편
『만악가타집』(「1970년 방문(16) 제외」)	「1970년 방문(5)」, 「1970년 방문(11)」, 「1970년 방문(12)」, 「1970년 방문(13)」, 「1970년 방문(14)」, 「겨울 산짐승」, 「겨울 산사」, 「남산 골 아이들」, 「내가 나를 바라보니」, 「達磨1」, 「達磨2」,	「1950년 봄」, 「1950년 念願」, 「1970년 방문(1)」, 「1970년 방문(2)」, 「1970년 방문(3)」, 「1970년 방문(4)」, 「1970년 방문(6)」, 「1970년 방문(7)」, 「1970년 방문(8)」, 「1970년 방문(9)」, 「1970년 방문(10)」, 「1970년 방문(15)」,	「1980년 방문(1)」, 「無說說1」

	「達磨3」,	
	「達磨4」,	
	「達磨5」,	
	「達磨6」,	
	「達磨7」,	
	「達磨8」,	「1980년 방문(2)」,
	「達磨9」,	「1980년 방문(3)」,
	「達磨10」,	「견춘 3제」,
	「對嶺」,	「고향당 하루」,
	「無說說2」,	「觀音記」,
	「無說說3」,	「近吟」,
	「無說說4」,	「萬人古則1」,
	「無說說5」,	「萬人古則2」,
	「無說說6」,	「明日의 念」,
	「無字話1」,	「몰살량의 序說」,
	「無字話2」,	「몽상」,
	「無字話3」,	「霧山 尋牛圖」,
	「無字話4」,	「미천골 이야기로」,
	「無字話5」,	「범어사 정경」,
	「無字話6」,	「別境」,
	「바다」,	「琵瑟山 가는길」,
	「山牧丹」,	「산에 사는 날에」,
	「山僧1」,	「산창을 열면」,
	「山僧2」,	「석굴암 대불」,
	「山僧3」,	「雪山에 와서」,
	「山日1」,	「오후의 心經」,
	「山日2」,	「一色過後」,
	「山日3」,	「재 한 줌」,
	「새싹」,	「戰夜月」,
	「앵화」,	「終緣詞」,
	「燕居」,	「塵異」,
	「玩月」,	「타향」,
	「인천만 낙조」,	「할미꽃」,
	「一色邊1」,	「解制抄1」,
	「一色邊2」,	「解制抄2」,
	「一色邊3」,	「解制抄3」,
	「一色邊4」,	
	「一色邊5」,	
	「一色邊6」,	
	「一色邊7」,	
	「一色邊 결구8」,	
	「日月」,	

	「적멸을 위하여」, 「早春」, 「직지사 기행초」, 「出定」, 「파도」, 「把指」		
『절간 이야기』	28편	14편	31편
	「겨울 산짐승」, 「겨울 山寺」, 「결구8」, 「남산 골 아이들」, 「내가 나를 바라보니」, 「無說說」, 「無字話」, 「不二門」, 「山僧1」, 「山僧2」, 「山僧3」, 「禪話」, 「앵화」, 「인천만 낙조」, 「一色邊1」, 「一色邊2」, 「一色邊3」, 「一色邊4」, 「一色邊5」, 「一色邊6」, 「一色邊7」, 「日月」, 「적멸을 위하여」, 「절간 이야기30」, 「출정」, 「雉岳 一景」, 「파도」, 「파지」	「고향당 하루」, 「근음」, 「내 삶은 헛걸음」, 「내가 쓴 서체를 보니」, 「달마」, 「夢想」, 「霧山 尋牛圖」, 「미천골 이야기로」, 「산에 사는 날에」, 「산창을 열면」, 「一色過後」, 「재 한 줌」, 「침묵」, 「할미꽃」	「절간 이야기1」, 「절간 이야기2」, 「절간 이야기3」, 「절간 이야기4」, 「절간 이야기5」, 「절간 이야기6」, 「절간 이야기7」, 「절간 이야기8」, 「절간 이야기9」, 「절간 이야기10」, 「절간 이야기11」, 「절간 이야기12」, 「절간 이야기13」, 「절간 이야기14」, 「절간 이야기15」, 「절간 이야기16」, 「절간 이야기17」, 「절간 이야기18」, 「절간 이야기19」, 「절간 이야기20」, 「절간 이야기21」, 「절간 이야기22」, 「절간 이야기23」, 「절간 이야기24」, 「절간 이야기25」, 「절간 이야기26」, 「절간 이야기27」, 「절간 이야기28」, 「절간 이야기29」, 「절간 이야기31」, 「절간 이야기32」
『아득한 성자』	51편	24편	20편
	「2007 · 서울의 대낮」, 「2007 · 서울의 밤」,	「고향당 하루」, 「내 몸에 뇌신이 와서」,	「나는 부처를 팔고 그대는 몸을 팔고」, 「내 삶은 헛걸음」,

「고목 소리」, 「궁궐의 바깥 뜰」, 「내 울음소리」, 「내가 나를 바라보니」, 「내가 죽어보는 날」, 「너와 나의 애도」, 「너와 나의 절규」, 「된마파람의 말」, 「된바람의 말」, 「된새바람의 말」, 「들여우」, 「들오리와 그림자」, 「떠오르는 收攬」, 「떡느릅나무의 달」, 「마음하나」, 「말」, 「머물고 싶었던 순간들」, 「沒弦琴 한 줄」, 「無說說」, 「바위 소리」, 「뱃사람의 옛말」, 「뱃사람의 말」, 「봄의 不識」, 「봄의 소요」, 「봄의 역사」, 「부처」, 「사랑의 거리」, 「사랑의 물마」, 「새싹」, 「쇠뿔에 걸린 어스름 달빛」, 「숨 돌리기 위하여」, 「숲」, 「시간論」, 「앵화」, 「어간대청의 문답」, 「어스름이 내릴 때」,	「내가 쓴 서체를 보니」, 「늘 하는 말」, 「달마」, 「망월동에 갔다 와서」, 「別境」, 「비슬산 가는 길」, 「빛의 파문」, 「산에 사는 날에」, 「산창을 열면」, 「살갗만 살았더라」, 「삶에는 解渴이 없습니다」, 「석굴암 대불」, 「聖, 토요일의 밤과 낮」, 「아득한 성자」, 「아지랑이」, 「一色過後」, 「재 한 줌」, 「축음기」, 「침묵」, 「탄생 그리고 환희」, 「할미꽃」, 「허수아비」	「노승과 도둑」, 「눈을 감아야 세상이 보이니」, 「다람쥐와 흰 고무신」, 「마지막 옷 한 벌」, 「물 속에 잠긴 달 바라 볼 수는 있어도」, 「백장과 들오리」, 「불국사가 나를 따라와서」, 「새벽 종치기」, 「수달과 사냥꾼」, 「스님과 대장장이」, 「신사와 갈매기」, 「어미」, 「업아, 네 집에 불났다」, 「염장이와 신사」, 「이 세상에서 제일로 환한 웃음」, 「이 소리는 몇 근이나 됩니까」, 「자갈치 아즈매와 갈매기」, 「절간 청개구리」

	「오누이」, 「오늘」, 「오늘의 熔竹」, 「이 내 몸」, 「인천만 낙조」, 「저물어가는 풍경」, 「적멸을 위하여」, 「죄와 벌」, 「주말의 落筆」, 「춤 그리고 法雷」, 「吹毛劍 날 끝에서」, 「파도」, 「한등」		
	41편	23편	19편
『비슬산 가는 길』	「고목 소리」, 「궁궐의 바깥 뜰」, 「남산 골 아이들」, 「내 울음소리」, 「내가 나를 바라보니」, 「達磨」, 「된마파람의 말」, 「된바람의 말」, 「된새바람의 말」, 「들오리와 그림자」, 「떡느릅나무의 달」, 「마음 하나」, 「말」, 「沒弦琴 한 줄」, 「바위 소리」, 「뱃사람의 옛말」, 「뱃사람의 말」, 「봄의 不識」, 「봄의 소요」, 「봄의 역사」, 「부처」, 「사랑의 거리」, 「새싹」, 「쇠뿔에 걸린 어스름 달빛」,	「고향당 하루」, 「내 삶은 헛걸음」, 「내가 쓴 書體를 보니」, 「늘 하는 말」, 「망월동에 갔다와서」, 「霧山 尋牛圖」, 「別境」, 「비슬산 가는 길」, 「빛의 파문」, 「산에 사는 날에」, 「산창을 열면」, 「삶에는 解渴이 없습니다」, 「석굴암 대불」, 「聖, 토요일의 밤과 낮」, 「아득한 성자」, 「아지랑이」, 「一色過後」, 「재 한 줌」, 「축음기」, 「침묵」, 「탄생 그리고 환희」, 「할미꽃」,	「나는 부처를 팔고 그대는 몸을 팔고」, 「노승과 도둑」, 「눈을 감아야 세상이 보이니」, 「다람쥐와 흰 고무신」, 「마지막 옷 한 벌」, 「無說說」, 「물 속에 잠긴 달 바라 볼 수는 있어도」, 「백장과 들오리」, 「불국사가 나를 따라와서」, 「수달과 사냥꾼」, 「스님과 대장장이」, 「신사와 갈매기」, 「어미」, 「엄아, 네 집에 불났다」, 「염장이와 신사」, 「이 세상에서 제일로 환한 웃음」, 「이 소리는 몇 근이나 됩니까」, 「자갈치 아즈매와 갈매기」, 「절간 청개구리」,

	「숲」, 「시간論」, 「앵화」, 「어간대청의 문답」, 「어스름이 내릴 때」, 「오누이」, 「오늘」, 「오늘의 焢竹」, 「인천만 낙조」, 「日月」, 「저물어가는 풍경」, 「적멸을 위하여」, 「죄와 벌」, 「주말의 落筆」, 「춤 그리고 法雷」, 「파도」, 「한등」,	「허수아비」,	
총 합계	217편	158편	73편

〈표 8〉 시공간

시공간\시집	절간	세속 (외적세계)	내면세계	자연 (산, 바다 등)	사물	기타
『尋牛圖』	2편	5편	11편	23편	2편	-
『산에 사는 날에』	4편	10편	10편	17편	5편	4편
『만악가타집』 (「1970년 방문(16)」 제외)	5편	26편	21편	42편	6편	4편
『절간 이야기』	19편	20편	8편	17편	5편	4편
『아득한 성자』	9편	27편	13편	31편	9편	5편
『비슬산 가는 길』	8편	26편	9편	30편	7편	3편
총	47편	114편	72편	160편	34편	20편

〈표 9〉 시점

시점\시집	1인칭	2인칭	3인칭	다층적(전지적)
『尋牛圖』	13편	-	28편	2편
『산에 사는 날에』	15편	-	29편	6편
『만악가타집』 (「1970년 방문(16) 제외」)	27편	-	69편	9편
『절간 이야기』	14편	-	47편	12편
『아득한 성자』	25편	-	58편	12편
『비슬산 가는 길』	22편	-	51편	10편
총	116편	-	282편	51편

〈표 10〉 제목이 수정된 것

시집 시	『尋牛圖』	『산에 사는 날에』	『만악가타집』	『절간 이야기』	『아득한 성자』	『비슬산 가는 길』
견춘 3제		견춘 3제	견춘 3제		봄의 불식, 봄의 소요, 봄의 역사	봄의 불식, 봄의 소요, 봄의 역사
결구8		결구8	일색변(一色邊) 결구8	결구8	마음하나	마음하나
내 몸에 뇌신(雷神) 뇌신이 와서	내 몸에 뇌신(雷神)뇌신이 와서		1970년 방문(6)		내 몸에 뇌신이 와서	
내 삶은 헛걸음		내 삶은 헛걸음	1980년 방문(1)		내 삶은 헛걸음	
내가 쓴 서체를 보니	내가 쓴 서체를 보니	내가 쓴 서체를 보니	1970년 방문(3)	내가 쓴 서체를 보니	내가 쓴 서체를 보니	내가 쓴 서체를 보니
네 일구(一句)를	네 일구(一句)를		1970년 방문(4)			
達磨(달마)의 十面目(십면목)	達磨(달마)의 十面目(십면목)	達磨(달마)의 十面目(십면목)	達磨(달마)의 十面目(십면목) 달마1, 달마2, 달마3, 달마4, 달마5, 달마6, 달마7, 달마8, 달마9, 달마 10	달마		달마
무설설1		무설설1	무설설1			무설설
무설설(無說說)5		무설설(無說說)5	무설설(無說說)5	무설설	무설설	
무자화1		무자화1	무자화1		뱃사람의 말	뱃사람의 말
무자화2		무자화2	무자화2		된새바람의 말	된새바람의 말
무자화3		무자화3	무자화3		된마파람의 말	된마파람의 말

무자화4		무자화4	무자화4		뱃사람의 뗏말	뱃사람의 뗏말
무자화5		무자화5	무자화5		된바람의 말	된바람의 말
무자화(無字話)6		무자화(無字話)6	무자화(無字話)6	무자화	부처	부처
보리타작 마당에서		보리타작 마당에서	1980년 방문(3)			
봄	봄		1950년 봄			
산거일기	산거일기		연거(燕居)			
산일1		산일1	산일1		죄와 벌	죄와 벌
산일(山日)2		산일(山日)2	산일(山日)2	절간 이야기2 4	들오리와 그림자	들오리와 그림자
산일(山日)3		산일(山日)3	산일(山日)3		내 울음소리	
산조1	산조1		앵화	앵화	앵화	앵화
산조2	산조2		남산 골 아이들	남산 골 아이들		남산 골 아이들
산조3	산조3		일월	일월		일월
산조4	산조4		바다			
산조5	산조5		조춘			
산조6	산조6		대령			
산중문답	산중문답		1970년 방문(1)			
살갗만 살았더라	살갗만 살았더라		1970년 방문(2)		살갗만 살았더라	
선화(禪話)				선화(禪話)	오누이	오누이
시자(侍者) 에게	시자(侍者)에 게		1970년 방문(5)			
심우도	심우도	무산 심우도	무산 심우도	무산 심우도		무산 심우도
염원	염원		1950년 염원			
일색과후2	일색과후 2		1970년 방문(9)			
일색과후3	일색과후 3		1970년 방문(10)			
일색과후4	일색과후		1970년			

	4		방문(11), (12), (13), (14)			
일색과후5	일색과후5		1970년 방문(15)			
일색변1		일색변1	일색변1	일색변1	바위 소리	바위 소리
일색변2		일색변(一 色邊)2	일색변(一 色邊)2	일색변(一色邊) 2	고목 소리	고목 소리
일색변3		일색변3	일색변3	일색변3	몰현금(沒弦琴) 할 줄	몰현금(沒弦琴) 할 줄
일색변4		일색변4	일색변4	일색변4	시간론	시간론
일색변5		일색변5	일색변5	일색변5	사랑의 거리	사랑의 거리
일색변6		일색변6	일색변6	일색변6	취모검(吹毛劍) 날 끝에서	
일색변7		일색변7	일색변7	일색변7	말	
절간 이야기1				절간이 야기1	업아, 네 집에 불났다	업아, 네 집에 불났다
절간 이야기2				절간이 야기2	신사와 갈매기	신사와 갈매기
절간 이야기3				절간이 야기3	다람쥐와 흰 고무신	다람쥐와 흰 고무신
절간 이야기5				절간이 야기5	마지막 옷 한 벌	마지막 옷 한 벌
절간 이야기6				절간이 야기6	물속에 잠긴 달 바라볼 수 있어도	물속에 잠긴 달 바라볼 수 있어도
절간 이야기8				절간이 야기8	눈을 감아야 세상이 보이니	눈을 감아야 세상이 보이니
절간 이야기12				절간이 야기12	스님과 대장장이	스님과 대장장이
절간				절간이	불국사가	불국사가

이야기13				야기13	나를 따라와서	나를 따라와서
절간 이야기15				절간이 야기15	이 세상에서 제일로 환한 웃음	이 세상에서 제일로 환한 웃음
절간 이야기16				절간이 야기16	백장과 들오리	백장과 들오리
절간 이야기18				절간이 야기18	이 소리는 몇 근이나 됩니까	이 소리는 몇 근이나 됩니까
절간 이야기19				절간이 야기19	자갈치 아즈매와 갈매기	자갈치 아즈매와 갈매기
절간 이야기20				절간이 야기20	새벽 종치기	
절간 이야기22				절간이 야기22	염장이와 신사	염장이와 신사
절간 이야기25				절간이 야기25	나는 부처를 팔고 그대는 몸을 팔고	나는 부처를 팔고 그대는 몸을 팔고
절간 이야기26				절간이 야기26	수달과 사냥꾼	수달과 사냥꾼
절간 이야기31				절간이 야기31	절간 청개구리	절간 청개구리
절간 이야기32				절간이 야기32	노승과 도둑	노승과 도둑
靜(정)	靜(정)		명일(明日) 의 염(念)			
죽은 남자	죽은 남자	화두	몰살량의 서설(序說)		빛의 파문	빛의 파문
침목		침목	1980년 방문(2)	침목	침목	침목
파환향곡	파환향곡		1970년 방문(7)			

〈표 11〉 중복된 시 수록 ('( )'는 다른 제목으로 재수록된 것)

시집 〴 시	『尋牛圖』	『산에 사는 날에』	『만악 가타집』	『절간 이야기』	『아득한 성자』	『비슬산 가는 길』
겨울 산짐승		○	○	○		
겨울 산사			○	○		
견춘3제 (見春三題) (봄의 불식) (봄의 소요) (봄의 역사)		○	○		○	○
고향당 하루		○	○	○	○	
관음기 (觀音記)	○		○			
궁궐의 바깥 뜰					○	○
근음(近吟)		○	○	○		
남산 골 아이들 (산조2)	○		○	○		○
내 몸에 뇌신(雷神)뇌신이 와서 (1970년 방문6)	○		○		○	
내 삶은 헛걸음 (1980년 방문1)		○	○		○	
내 삶은 헛걸음		○		○		○
내 울음소리					○	○
내가 나를 바라보니		○	○	○	○	
내가 쓴 서체를 보니 (1970년 방문3)	○	○	○	○	○	○
네 일구(一句)를 (1970년 방문4)	○		○			

늘 하는 말					○	○
달마의 십면목 (달마1~10)	○	○	○	○	○	○
떡느릅나무 의 달					○	○
대령 (산조6)	○		○			
만인고칙 (萬人古則)1		○	○			
만인고칙 (萬人古則)2		○	○			
말					○	○
망월동에 갔다 와서					○	○
몽상	○		○	○		
무설설 (無說說)1		○	○			○
무설설 (無說說)2		○	○			
무설설 (無說說)3		○	○			
무설설 (無說說)4		○	○			
무설설 (無說說)5 (무설설),		○	○	○	○	
무자화 (無字話)1 (뱃사람의 말)		○	○		○	○
무자화 (無字話)2 (된새바람의 말)		○	○		○	○
무자화 (無字話)3 (된마파람의 말)		○	○		○	○
무자화 (無字話)4 (뱃사람의 뗏말)		○	○		○	○

무자화 (無字話)5 (된바람의 말)		○	○		○	○
무자화 (無字話)6 (무자화) (부처)		○	○	○	○	○
미천골 이야기로		○	○	○		
바다 (산조4)	○		○			
범어사 정경	○		○			
별경			○		○	○
보리타작 마당에서 (1980년 방문3)		○	○			
비슬산 가는길	○		○		○	○
산거일기	○		○			
산승1			○	○		
산승2			○	○		
산승3			○	○		
산에 사는 날에		○	○	○	○	○
산일(山日)1 (죄와 벌)		○	○		○	○
산일(山日)2 (절간이야기 24) (들오리와 그림자)		○	○	○	○	○
산중문답 (1970년 방문1)	○		○			
산일(山日)3 (내 울음소리)		○	○		○	
산창을 열면		○	○	○	○	○
살갗만 살았더라	○		○		○	

(1970년 방문2)						
삶에는 해갈이 없습니다					○	○
새싹			○		○	○
석굴암 대불	○		○		○	○
선화(禪話) (오누이)				○	○	○
설산에 와서	○		○			
성(聖), 토요일의 밤과 낮					○	○
쇠뿔에 걸린 어스름한 달빛					○	○
숲					○	○
시자(侍者)에게 (1970년 방문5)	○		○			
심우도 (무산 심우도)	○	○	○	○		○
아득한 성자					○	○
아지랑이					○	○
앵화 (산조1)	○		○	○	○	○
어간대청의 문답					○	○
어미					○	○
어스름이 내릴 때					○	○
오늘					○	○
오늘의 낙죽					○	○
오후의 심경	○		○			
인천만 낙조		○	○	○	○	○
일색과후 (一色過後)		○	○	○	○	○
일색과후2 (1970년 방문9)	○		○			

일색과후3 (1970년 방문10)	○		○			
일색과후4 (1970년 방문11,12,13 ,14)	○		○			
일색과후5 (1970년 방문15)	○		○			
일색변 (一色邊) 결구8 (마음 하나)		○	○	○	○	○
일색변 (一色邊)1 (바위 소리)		○	○	○	○	○
일색변 (一色邊)2 (고목 소리)		○	○	○	○	○
일색변 (一色邊)3 (몰현금 한 줄)		○	○	○	○	○
일색변 (一色邊)4 (시간론)		○	○	○	○	○
일색변 (一色邊)5 (사랑의 거리)		○	○	○	○	○
일색변 (一色邊)6		○	○	○	○	
일색변 (一色邊)7		○	○	○	○	
일월 (산조3)	○		○	○		○
재 한 줌		○	○	○	○	○
저물어 가는 풍경					○	○
적멸을 위하여			○	○	○	○
戰夜月	○		○			

(전야월)						
절간이야기1 (엄아, 네 집에 불났다)				○	○	○
절간이야기2 (신사와 갈매기)				○	○	○
절간이야기3 (다람쥐와 흰 고무신)				○	○	○
절간이야기5 (마지막 옷 한 벌)				○	○	○
절간이야기6 (물 속에 잠긴 달 바라 볼 수 있어도)				○	○	○
절간이야기8 (눈을 감아야 세상이 보이니)				○	○	○
절간이야기12 (스님과 대장장이)				○	○	○
절간이야기13 (불국사가 나를 따라와서)				○	○	○
절간이야기15 (이 세상에 서 제일로 환한 웃음)				○	○	○
절간이야기16 (백장과 들오리)				○	○	○
절간이야기1 8 (이 소리는 몇근이나 됩니까)				○	○	○

절간이야기1 9 (자갈치 아즈매와 갈매기)				○	○	○
절간이야기2 0 (새벽 종치기)				○	○	
절간이야기2 2 (염장이와 신사)				○	○	○
절간이야기2 5 (나는 부처를 팔고 그대는 몸을 팔고)				○	○	○
절간이야기2 6 (수달과 사냥꾼)				○	○	○
절간이야기3 1 (절간 청개구리)				○	○	○
절간이야기3 2 (노승과 도둑)				○	○	○
靜(정) (명일(明日) 의 염(念))	○		○			
조춘 (산조5)	○		○			
종연사 (終緣詞)	○		○			
주말의 낙필					○	○
죽은 남자 (화두), (몰살량의	○	○	○		○	○

서설) (빛의 파문)					
진이 (塵異)	○		○		
축음기				○	○
출정(出定)		○	○	○	
춤 그리고 법뢰				○	○
치악(雉岳) 일경(一景)		○		○	
침목 (1980년 방문2)		○	○	○	○	○
타향		○	○		
탄생 그리고 환희				○	○
파도		○	○	○	○	○
파지		○	○	○	
파환향곡 (1970년 방문7)	○		○		
한등				○	○
할미꽃	○		○	○		○
허수아비				○	○

|고요아침 叢書 30|

한국 선시의 미학

초판 1쇄 인쇄일 · 2021년 05월 18일
초판 1쇄 발행일 · 2021년 05월 28일

지은이 | 김민서
펴낸이 | 노정자
펴낸곳 | 도서출판 고요아침
편   집 | 정숙희 김남규

출판 등록 2002년 8월 1일 제 1-3094호
03678 서울시 서대문구 증가로 29길 12-27 102호
전화 | 302-3194~5
팩스 | 302-3198
E-mail | goyoachim@hanmail.net
홈페이지 | www.goyoachim.net

ISBN 979-11-90487-98-6(04810)